游国恩 王起 萧涤非 季镇淮 费振刚 ■主编

中国文学史
（修订本）

高等学校文科教材

GAO DENG XUE XIAO WEN KE JIAO CAI

人民文学出版社

图书在版编目（CIP）数据

中国文学史．（三）/游国恩等主编；—2版（修订本）．—北京：人民文学出版社（2025.8重印）
（高等学校文科教材）
ISBN 978-7-02-003923-4

Ⅰ．中… Ⅱ．游… Ⅲ．文学史—中国—宋代—元代 Ⅳ．①I209

中国版本图书馆 CIP 数据核字（2002）第 048257 号

责任编辑　胡文骏
装帧设计　柳　泉
责任印制　张　娜

出版发行　人民文学出版社
社　　址　北京市朝内大街166号
邮政编码　100705

印　　刷　三河市宏盛印务有限公司
经　　销　全国新华书店等

字　　数　226千字
开　　本　850毫米×1168毫米　1/32
印　　张　10.625　插页2
印　　数　307001—310000
版　　次　1964年1月北京第1版
　　　　　2002年7月北京第2版
印　　次　2025年8月第37次印刷

书　　号　978-7-02-003923-4
定　　价　14.00元

如有印装质量问题,请与本社图书销售中心调换。电话:010-59905336

目 录

第五编 宋代文学

概说 …………………………………………… 3
第一章 北宋诗文革新运动 …………………… 17
　第一节 西昆派和宋初诗文 ………………… 17
　第二节 欧阳修与诗文革新运动 …………… 22
　第三节 梅尧臣与苏舜钦 …………………… 28
　第四节 王安石 ……………………………… 32
第二章 北宋前期的词 ………………………… 39
　第一节 晏殊、欧阳修及其他词人 ………… 39
　第二节 柳永 ………………………………… 44
第三章 苏轼 …………………………………… 49
　第一节 苏轼的生平和思想 ………………… 49
　第二节 苏轼的文论和散文 ………………… 52
　第三节 苏轼的诗和词 ……………………… 58
　第四节 苏轼的影响 ………………………… 67
第四章 北宋后期的诗词 ……………………… 69
　第一节 黄庭坚和江西诗派 ………………… 69
　第二节 秦观、周邦彦及其他词人 ………… 76

第五章　南宋前期文学 …… 82
- 第一节　李清照 …… 83
- 第二节　张孝祥及其他爱国词人 …… 87
- 第三节　陈与义和南渡初期诗人 …… 92
- 第四节　杨万里和范成大 …… 96
- 第五节　胡铨、陈亮、叶适及其他散文家 …… 103

第六章　爱国诗人陆游 …… 110
- 第一节　陆游的生平 …… 110
- 第二节　陆游作品的思想内容 …… 113
- 第三节　陆游诗歌的艺术成就 …… 121
- 第四节　陆游的影响 …… 126

第七章　爱国词人辛弃疾 …… 128
- 第一节　辛弃疾的生平 …… 128
- 第二节　辛词的思想内容 …… 131
- 第三节　辛词的艺术成就 …… 135
- 第四节　辛派词人 …… 139

第八章　南宋后期文学 …… 145
- 第一节　姜夔及其他词人 …… 145
- 第二节　四灵和江湖诗人 …… 150
- 第三节　朱熹、严羽的文学批评 …… 155
- 第四节　文天祥和宋末爱国诗人 …… 161

第九章　话本和宋代民间歌谣 …… 168
- 第一节　话本的产生 …… 168
- 第二节　话本的思想内容和艺术成就 …… 170
- 第三节　宋代民间歌谣 …… 177

第十章　辽金文学 …………………………………… 182
　第一节　辽金文学的发展 ……………………… 182
　第二节　元好问 ………………………………… 186
　第三节　董解元西厢记诸宫调 ………………… 190
小结 …………………………………………………… 194

第六编　元代文学

概说 …………………………………………………… 201
第一章　元杂剧的崛起和兴盛 ……………………… 209
　第一节　戏曲的形成和宋金时期的民间戏曲 … 209
　第二节　元杂剧兴盛的原因和元前期剧坛 …… 212
　第三节　元杂剧的形式 ………………………… 214
第二章　伟大的戏剧家关汉卿 ……………………… 217
　第一节　关汉卿的生平和作品 ………………… 217
　第二节　关汉卿杂剧的思想内容 ……………… 219
　第三节　关汉卿杂剧的艺术成就 ……………… 227
　第四节　关汉卿的地位和影响 ………………… 232
第三章　西厢记 ……………………………………… 233
　第一节　西厢记的作者——王实甫 …………… 233
　第二节　西厢记的思想内容 …………………… 235
　第三节　西厢记的艺术成就和影响 …………… 240
第四章　白仁甫　马致远 …………………………… 246
　第一节　白仁甫 ………………………………… 246
　第二节　马致远 ………………………………… 252
第五章　元前期杂剧其他作家和作品 ……………… 260

第一节	康进之 高文秀	260
第二节	纪君祥 尚仲贤	264
第三节	杨显之 石君宝	266
第四节	郑廷玉、武汉臣及其他作家	269

第六章 元后期杂剧 ... 272

  第一节 杂剧的南移和创作的衰微 ... 272
  第二节 郑光祖 ... 273
  第三节 乔吉、宫天挺及其他作家 ... 277
  第四节 秦简夫及其他作家 ... 279

第七章 元末南戏 ... 282

  第一节 南戏的兴起 ... 282
  第二节 高明的琵琶记 ... 286
  第三节 拜月亭及其他 ... 291

第八章 元散曲和民间歌谣 ... 296

  第一节 散曲的兴起和体裁 ... 296
  第二节 散曲的主要作家和作品 ... 299
  第三节 元代民间歌谣 ... 308

第九章 元代诗文 ... 311

  第一节 刘因和前期诗文作家 ... 312
  第二节 虞集和中期诗文作家 ... 315
  第三节 王冕、杨维桢及后期诗文作家 ... 317

小结 ... 323

阅读书目 ... 325

第五编

宋代文学

(公元960—1279年)

概　　说

公元九六〇年，后周殿前都点检赵匡胤在陈桥驿(在开封东北四十里)组织兵变，代周自立，建立了北宋王朝。此后将近二十年间，宋太祖赵匡胤和太宗赵光义又先后用武力和外交的手段吞并了南方的几个独立王国和建都在太原的北汉。中国人民经过唐末五代长期分裂的局面，到这时才在大部分地区取得了统一。北宋初期各种中央集权制度的建立，主要为巩固封建王朝的统治，维护封建统治阶级的既得利益，但客观上也使当时人民有比较安定的环境来从事农业、手工业的生产，从而促进社会经济的繁荣，并有利于封建文化的继续发展。

为了防止中晚唐以来藩镇割据、尾大不掉的政治局面的重演，宋太祖在夺取后周政权后的第二年就采用赵普的建议，解除了禁兵统帅石守信等人的兵权。此后北宋王朝除集中全国精兵于京师外，又立"更戍法"，把京师的驻兵轮番派遣到各地戍守，使"兵不知将，将不知兵"，防止士兵和将帅之间发生深厚的关系。又把京师的禁兵分给殿前都指挥使、马军都指挥使、步军都指挥使统领，使禁军将官的权力因而削弱。同时设置枢密使，掌调发国内军队之权。这样，"天下之兵本于枢密，有发兵之权，而无握兵之重。京师之兵总于三帅，有握兵之重,而无发兵之权"(见何坦《西畴老人常言》)。北宋王朝这些措施在防范武人跋扈方面收到了成效,然而同时也大大削弱了军队的作战能力。加以北宋历朝皇帝对武将的猜忌,在边疆有事时每派宦者监军,多方牵制;或自画阵图,遥授军机,使将帅不能因地制宜,随机应变。因此从宋太宗太平兴国四年(979)对辽的高梁河之役开始,直到北宋王朝的覆灭,在对辽、西夏和女真的历次战役中,几乎没有一次不是以丧师失地结束的。这就使北宋比之我国历史上的其他统一王朝表现得特别软弱。在辽、西夏和女真的军事威胁之下,北宋王朝就只有求和、送礼,甚至撤防、割地,一直挺不起腰杆来。北宋文学就是在人才最盛的从庆历到元丰(1041—1085)期间,也没有像西汉赋家或盛唐诗人所表现的开廓恢宏的气象,归根到底是这种政治形势所决定的。

由于军队的缺乏作战能力和对外战争的接连失败,北宋王朝每年要向辽和西夏交纳几十万两匹的银绢,使国内人民,主要是农民阶级,在徭役、赋税的沉重负担之下,还兼受辽、夏贵族的剥削。北宋王朝认为辽与中国"通好则人主专其利,而臣下无所获;若用兵则利归臣下,而人主任其祸"(苏轼《富郑公神道碑》)。因此它不仅没有积极加强防御力量,取消或减轻岁币来缓和它和人民的矛盾,反而企图以对外的一味妥协,集中力量,镇压国内人民的反抗。北宋王朝在军事部署上一反历代统一王朝的作法,采取"守内虚外"的政策,在边境只驻有仅仅可资防守的部队,把大部分军队驻屯在国内冲要地区,专力防范农民的反抗。为了防止农民的迫于饥寒,铤而走险,北宋王朝每当荒年还大量招募饥民来当兵,从而使军队的数额不断扩大，农民的负担不断加重，加深了农民与封建统治阶级的矛盾。在北宋初期，王小波、李顺就在蜀中起义。到宋仁宗即位以后，先后爆发了王伦、王则等的起义，北宋对西夏的战争又接连失败，促使一部分正视现实的文人如范仲淹、欧阳修等，从维护封建统治阶级的利益出发，提出了厚农桑、减徭役、明黜陟、抑侥幸等改良政治的主张，企图以此缓和国内的阶级矛盾。他们的政治主张遭到吕夷简、夏竦等保守派的反对，形成统治集团内部的斗争，这就是庆历党争。到了宋神宗即位，又由于"冗兵"、"冗官"和"冗费"的巨大开支，农民负担过重，而品官形势户、大地主和大商人却乘机兼并，大发横财，阶级矛盾又趋激化，新党王安石的变法运动就在这时产生。他的青苗、方田、均输、市易等措施，又遭到司马光、苏轼等旧党的反对，从而形成长期的新旧党争。北宋诗文革新运动就是在这个历史背景中展开的。

比之武人，北宋王朝对文人的待遇就优厚得多。宋朝文官有优厚的俸给，在离职时也还可以领宫观使的名义支取半俸，武官就不能这样。宋太祖曾说宰相须用读书人，其实何止宰相，就是主兵的枢密使、理财的三司使，下至州郡长官，也几乎都是文人担任。这对于提高当时文人的社会地位，使他们效忠于北宋王朝，收到了效果。然而在北宋庞大官僚机构里的各种文官，他们的力量也往往互相抵消。北宋王朝为了防止宰相的专权，在宰相之下又设参知政事，并以枢密使、三司使分取宰相的军事大权和财政大权。在中书、枢密二府之外又有台谏，在州郡长官之外又设通判，使彼此互相牵制。这就使当时的官僚机构越来越臃肿难行，在遇到重大的政治问题和军事问题时彼此争论不休,却很难制定有效的对策。"宋人议论未定,兵已渡河"(《清史稿·诸王四》),这是后人对于他们的尖锐讽刺。

北宋王朝在培养和选拔文士方面继承了前代学校、科举的制度,在京师设有国子学、太学,培养一般官僚的候补人才,此外还有律学、算学、书学、画学、医学等培养专门人才的学校。到宋仁宗时更明令全国州县都建立学校,设置学官教授,并有一连串考试提升的办法。由于官办学校还不能满足士子学习文化的要求,民间私立的书院逐渐增多。当时最有名的庐山白鹿洞书院、衡州石鼓书院、南京① 应天府书院、潭州岳麓书院,被称为四大书院。白鹿洞书院在宋太宗时学生达到数千人,应天府书院在宋真宗时修建了一百五十间校舍,它们的规模比官办学校还要大。

北宋王朝为了要从地主阶级的各阶层选拔效忠于他们的官僚,还进一步发展了隋唐以来的科举制度。唐代应举的进士往往向王公贵人投献诗文,希望他们替自己宣扬,有些士子由于有王公贵人推荐,往往不待阅卷就内定了,而真正有才学有品格的文人有时反没有被网罗。唐代最著名的诗人李白、杜甫就都不是进士出身。宋代科举开始采取弥封、誊录等制度,主考和阅卷官都集中贡院评卷,不得和外人接触;一次录取的进士常达三四百人,比唐代超过十倍以上。这就使中小地主阶级的士子有更多的机会参加政权。宋太祖曾说:"昔者科举多为势家所取,朕亲临殿试,尽革其弊矣"(见《宋史·选

---

① 宋代称河南的商丘为南京。

举志一》)。这话虽不能尽信,但仍可以看出它在一定程度上防范了势家大族对中央政权的垄断。此外宋代对科举录取的进士,还由皇帝赐诗、赐袍笏、赐宴、赐驺从游街等来加以奖励。"每殿廷胪传第一,则公卿以下无不耸观"。尹洙曾说:"状元登第,虽将兵数十万,恢复幽蓟,逐强蕃于穷漠,凯歌劳还,献捷太庙,其荣不可及也"(见《儒林公议》)。宋代的科举制度,以及配合这制度的种种措施,有效地吸引当时士子走向读书应举的道路,巩固了北宋王朝的统治,也促进了当时封建文化的发展。然而另一方面,它也使更多士子"一经皓首,十上干名",弊精神于无用之地;而少数贫寒的士子,"一举成名,六亲不认",更成为宋元时期小说戏曲中鞭挞的对象。

宋初科举承唐五代馀风,偏重诗赋,到仁宗以后,就更重策论。宋郊在庆历四年(1044)上奏:"先策论则文词者留心于政治矣。"就说明这样的考试内容可以选拔有政治头脑的人才。文人执掌政权是宋代政治的特色,这和当时科举制度密切相关。同时科举考试的偏重策论,更直接影响了当时的文风。苏轼《拟进士廷试策表》说:"昔祖宗朝崇尚词律,则诗赋之士曲尽其巧;自嘉祐以来,以古文为贵,则策论盛行于世,而诗赋几至乎熄。"宋文长于议论,就是诗歌也表现议论化、散文化的特点,又同这种考试内容密切相关。

我国在中晚唐时期已开始雕印佛经,唐末五代,民间已有雕板印书的,后唐长兴(930—933)年间还刻过九经;但一般学者读的书都还是手抄本。到北宋庆历以后,民间刻书业才更普遍,各种刻本书籍才更大量流行,而活字印刷术也同时发明了。由于印刷术的进步,书籍的大量印行,著作容易流通,也容易集中,这就大大扩大了学者文人的眼界,也提高了他们著书立说的兴趣。当时从中央的三馆、秘阁,以及州学、县学、民间书院,都藏有上千上万卷的书籍。私家藏书如宋敏求、叶梦得、晁公武等都达数万卷,而且喜欢借给人看。宋代学者所掌握的历史文化知识一般比前代学者丰富,私家著述远远超过前代,而且有不少是几十卷、上百卷的大部头著作。这不仅决定于印刷事业的发达,同时是当时封建文化全面高涨的表现。

在军阀割据的五代时期,国内局部地区,如吴越及南唐,由于战争较少,人民徭役和赋税的负担较轻,农业生产仍有所发展。北宋王朝统一全国以后,农民得到比较安定的环境从事生产劳动,全国农业生产恢复较快;朝廷也采取一些轻徭薄赋的措施,有利于农业生产的发展。北宋时期封建经济的特点是地主对农民的经济剥削建立在主户与客户的契约关系上。在契约规定的租额以外,客户对地主的人身依附关系较之实行均田制的唐代农民有所减弱。客户在购买到少量土地之后,也可以脱离地主,自立户名。这些改变多少提高了农民的生产兴趣。加以农具的有所改良,"不择地而生"的占城稻种的推广,不但使当时国内荒地大量开辟,农作物的单位面积产量也有所提高。"麦行千里不见土,连山没云皆种黍"(王安石《后元丰行》),"春畴雨过罗纨腻,夏陇风来饼饵香"(苏轼《南园》),这些诗歌生动地描绘了当时大片耕地的垦辟和农民的精耕细作。

农村耕地的扩大和农作物单位产量的提高,使全国农村中可以有更多的人脱离农业生产,从事文化活动,这就为北宋封建文化的高涨提供了必要的条件。唐代开元年间,经过将近百年的休养生息，人才称盛，每年到京师应举的士子超过千人。宋代从开国到嘉祐(1056—1063)，也将近百年，待试京师的士子每年有六七千人(见《宋史·选举志一》)，比唐代超过了好几倍。苏轼在应举时的《谢范舍人启》说，蜀中在宋初数十年间，人民救死扶伤不暇，学校衰息，到天圣(1023—1032)以后，"释耒耜而执笔砚者，十室而九"，虽未免过夸，却多少说明了随着封建经济发展而来的封建文化的高涨。北宋文学主要是在统治阶级内部各种力量互相抵消，国家积弱不振，农民负担奇重，而封建文化却随着封建经济的繁荣而得到进一步高涨的时代背景里缓慢地发展的。

宋太祖在"杯酒释兵权"中就面告石守信等宿将功臣，要他们"多积金帛田宅以遗子孙，歌儿舞女以终天年"。后来对西蜀和南方诸国的降王降将也都赐第封官，赏赐优厚，同时集中诸国旧臣在馆阁里编书，厚其俸禄，使他们为王朝粉饰太平。当时宫廷里每有庆赏、宴会，皇帝常和侍从大臣唱和诗歌，而贵族官僚家里也常有文酒之会，佐以妓乐。正是在统治阶级这种风气之下，北宋初期的文学基本继承晚唐五代浮靡的作风，片面追求声律的谐协和词采的华美。以杨亿、刘筠为代表的西昆体诗文，晏殊、张先等的词，就是在这种文学风气之下产生的。

北宋王朝以优赐功臣宿将、降王降臣来缓和统治集团内部的矛盾，维持庞大的官僚机构和军队组织来巩固王朝的统治，同时就不能不增加它对农民的剥削。当时农民除向官庄、地主交租外，还受豪门大户高利贷的重重剥削，往往"谷未离场，帛未下机，已非己有"(《宋史·食货志上》转录司马光疏中语)。因此王禹偁在太宗时上的《端拱箴》就指斥了宫廷的奢侈生活是建立在人民的膏血上面;而当太宗在元宵张灯设宴,夸耀国家的太平繁盛时,吕蒙正就指出"都城外不数里,饥寒而死者甚众"的事实(见《宋史·吕蒙正传》)。这些从中下层地主阶级出身通过科举参加政权的文人,他们对现实的认识和在文艺上的表现必然和那些一味为北宋王朝粉饰太平的御用文人有别。正是这样,在北宋初期的柳开、王禹偁等作家已有意继承杜甫、白居易、韩愈、柳宗元等的传统,企图纠正晚唐五代以来文艺上的颓风。到仁宗庆历时期,一方面由于北宋王朝将近百年的统治,为封建文化的繁荣准备了条件;另方面由于国家内外危机的加深,促起文人对于现实的关心,诗文革新运动就在欧阳修、梅尧臣、苏舜钦等领导之下,取代西昆派的地位,成为北宋文学的主流。此后王安石、苏轼、黄庭坚等,诗文的造诣各有不同,却都是在诗文革新运动的影响之下取得辉煌的成就的。欧阳修《苏氏文集序》说:"唐太宗致治几乎三王之盛,而文章不能革五代之馀习,后百有馀年,韩李之徒出,然后元和之文始复于古。唐衰兵乱,又百馀年而圣宋兴,天下一定,晏然无事,又几百年而古文始盛于今。"文学的繁荣虽归根到底决定于政治、经济的发展,它们相互之间的步调却往往不平衡,唐宋两代的古文运动就表现了这现象。

北宋欧苏等大家是韩柳古文运动的最好继承者。韩柳的大部分著作文从字顺,成为后来文人学习的典范;但他们本身也还没有完全摆脱汉魏以来辞赋家的习气,部分篇章过分追求字句的雄奇精炼,甚至近于生涩。欧阳修主持礼部试时曾打击了文坛上追求险怪的作风,王安石、苏轼更批判了"力去陈言夸末俗"和"以艰深文其浅陋"的辞章家习气。他们自己的作品也大都晓畅明白,平易近人。这就引导当时的散文创作向健康的道路发展,其影响远及明清的许多古文家。

宋诗从王禹偁起就注意向杜甫、白居易学习,努力把诗歌引向现实主义的道路发展。欧阳修、梅尧臣、苏舜钦诸家在提倡古文的同时,诗歌上也接受了韩愈及其同派作家的影响,在内容上要求以诗歌"叙人情,状物态",反对西昆诗人的无病呻吟;艺术上要求以清丽平淡的风格纠正西昆诗人的浮艳作风,这才开始表现了宋诗的独特面目。此后经过王安石、苏轼到黄庭坚,他们从各自的生活道路出发,多方面向前代作家学习,通过诗歌抒发个人的生活感受,表现个人的政治态度、文艺见解,形成各自不同的诗歌风格,和欧阳修合称北宋四大家。由于宋代文人的政治地位高,容易脱离人民群众,长期的书房生活,使他们习惯于以学问相高,以议论相尚,而不大注意于从人民生活吸取源泉,构成鲜明的诗歌意境来激动读者。这种作风在欧、王、苏三家中已有所表现。到了黄庭坚、陈师道,变本加厉,形成了"以文字为诗、以才学为诗、以议论为诗"(见严羽《沧浪诗话》)的江西诗派,风靡一时,使诗歌脱离现实的倾向愈来愈严重。

金兵的南下,两河的沦陷,北宋王朝的覆亡和南宋王朝的建立,这些在靖康、建炎之间(1126—1130)发生的重大事件,使当时政治形势起了剧烈的变化。民族矛盾的上升暂时缓和了人民和统治阶级之间的矛盾,和战之争代替了从北宋中叶以来长期的新旧党争。当时黄河南北人民纷纷组织忠义民军反抗女真贵族的残暴统治,南宋军事形势在岳飞、韩世忠等爱国将领的艰苦奋战之下也渐有起色,这些现象一度给人们带来了"中兴"的希望。可是以宋高宗赵构和秦桧为首的投降派,既被女真贵族的战争威胁吓破了胆,更害怕爱国军民力量的强大会动摇他们的统治;因此他们不仅没有接受北宋王朝的教训,发愤图强,反而变本加厉,一面杀害主张抗战最坚决的岳飞,一面向女真贵族割地称臣,并每年交纳银二十五万两、绢二十五万匹,以换取他们苟安东南的局面。这种残酷的现实首先在诗歌创作中得到反映。当时江西派的重要作家如陈与义、曾几已经在诗里表现了伤时念乱的心情,到陆游更继承从屈原到杜甫的爱国主义传统,集中反映了广大人民抗敌御侮的要求,并在更大程度上纠正了江西诗派脱离现实的倾向。同时的杨万里、范成大,出入于北宋和中晚唐诸名家,各以其繁富的诗篇描绘祖国的江山风物,使宋代诗歌在苏黄诸家之后重新出现了一个繁荣的时期。此后宋金对峙渐趋稳定,民族矛盾、阶级矛盾暂时得到缓和,文学上爱国主义的呼声渐趋微弱,代之而起的四灵诗派、江湖诗人,就更多地表现了对现实的消极态度。直到南宋亡国前后,领导人民起兵抗元的文天祥,以及经历亡国惨痛的作家如谢翱、汪元量等,才重新写出了一些激动人心的爱国主义诗篇。

不论散文也好,诗歌也好,比之唐人,宋人就带有更多的封建说教意味,这是和宋人的道统观念和理学思想分不开的。从中唐到北宋,由于封建经济的进一步发展,农民对地主的人身依赖关系有所减弱;农村土地的兼并又加深了农民与地主之间以及大地主和中小地主之间的阶级矛盾。为了巩固封建地主阶级的统治,不仅需要在政治经济上采取种种措施,同时需要在思想意识上建立他们的理论体系,而最有效的办法则是利用儒家的传统学说,给与新的解释,以适应当时统治阶级的要求。宋儒的道统观念和理学思想正是这样建立起来的。北宋初期的理学家看到晚唐五代的长期纷乱,要求重新建立儒家思想的统治地位,以巩固国家的统治和稳定封建社会的秩序,还有它一定的积极意义。他们在文学上主张明道致用,反对浮华纤巧,也有助于诗文革新运动的开展。后来的理学家把封建秩序看作永恒的"理",把人们在生活上的一切要求看作"欲",片面强调"尊天理,窒人欲",因此他们就鄙视许多为人们所喜见乐闻的文艺作品,把诗文作家看作俳优,认为对文艺的爱好是"玩物丧志",而片面要求作家为封建教条作宣传。正是在这种思想影响之下,使两宋不少诗文不同程度地表现了"头巾气"与"学究气",削弱了一般文艺作品所应有的明朗性和生动性。

　　比之诗,词的发展情况有所不同。这一方面由于词从晚唐五代以来已经形成了绮靡婉约的作风,人们习惯于用它来写艳情。它从民间到文人手里也还不算太久,没有像诗那样的得到他们重视。在诗里,他们好像总要显得正经一点才像样,而在词里却不妨放肆一点,随便一点。这样,他们在词里所抒发的思想感情,有时却显得坦率一点,也真挚一点。另一方面是由于晚唐五代词人写来写去不出于一点男女的离情别绪,却正好为宋人留下更其宽广的余地来驰骋他们的才情和笔力;不比古近体诗,在唐人已经占领了各方面的主要阵地和达到了很高的艺术成就之后,宋人就较难同他们争雄竞胜。因此宋词作家的数量虽不能同诗家相比,作品的内容也不见得比宋诗更丰富,艺术上却表现了更多的特色和独创性。前人以词为宋代的代表文学,我们还不能同意,但从一代文艺作品应具有自己独特的时代风格看,它还是有一定理由的。

宋词最初继承晚唐五代婉约绮丽的词风发展。然而由于北宋封建文化的高涨和文人政治地位的提高,在范仲淹、欧阳修等部分作品中,即景抒怀,气象已自不同。到苏轼更矫首高歌,时见奇怀逸气,在婉约词家之外别立豪放一宗,开南宋张孝祥、辛弃疾等爱国词家的先河。尤其是辛弃疾的作品,悲歌慷慨,志气昂扬,足以警顽起懦,激励人心,在思想和艺术上都达到了两宋词家的最高水平。

苏词在北宋的影响还并不显著,他门下的秦观和同时的贺铸主要还是继承五代词家和柳永的词风发展。柳永多作慢词,多从都市生活汲取素材,在当时市民阶层中传唱最盛,但主要还在表现男女的离情别绪和悲叹个人的沦落江湖,格调还是不高的。到北宋后期,以周邦彦为代表的大晟词人更以典雅工丽之词为这没落王朝点缀升平,把宋词引向了脱离现实的道路。南宋中叶以后的词家如姜夔、吴文英、王沂孙、张炎等,虽面目各有不同,主要是继承周邦彦的词风继续发展的。

由于宋代封建文化的高涨,妇女知书能文的渐多,词的传统风格又有利于抒写"闺情",因此宋代还出现了一些女词人。生在南渡前后的李清照,既在词里描写她深闺孤独无依的生活,同时还抒发她南渡以后国破家亡的痛苦心情,在两宋词家中取得了杰出的成就。

北宋的城市经济较唐代有进一步的发展。唐代的长安、洛阳,住宅区的坊巷和市区分开,黄昏后坊门锁闭,禁止夜行,市区交易也只能在白天进行。北宋汴京(今河南开封)早就有繁盛的夜市,坊和市的界限也被突破了。当时洛阳、扬州和南宋的杭州、成都等大城市,情况也相类似。随着城市经济的繁荣,适应市民阶层文化和娱乐的需要,在北宋的汴京和南宋的杭州等大都市里出现了一些群众游艺场性质的"瓦肆"或"瓦子",经常演出说话、说唱、杂剧、院本等艺术,使两宋时期的话本小说、说唱诸宫调和戏曲,继承唐代通俗文学的发展,取得更其重要的成就。由于这些作品的对象是占市民阶层中最大多数的手工业工人和小商人,这些作品的作者也大都生活在市民阶层之中,熟悉许多小市民的生活和思想面貌,这就在他们的作品中较多地反映市民阶层的生活和他们反对封建压迫的斗争。决定于作品内容的要求,作品的故事情节愈见曲折,对人物声音笑貌的描绘更其细致,语言也愈来愈接近口语。这是从《碾玉观音》、《错斩崔宁》等话本小说,以及《宣和遗事》里有关晁盖、吴加亮等英雄人物的描绘里可以清楚地看到的。

当时中国国内除北宋外,还有由契丹族在东北地区建立的辽,由党项族在甘肃、宁夏地区建立的西夏。辽、夏在和宋人的长期交往中逐渐接受了汉族的封建文化,在国内建立学校,培养人才。夏人虽有自己的文字,在与宋人交往时却用汉文。辽君臣有不少还能用汉文写诗。由女真族建立的金,更继承了北宋的文学成就而有所发展。当时北方中国人民反抗女真贵族的斗争,此起彼伏,连绵不断。出于人民斗争的需要,民间流行的院本和说唱诸宫调发展得较好,为后来元人杂剧的发展提供了有利的条件。金人院本都已失传,但从《辍耕录》所载院本名目看,其中如"禾下(农民)家门"、"大夫(医生)家门"、"先生(道士)家门"、"卒子(兵士)家门"、"邦老(强盗)家门"、"都子(乞丐)家门"、"秀才(士子)家门"等,牵涉到社会各阶层的人物和生活,且已有莺莺、柳毅、裴少俊等的故事戏。至于董解元《西厢记诸宫调》对王实甫《西厢记杂剧》的影响就更其显著了。

金国从建立初期到中叶的数十年间,遗留下来的诗文大多数是一些文学侍从之臣的作品,虽文词组织工丽,而内容很少可取。直到金王朝覆灭的前夕,诗文创作倾向才有比较明显的改变,忧时伤乱成为许多作家共同的主题。"高原水出山河改,战地风来草木腥"(《壬辰十二月车驾东狩后即事》),"薛王出降民不降,屋瓦乱飞如箭镞"(《过晋阳故城书事》),通过当时金源著名诗人元好问的这些作品,不但深切反映了国家民族的灾难,还写出了人民和妥协投降派截然不同的坚决斗争精神。

第一章 北宋诗文革新运动

第一节 西昆派和宋初诗文

宋初结束了晚唐五代长期分裂割据的局面,人民获得比较稳定的生产环境,统治者也采取一些放松压迫、减轻剥削的措施,使阶级矛盾趋向缓和,农业、手工业得到一定的发展,社会呈现了繁荣的景象。为了粉饰太平,宋王朝有意提倡诗赋,并常在宫廷赏花钓鱼,君臣彼此唱和,形成风气。这样,晚唐五代以来的浮靡文风乃自然继续发展。西昆派的形成正是宋初文坛这种趋势的集中表现。

西昆派以杨亿编《西昆酬唱集》一书而得名。亿(964—1020),字大年,建州浦城(福建浦城)人,早有文名,特别为太宗、真宗所赏识。《西昆酬唱集》是以杨亿为首的十几个御用文人典型的点缀升平的诗歌总集。杨亿在序中说:"余景德(真宗年号)中,忝佐脩书之任,得接群公之游。时今紫微钱君希圣(惟演)、秘阁刘君子仪(筠),并负懿文,尤精雅道,雕章丽句,脍炙人口。……因以历览遗编,研味前作,挹其芳润,发于希慕,更迭唱和,互相切劘。"可见他们是在修书和写作制诰的余暇,从"遗编"和"前作"里撷拾"芳润",以作诗为消遣的。他们或咏前代帝王和宫廷故事,如《始皇》、《汉武》、《宣曲》等;或咏男女爱情如《代意》、《无题》等;或咏官僚生活如《夜宴》、《直夜》等;更多的是咏物如《梨》、《泪》、《柳絮》等等。他们自认是学习李商隐,实际只是片面发展了李商隐创作追求形式美的倾向。他们缺乏真正的生活感受,写出来的诗大都内容单薄,感情虚假,写来写去,无非为了搬弄几个陈腐的典故,如《泪》:

> 锦字梭停掩夜机,白头吟苦怨新知。谁闻陇水回肠后,更听巴猿拭袂时。汉殿微凉金屋闭,魏宫清晓玉壶欹。多情不待悲秋气,只是伤春鬓已丝。

全诗缺乏感情上的内在联系,只是把有关下泪的几个典故堆砌在一起,杂凑成章。但形式上却词藻华丽,声律谐和,对仗工稳,正好为那些生活空虚的官僚士大夫提供一种以文字为消遣的玩艺。由于杨亿等在书本知识与词章修养上已超过了晚唐五代的许多作者,和王朝对这种诗风的偏爱,"杨刘风采,耸动天下"(欧阳修《六一诗话》),西昆派在宋初风靡了数十年。

和晚唐五代浮靡文风在宋初发展的同时,对立的复古主义思潮也正在发展。韩柳之后,古文运动的高潮虽已低落,但影响并未中绝。五代时牛希济作《文章论》,已认为韩愈独正唐代的文风于千载之下,并指责当时"唯声病忌讳为切"的浮靡文风。到宋初,柳开更以继承韩柳古文传统为己任。开(947—1000),字仲涂,大名(河北大名)人。他提倡一种"古其理,高其意,随言短长,应变作制,同古人之行事"的古文;宣扬文道的合一,"吾之道,孔子、孟轲、扬雄、韩愈之道;吾之文,孔子、孟轲、扬雄、韩愈之文也";并认为道和文有主次的关系,"文恶辞之华于理,不恶理之华于辞也"。他特别强调道对文的决定意义,认为文应该为现实政治文化服务。柳开的古文理论一定程度上打击了宋初浮靡的文风,但他的古文也未能密切联系实际,"随言短长",得心应手,而不免有"辞涩言苦"的缺点,因此影响还不大。

和柳开同时,反对宋初诗文的浮华作风,并从理论和创作上表现了现实主义精神的唯一作者是王禹偁(954—1001)。禹偁字元之,济州巨野(山东巨野)人。他家世务农,出身清寒。太平兴国八年进士,曾为右拾遗、左司谏等官。"遇事敢言,喜臧否人物,以直躬行道为己任"。因此"八年三黜",曾作《三黜赋》,表示"屈于身兮不屈其道,虽百谪而何亏"。他久历州县官,比较了解人民的疾苦。他的守正不屈的斗争精神,以及面向现实的创作态度,是使他在文学上取得较高成就的根本原因。

王禹偁是宋代最早提倡继承杜甫、白居易现实主义传统的优秀诗人,自称"本与乐天为后进,敢期子美是前身"(《前赋村居杂兴诗二首……聊以自贺》)。他对杜诗博大精深的现实内容有独特的认识,称赞"子美集开诗世界"(《日长简仲咸》);对宋初的浮薄诗风也深致慨叹:"可怜诗道日已替,风骚委地何人收!"(《还扬州许书记家集》)他写了不少揭露当时阶级矛盾,具有人民性的作品。他敢于向宋太宗献《端拱箴》,对"一裘之费,百家衣裳","一食之用,千人口腹"的宫廷奢侈生活大为愤慨,直接控诉了"聚民膏血"的统治者;而对于"室无环堵"、"地无立锥"的广大人民,则表示了深切的同情。如《感流亡》：

> 谪居岁云暮,晨起厨无烟。赖有可爱日,悬在南荣边;高舂已数丈,和暖如春天。门临商於路,有客憩檐前:老翁与病妪,头鬓皆皤然;呱呱三儿泣,惸惸一夫鳏。道粮无斗粟,路费无百钱;聚头未有食,颜色颇饥寒。试问"何许人"?答云"家长安,去岁关辅旱,逐熟入穰川。妇死埋异乡,客贫思故园。故园虽孔迩,秦岭隔蓝关。山深号六里,路峻名七盘。襁负且乞丐,冻馁复险艰;惟愁大雨雪,僵死山谷间"。我闻斯人语,倚户独长叹:尔为流亡客,我为冗散官;在官无俸禄,奉亲乏甘鲜。因思筮仕来,倏忽过十年;峨冠蠹黔首,旅进长素餐。文翰皆徒尔,放逐固宜然。家贫与亲老,睹尔聊自宽。

这是王禹偁贬官商州时写的诗。诗中同情由于旱荒而流亡他乡的饥民,想到自己十年仕宦,无异是广大人民的蠹虫,实际也是对那些无功食禄的官僚们的尖锐讽刺。在商州,他学习民间的歌唱,还写了《畲田词》五首,热情地歌颂人民集体互助的艰苦而欢乐的劳动：

> 鼓声猎猎酒醺醺,斫上高山入乱云。自种自收还自足,不知尧舜是吾君。
> 北山种了种南山,相助力耕岂有偏。愿得人间皆似我,也应四海少荒田。

他始终抱着羞于作官,关怀人民疾苦的态度。类似《感流亡》这样的诗,还有《对雪》、《对雪示嘉祐》、《十月二十日作》等。

这些篇章,特别是古体长篇,大都以单行素笔,直写胸中所见,而不甚着意刻划描写,初步表现了宋诗议论化、散文化的风格特征。此外,他的一些写景抒情的小诗,如《泛吴松江》、《寒食》、《春居杂兴》、《村行》等,则明净洗炼,清新悦目,颇见情趣。

王禹偁还批评了五代以来"秉笔多艳冶"的颓靡文风,抱有"革弊复古"的愿望。他的复古主张,以六经为旗帜,实际和柳开一样,强调取法韩柳。他认为文是"传道而明心"的工具,是"古圣人不得已而为之"的产物。因此复古的意义并不在于"模其词而谓之古",而是要像古圣人那样为了不得已的明心和传道。这样,他就得出了为文贵乎"句之易道,义之易晓",并取法韩愈"惟师是尔"的结论(《答张扶书》)。他的古文如《待漏院记》,借题发挥,生动地刻划了两种不同政治态度的官僚形象,表现了鲜明的爱憎感情和对国事的关切。又如《唐河店妪传》,借一个老年妇女机智勇敢地推敌坠井的故事,说明边疆人民保卫乡土,"习战斗而不畏懦"的精神,并指出统治者把边疆的兵力调到内地以自卫的失策。他的古文,不仅多有现实政治内容和鲜明的思想倾向,而且一般语言平易近人,继承了韩愈古文"文从字顺"、以表达恰当、易道易晓为贵的基本作风。

继柳开、王禹偁之后,提倡复古的,有姚铉(968—1020)。铉字宝臣,庐州(安徽合肥)人。他根据《文苑英华》选的《唐文粹》,"文赋惟收古体,而四六之文不录;诗歌亦惟古体,而五七言近体不录"(《四库总目提要》)。还特别立了"古文"一门,以示接受韩柳的古文概念和传统。更著名的是穆修(?—

1032)。修字伯长,郓州(山东郓城)人。他继承柳开的步调,当西昆体风靡一时之际,不顾流俗的诋毁,刻印韩柳集数百部在京师出售,以提倡韩柳文自任,对后来的诗文革新运动起了先驱的作用。但他和柳开一样,创作成就不高。

当西昆派诗人酬唱方酣、影响愈来愈大的时候,宋真宗于祥符二年(1009)下诏复古,指斥"近代以来,属辞多弊,侈靡滋甚,浮艳相高,忘祖述之大猷,竞雕刻之小巧";告诫"今后属文之士,有辞涉浮华,玷于名教者,必加朝典,庶复古风"(《徂徕先生全集·祥符诏书记》)。统治者这个诏令是由于杨亿、刘筠的"唱和宣曲诗,述前代掖庭事,辞多浮艳",旨在维护名教而发的,但客观上也打击了西昆派,推动了诗文革新运动。到了仁宗即位,欧阳修、尹洙、石介、梅尧臣、苏舜钦等登上文坛的时候,他们继承并发展了柳开以来的复古主义传统,把诗文革新运动推向了高潮,并取得了决定性的胜利。

第二节　欧阳修与诗文革新运动

欧阳修(1007—1072),字永叔,庐陵(江西吉安)人。四岁丧父,家境很贫穷,母亲用荻杆画地教他识字。二十四岁中进士后,在西昆派文人、西京留守钱惟演的幕府里,开始和尹洙、梅尧臣等互相师友,唱和诗歌并提倡古文,逐渐成为著名的文章家和文坛领袖。他一生作过朝廷和地方的许多官职,也是北宋中叶重要的政治人物。

当欧阳修登上文坛和仕途的时候,北宋社会的阶级矛盾和民族危机都日趋严重,统治阶级内部以范仲淹为代表的改革派和以吕夷简为代表的保守派斗争异常激烈,欧阳修坚决地站在范仲淹的一面,关切国事,同情人民的疾苦。他指责那些"先荣而饱"的人不知为天下忧,"又禁他人使皆不得忧",而能忧天下的人"又皆远贱"(《读李翱文》)。他指出王朝诱民、兼并、徭役等大弊(《原弊》),主张轻赋税、除积弊,实行"宽简"的政治。由于他直言敢谏,屡遭诬陷和贬斥。但由于他政治上、文学上的才能为王朝所重视,贬官不久,往往又得到起用。他早年敌视王伦、王则等的起义,表现封建地主阶级的反动立场;后来官越做越高,名越来越大,政治上倾向保守,因此反对王安石的"新法"。

欧阳修在政治上和范仲淹等对保守派的斗争,和他在文学上提倡诗文革新对西昆派的斗争,是互相呼应的。范仲淹在天圣三年(1025)提出的改革时弊的主张,就包括对文风的改革。他强调文章和社会习尚的关系,认为"国之文章,应于风化,风化厚薄,见乎文章"。因此,他建议统治者"可敦谕词臣,兴复古道,……以救斯文之薄而厚其风化"(《奏上时务书》)。宋仁宗后于天圣七年(1029)下诏书,指责文士著作,"多涉浮华",并认为"文章所宗,必以理实为要,……庶有裨于国教,期增阐于儒风"(《宋会要辑稿》)。可见,以欧阳修为代表的诗文革新运动,正是由上而下,适应当时政治运动的要求而产生并为其服务的。也因为这样,所以欧阳修在嘉祐二年(1057)知贡举时,就通过科举考试来提倡平实朴素的文风,排斥了继西昆派气焰被打击后而起来的"险怪奇涩之文",使"场屋之习,从是遂变"(《宋史·本传》)。至于王安石、曾巩、苏轼、苏辙等人的诗文,名重一时,也和他的揄扬提拔是分不开的。

欧阳修诗文革新的理论是和韩愈一脉相承的。在文和道的关系上，他和韩愈一样，强调道对文的决定作用，认为道是内容，如金玉，文是形式，如金玉发出的光辉，"大抵道胜者文不难而自至也"（《答吴充秀才书》）。但是他也看到，有充分道德修养的人，并不一定就能文章，"自诗书史记所传，其人岂必能言之士哉"（《送徐无党南归序》）；而且也不一定需要表现于文章，如颜回。可见道与文虽有密不可分的关系，但它们毕竟不能等同起来，混为一谈。他认为"文之为言，难工而可喜，易悦而自足"（《答吴充秀才书》），要真能工文的首要条件是对于道"务深讲而笃信之"，要使道"履之以身，施之于事，而又见于文章而发之以信后世"（《与张秀才第二书》）。他反对那种"舍近取远，务高言而鲜事实"的文章，反对那种"弃百事而不关于心"的"溺"于文的态度。这样，他使文章和他所关心的"百事"联系起来，在一定程度上摆脱"道统"观念的束缚，写出了一些反映现实生活、为现实政治服务的文章。

欧阳修有一些政论性的散文，是直接为政治斗争服务的。如《与高司谏书》，直斥谏官高若讷趋炎附势不敢主持正义的卑劣行为；《朋党论》反击保守派对范仲淹等革新人物的诬蔑，讽谏统治者应该任贤退恶：这些作品都表现了他鲜明的政治态度和斗争精神。著名的《五代史伶官传序》，通过后唐李存勖兴亡的典型事例，说明国家的"盛衰之理"，非由天命，实由人事，表现了他对国家兴亡的朴素唯物主义见解。

> 方其系燕父子以组，函梁君臣之首，入于太庙，还矢先王，而告以成功，其意气之盛，可谓壮哉！及仇雠已灭，天下已定，一夫夜

呼,乱者四应,仓皇东出,未及见贼而士卒离散,君臣相顾,不知所归;至于誓天断发,泣下沾襟,何其衰也!岂得之难而失之易欤,抑本其成败之迹,而皆自于人欤?书曰:"满招损,谦受益。"忧劳可以兴国,逸豫可以亡身,自然之理也。故方其盛也,举天下之豪杰,莫能与之争;及其衰也,数十伶人困之,而身死国灭,为天下笑。夫祸患常积于忽微,而智勇多困于所溺,岂独伶人也哉!

它一唱三叹,为北宋统治者提供历史教训,不仅富于现实意义,在写作上也显示了欧文的语言婉转流畅和笔端富有感情的特点。

欧阳修的散文,无论状物写景,叙事怀人,都显得摇曳生姿,具有较强的感人力量。如《释秘演诗集序》、《泷冈阡表》等。《醉翁亭记》写滁州山间朝暮变化,四时不同的景色以及滁人和自己在山间的游乐,层次历落分明,语言自然流畅,表达了摆脱约束、从容委婉的情致。他的《秋声赋》,用散文的笔调,通过多种譬喻,描摹无形的秋声,烘托出变态百端的秋天景象,一变向来一般辞赋凝重板滞、略无生气的面貌,表现了他在艺术上的独创性。

欧阳修的散文虽以学习韩愈相标榜,风格实各不相同。如果说,韩愈的文章如波涛汹涌的长江大河,那么欧阳修的文章就恰像澄净潋滟的陂塘。韩文滔滔雄辩,欧文娓娓而谈;韩文沉著痛快,欧文委婉含蓄。他继承并发展了韩愈文从字顺的正确作法,而避免了韩愈尚奇好异的作风。他叙事简括有法,而议论迂徐有致;章法曲折变化,而语句圆融轻快,略无滞涩窘迫之感。又注意语气的轻重和声调的谐和。欧阳修在散文方面的成就,作为当时文学革新运动的领袖,是毫无愧色的。

欧阳修也是当时的重要诗人。他有部分作品,反映人民的痛苦生活,现实意义较强。如《食糟民》把"日饮官酒诚可乐"的官吏与"釜无糜粥度冬春"的贫民对比,并对"我饮酒,尔食糟"的不合理,深深感到内心不安。他的《答扬子静两长句》,指出统治阶级的残酷剥削,贵族王公的享乐,是人民生活贫困的直接原因。其他如《明妃曲和王介甫》、《再和明妃曲》,借王昭君的传说故事,同情妇女的命运,也谴责了昏庸误国的统治者。欧阳修诗中较多的是抒写个人生活情绪以及亲朋间题赠应和的作品。这类作品,一般思想内容较为贫弱,在比较平直的抒情写景之中,往往凭借一联半句,集中地表现了新颖的意境。如《黄溪夜泊》中的"万树苍烟三峡暗,满川明月一猿哀";《春日西湖寄谢法曹歌》中的"雪消门外千山绿,花发江边二月晴"等都是。

欧阳修诗也是学习韩愈的。前人已经指出他有些设想奇怪的诗,如《凌溪大石》、《石篆》、《紫石砚屏歌》等,都是模仿韩愈的《赤藤杖歌》(见陈善《扪虱新话》下集)。但一般地说,欧阳修诗吸收韩愈的议论化、散文化的特点,而又避免了韩诗的造语险怪和生僻,因此他的诗语言自然流畅,无韩诗艰涩拗口之弊,风格清新而不流于柔靡。有些诗因说理过多,缺乏生动的形象,不免乏味。欧阳修的诗歌成就虽远不能和散文相比,但宋诗的特点,可以说是由他奠定的,他诗歌清新自然的风格,对扫除西昆派的浮艳诗风,亦有其良好的作用。

当时政治上改革派的中心人物、为欧阳修所钦佩和拥护的范仲淹(989—1052),字希文,苏州吴县人,在古文创作上也有其一定的成就。他的古文,一般富于政治内容。政论文如《上执政书》等,表现了爱国爱民的政治态度。著名的《岳阳楼记》,描写了洞庭景色的阴晴变化引起登临者或悲或喜的不同情绪,归结到"古仁人之心","不以物喜,不以己悲",而以"先天下之忧而忧,后天下之乐而乐"为己任,更表现了博大坚贞的政治抱负。

比欧阳修较早作古文的尹洙(1002—1047),字师鲁,洛阳人,对欧阳修弃骈文作古文有一定的启发和影响。欧阳修谓"师鲁为文章,简而有法"(《尹师鲁墓志铭》);范仲淹亦称"其文谨严,辞约而理精"(《尹师鲁河南集序》)。所作多章奏记序,一般质朴无文,成就不高。欧阳修非常推崇的石介(1005—1045),字守道,兖州奉符(山东泰安)人,是反对西昆派的一员猛将。他的《怪说》中攻击杨亿"穷妍极态,缀风月,弄花草,淫巧侈丽,浮华纂组;刊镂圣人之经,破碎圣人之意,离析圣人之言,蠹伤圣人之道",是声讨西昆派的一篇檄文。他希望与"三二同志,极力排斥之,不使害于道"(《上范思远书》)。但他强调文道的合一,而误以为文和道就是一个东西,立论和柳开相似,而道学气更甚,在古文创作上亦无甚成就。

由于欧阳修的延誉奖引而身登仕籍的曾巩(1019—1083),字子固,江西南丰人,是欧阳修诗文革新运动的积极支持者。他自称"迂阔",儒学正统气味较重。所为古文被认为"本原六经,斟酌于司马迁韩愈"(《宋史》本传)。实际他既没有司马迁对历史人物的批判态度,也很少有韩愈那种针对现实鸣其不平的精神,因此他的作品一般以"古雅"或"平正"见称,而缺乏新鲜感或现实感。曾巩的文名在当时仅次于欧阳修,风格也和欧阳修相近。叙事议论,委曲周详,词不迫切,而思致明晰。如《寄欧阳舍人书》、《越州赵公救灾记》等,都表现了这样的特点。但由于缺乏现实内容,他的成就远不及欧阳修。

第三节　梅尧臣与苏舜钦

梅尧臣(1002—1060),字圣俞,宣州宣城(安徽宣城)人。他只作过主簿、县令等小官,一生穷困不得志。诗很著名,尤为欧阳修所称赏。他们互相唱和,并以韩孟自况。欧阳修认为梅尧臣诗的成就是和他的贫困生活有密切关系的,所谓"非诗之能穷人,殆穷者而后工也"(《梅圣俞诗集序》)。梅尧臣也曾经自称"囊橐无嫌贫似旧,风骚有喜句多新"(《诗癖》)。官小家贫,使他接近苦难的人民,看到广阔的现实,这是他的诗所以能工的根本原因。

梅尧臣认为诗是"因事有所激,因物兴以通"而产生的;"国风"是要使下情上达,"雅颂"也要有所刺美,表现了现实主义观点。他愤慨当时"烟云写形象,葩卉咏青红"的浮艳诗风,使诗仅仅成为一种游戏的技艺(《答韩三子华……见赠述诗》)。他的诗不仅在内容上接触到现实社会生活,具有较强的人民性,作风也是和西昆派对立的。在《田家语》中,诗人对于人民所遭受的赋税、徭役、天灾、人祸等等迫害,提出悲愤的控诉。又如《汝坟贫女》:

汝坟贫家女,行哭声凄怆。自言有老父,孤独无丁壮。郡吏来何暴,县官不敢抗。督遣勿稽留,龙钟去携杖。勤勤嘱四邻,幸愿相依傍。适闻闾里归,问讯疑犹强。果然寒雨中,僵死壕河上。弱质无以托,横尸无以葬。生女不如男,虽存何所当。拊膺呼苍天,生死将奈向!

诗题下自注说:"时再点弓手,老幼俱集。大雨甚寒,道死百馀人,自壤河至昆阳老牛陂,僵尸相继。"诗人描绘了汝坟贫女的悲惨遭遇,指斥了统治者的无情和残暴。《小村》一诗更形象地写出了农村的荒凉景象和农民的困苦生活:

淮阔洲多忽有村,棘篱疏败谩为门。寒鸡得食自呼伴,老叟无衣犹抱孙。野艇鸟翘唯断缆,枯桑水啮只危根。嗟哉生计一如此,谬入王民版籍论。

其他如《陶者》:"陶尽门前土,屋上无片瓦。十指不沾泥,鳞鳞居大厦。"直接反映了贫富阶级的尖锐对立。《田家》、《织妇》、《逢牧》等,也都反映了人民贫困的生活,表现了对劳动人民的同情和对残暴官吏的不满。

梅尧臣有不少写景抒情诗,意境新颖,饶有情趣。如《鲁山山行》:

适与野情惬,千山高复低。好峰随处改,幽径独行迷。霜落熊升树,林空鹿饮溪。人家在何处?云外一声鸡。

描写晚秋山间的萧瑟景色,细致入微。此外如"回堤溯清风,淡月生古柳"(《忆吴淞江晚泊》);"五更千里梦,残月一城鸡"(《梦后寄欧阳永叔》);"野凫眠岸有闲意,老树着花无丑枝"(《东溪》):也都是别具剪裁,捕捉了异常新颖的景物形象的句子。

梅尧臣和欧阳修论诗时曾说过:"诗家虽主意,而造语亦难。若意新语工,得前人所未道者,斯为善也。必能状难写之景,如在目前;含不尽之意,见于言外,然后为至矣。"(见《六一诗话》)这说明他写诗,既要求形象的鲜明突出,也要求意境的深远含蓄。欧阳修说他的诗,"其初喜为清丽,闲(当为间)肆平淡,久则涵演深远,间亦琢刻以出怪巧"(《梅圣俞墓志铭》)。他自己也说:"作诗无古今,唯造平淡难。"(《读邵不疑学士诗卷》)从实际看,他的诗虽不废"怪巧",而基本风格特征确乎可以说是"平淡"。这种力求风格平淡,状物鲜明,含意深远的诗风,不仅纠正了西昆派错彩镂金、内容浅薄无味的作法,而且也适当纠正了追踪韩愈的作者过分议论化、散文化的偏向。宋人龚啸说他"去浮靡之习,超然于昆体极弊之际;存古淡之道,卓然于诸大家未起之先"(《宛陵先生集·附录》)。这是很有见地的。但梅尧臣的诗反映现实社会生活,实远不够深广。他作了大量的应酬诗,即欧阳修所谓"其应于人者多,故辞非一体"(同上)。在许多日常生活的描写中,如"一杯独饮愁何有,孤榻无人膝自摇"、"擘包欲咀牙全动,举盏逢衰酒易酣",虽琢句新颖,终觉浅薄乏味。

苏舜钦(1008—1048),字子美,原籍梓州铜山(四川中江),实生开封。他年轻时即不顾流俗耻笑,和穆修一起提倡古文,比尹洙、欧阳修等开始作古文都早。二十七岁中进士后,作过县令、大理评事等小官,"位虽卑,数上疏论朝廷大事,敢道人之所难言"(欧阳修《湖州长史苏君墓志铭》)。因此为保守派官僚王拱辰等所诬陷,由集贤校理被废除名。后"居苏州,买水石,作沧浪亭,日益读书,大涵肆于六经,而时发其愤闷于歌诗"(同上)。卒时年仅四十一。

苏舜钦以诗和梅尧臣齐名,时称苏梅。实际他们的性格"放检不同调",诗风也很不一样。苏舜钦虽曾以"会将趋古淡"自勉,但他的诗终究是粗犷豪迈的,和梅尧臣的委婉闲淡显然不同。梅诗对统治阶级罪恶的揭露是比较和平含蓄的,而苏诗指陈时弊,则直截痛快,略无隐讳。如《城南感怀呈永叔》,直写见闻,一方面是人民在严重灾荒下,被迫采毒草充饥,以致"十有八九死,当路横其尸,犬豲咋其骨,乌鸢啄其皮";而另一方面则是"高位厌梁肉,坐论搀云霓"!这种对黑暗现实的揭露和控诉,反映了广大人民和统治者深刻的阶级矛盾。又如《吴越大旱》同样指斥了统治者不顾"炎暑发厉气,死者道路积"的惨状,仍旧残酷压榨人民的罪行。作为一个怀有爱国思想、热烈希望反抗民族压迫的诗人,《庆州败》一篇具有更鲜明的特点:

"无战王者师,有备军之志",天下承平数十年,此语虽存人所弃。今岁西戎背世盟,直随秋风寇边城,屠杀熟户烧障堡,十万驰骋山岳倾。国家防塞今有谁?官为承制乳臭儿,酣觞大嚼乃事业,何尝识会兵之机。符移火急搜卒乘,意谓就戮如缚尸;未成一军已出战,驱逐急使缘崄巇。马肥甲重士饱喘,虽有弓剑何所施!连颠自欲堕深谷,虏骑笑指声嘻嘻。一麾发伏雁行出,山下掩截成重围。我军免胄乞死所,承制面缚交涕洟。逡巡下令艺者全,争献小技歌且吹;其馀剔歃放之去,东走矢液皆淋漓。首无耳准若怪兽,不自愧耻犹生归!守者沮气陷者苦,尽由主将之所为。地机不见欲侥幸,羞辱中国堪伤悲!

诗人对北宋王朝统治者麻痹于"承平",以及在对西夏作战中边塞将帅的丧师辱国,揭露不留馀地。在《吾闻》中,诗人激昂慷慨地陈述了保卫祖国的雄心壮志,抒发了热爱祖国的强烈感情。其他如《蜀士》、《己卯冬大寒有感》等,或愤慨于统治者的昏昧失策,或关切边境士兵和广大人民的苦难,或寄寓自己的理想和希望,也都表现了强烈的现实主义精神。

苏舜钦的许多写景抒情诗,意境开阔,也和梅尧臣的不同。如《中秋松江新桥对月……》:

月晃长江上下同,画桥横绝冷光中。云头艳艳开金饼,水面沉沉卧彩虹。佛氏解为银世界,仙家多住玉华宫。地雄景胜言不尽,但欲追随乘晓风。

少数小诗也写得鲜明入画,如《淮中晚泊犊头》等。苏舜钦的诗,由于他的豪情壮志和愤慨不平,以感情奔放、直率自然见长;但短处也正在这里,他往往落笔急书,不够精炼,即欧阳修所谓"盈前尽珠玑,一一难拣汰";因而也就缺乏含蓄和韵味。

第四节 王 安 石

王安石(1021—1086),字介甫,江西临川人。他出身于中下层官僚家庭。年十七八，即以天下为己任。二十二岁（庆历三年）中进士后，为淮南判官、鄞县知县等地方官，留心民生疾苦，并多次上书上级官吏建议兴利除弊，以舒民困。嘉祐三年，从常州知州调为提点江东刑狱，有《上仁宗皇帝言事书》，即后人常说的万言书，主张建立宋王朝的"法度"，即效法"先王之政"的精神对现实政治有所"改易更革"。嘉祐五年，入朝为三司度支判官。熙宁二年，神宗特拔为参知政事（副宰相），从此积极推行新法。但由于旧党的不断反对，屡次罢相，屡次起用，后退休江宁。元丰八年，旧党司马光为宰相，全部废除新法，王安石忧愤成疾，次年病卒，年六十六。

王安石一生为实现自己的政治理想而斗争，他把文学创作和政治活动密切地联系起来。他反对西昆派文人"杨刘以其文词染当世"，指出当时"学者迷其端原，靡靡然穷日力以摹之，粉墨青朱，颠错丛庞，无文章黼黻之序"（《张刑部诗序》）。认为"文者，务为有补于世用而已矣"；"所谓辞者，犹器之刻镂、绘画也"，"要之以适用为本"（《上人书》）。正是由于王安石持有"适用"的文学创作观念，他的诗文都具有浓厚的政治色采，是直接为他的政治斗争服务的。

王安石的散文以政论性的为多。这些作品，大都针对时弊，根据深刻的分析，提出明确的主张，具有极强的说服力量。如《本朝百年无事劄子》，通过对北宋百年来政治情况的分析批评，指出"大有为之时，正在今日"，希望神宗在政治上能够有所建树，表现了他对现实形势的关心和刚毅果断的政治家风度。《答司马谏议书》，剖析司马光对新法的指责，言简意赅，措词委婉而坚决，表现了他坚持原则的政治态度。又如

《读孟尝君传》,根据对历史实际的分析,指出鸡鸣狗盗之徒出其门正是不能得士的明证,驳斥了孟尝君善养士的传统观念。王安石的散文比较重视理论的说服力,较少注意酝酿气氛,描摩物象,从感情上打动读者,因此他的散文一般立意超卓,具有较强的概括力与逻辑性,语言简练朴素。这是他的文学主张实践的结果。

王安石的诗也和散文一样,具有充实的政治内容,倾向性十分鲜明。在他长期作地方官时,就有不少诗篇,表现出对人民的同情,对社会前途的忧虑,以及对传统思想的反抗,充分抒发了他远大的政治抱负和积极的人生态度。如《河北民》一首:

> 河北民,生近二边长苦辛。家家养子学耕织,输与官家事夷狄。今年大旱千里赤,州县仍催给河役。老小相携来就南,南人丰年自无食。悲愁白日天地昏,路旁过者无颜色。汝生不及贞观中,斗粟数钱无兵戎。

写统治者搜刮人民的血汗,输送敌国,以致地无问南北,年无论丰歉,人民一样地陷入流离转徙和"无食"的绝境。其他如《兼并》、《收盐》、《感事》、《发廪》、《省兵》等也都表现了诗人关切民生疾苦、主张改革弊政的进步理想。

王安石对北宋统治者在辽和西夏的威胁面前麻痹苟安,深感不满,不少诗篇表达了这种思想。如《阴山画虎图》:

> 阴山健儿鞭鞚急,走势能追北风及。逶迤一虎出马前,白羽横

穿更人立。回旗倒戟四边动,抽矢当前放蹄入。爪牙蹭蹬不得施,碛上流丹看来湿。胡天朔漠杀气高,烟云万里埋弓刀。穹庐无工可貌此,汉使自解丹青色。堂上绢素开欲裂,一见犹能动毛发。低徊使我思古人,此地持兵走戎羯。禽逃兽遁亦萧然,岂若封疆今晏眠?契丹弋猎汉耕作,飞将自老南山边,还能射虎随少年?

从阴山健儿的射虎,联想到古代将士们曾在这里击败过入侵的敌人,使边疆平静无事,对比当时"胡天朔漠杀气高"的形势,批判北宋统治者的不修边备,表现他对国家前途的深忧。《同昌叔赋雁奴》、《白沟行》等,表现了同样的主题思想。

王安石有不少咏史或怀古的诗篇,也大都寄托了他远大的政治抱负和批判精神。如《商鞅》、《范增》、《张良》等篇,往往以"尺幅千里"的手法,通过对历史人物的景仰,抒发了自己的政治感情。在《杜甫画像》中,不仅高度评价了杜诗的丰富性和创造性,更表明了对杜甫同情广大人民的精神的继承:"宁令吾庐独破受冻死,不忍四海赤子寒飕飕!"最著名的是《明妃曲二首》,现举第一首如下:

明妃初出汉宫时,泪湿春风鬓脚垂。低徊顾影无颜色,尚得君王不自持。归来却怪丹青手,入眼平生未曾有。意态由来画不成,当时枉杀毛延寿。一去心知更不归,可怜著尽汉宫衣。寄声欲问塞南事,只有年年鸿雁飞。家人万里传消息,好在毡城莫相忆。君不见,咫尺长门闭阿娇,人生失意无南北。

这首诗一扫历代诗人写王昭君留恋君恩、怨而不怒的传统见解,有极大的独创性。诗人只从侧面落笔,勾画了古今艳传的绝代佳人的形象,以及她独去异域、怀念故国的凄苦无告的心情。更深刻的是、诗人在结韵里道出了在阶级社会中普遍存在的妇女受压迫、被蹂躏的不合理的现实;同时流露了他怀才不遇的心情。因此引起了当时诗坛的广泛兴趣,欧阳修、梅尧臣、刘敞等都写了和篇。

王安石晚年罢相隐居以后,生活和心情的变化,引起了诗风的变化,创作了较多的描写湖光山色的小诗,也更多地注意对诗歌艺术的锤炼。名作很多,如:

> 茅檐常扫净无苔,花木成畦手自栽。一水护田将绿绕,两山排闼送青来。
>
> ——《书湖阴先生壁》
>
> 江北秋阴一半开,晓云含雨却低回。青山缭绕疑无路,忽见千帆隐映来。
>
> ——《江上》
>
> 京口瓜洲一水间,钟山只隔数重山。春风又绿江南岸,明月何时照我还。
>
> ——《泊船瓜洲》

这些小诗新颖别致,炼字炼句,妥贴自然,艺术上确实比早年更成熟了。虽然他有时也还写《楚山》、《示永庆院秀老》一类流露"烈士暮年,壮心不已"的心情的诗篇,但总的看来,他往年诗中所洋溢的那种政治热情,这时是大大减退了。

王安石诗文的大量创作和独特的风格,对扫荡西昆体的残馀影响有很大的功绩,对宋诗的发展也起了一定的推动作用。他有一部分诗,喜造硬语、押险韵,对后来也有不良影响。

王安石的友人王令(1032—1059),字逢原,广陵(江苏扬州)人。他是一个有理想有才华的优秀诗人。可惜才高命短,未能施展他的抱负。他留下的诗篇,大都表露了他对当时黑暗现实的不满和自己的远大抱负,具有强烈的现实主义精神。如《梦蝗》:

> ……尝闻尔人中,贵贱等第殊。雍雍材能官,雅雅仁义儒。脱剥虎豹皮,假借尧舜趋。齿牙隐针锥,腹肠包虫蛆。开口有福威,颐指转赏诛;四海应呼吸,千里随卷舒。割剥赤子身,饮血肥皮肤。噬啖善人党,嚼口不肯吐。连床列竽笙,别屋闲嫔妹。一身万橼家,一口千仓储。……贫者无室庐,父子一席居。贱者饿无食,妻子相对吁。贵贱虽云异,其类同一初。此固人食人,尔责反舍且!我类蝗自名,所食况有余;吴饥可食越,齐饥食鲁邾。吾害尚可逃,尔害死不除;而作疾我诗,子言得无迂!

诗人以锋利的笔触,剥掉了达官贵人们"仁义儒"、"尧舜趋"的外衣,显露了他们"虎豹身"、"虫蛆腹"的原形。指出剥削阶级搜刮民脂民膏,实比蝗虫更为残酷可恨!此外如《原蝗》、《良农》、《饿者行》等诗,也各从不同角度,以不同方式,表现了他对贫苦人民的同情和对豪门的无比憎恨。

面对黑暗的现实,王令在《感愤》一诗中表现了改变这种现实社会的宏愿:"未甘身世成虚老,待见天心却太平。……燕然未勒胡雏在,不信我无万古名!"他的自信心是这样的强,爱国的激情和救世的热忱是这样的昂扬!

王令的诗,无论叙事抒情,都具有开阔而雄健的特色,确如他自己所说那样:"浩歌不敢儿女声。"他有一些诗,想象奇特,具有浓厚的浪漫主义色彩,例如《暑旱苦热》:

> 清风无力屠得热,落日着翅飞上山。人固已惧江海竭,天岂不惜河汉干?昆仑之高有积雪,蓬莱之远常遗寒。不能手提天下往,何忍身去游其间。

这种雄伟的气魄,阔大的气象,在宋人诗中是极其难得的。虽然由于他受韩愈、卢仝诗的影响,有些作品不免生硬粗糙,但仍不失为一个具有自己特色的优秀诗人。

第二章 北宋前期的词

宋初诗文沿袭五代馀风,词也未能例外。由于北宋前期将近百年的承平,适应当时统治阶级娱宾遣兴、歌舞升平的需要,由晚唐五代以来形成的婉丽词风更弥漫一时,晏殊、晏几道是在这方面有代表性的作家。然而南唐词人既初步摆脱了花间词人的影响,新的时代契机也在缓慢地推动词风的转变。这一方面是在全国统一局面之下,部分怀有政治抱负的文人不愿意沿着西蜀、南唐那些亡国士大夫的道路前进,范仲淹、欧阳修等少数作家已在部分词里表现了新的风格,到苏轼就开创了和婉约派对立的豪放词派。另一方面是由于当时都市经济的繁荣,为了适应市民阶层的需要,出现了以描写城市风貌见长的词人柳永。本章将重点介绍当时较有影响的词家,苏轼的词将在下一章里论述。

第一节 晏殊、欧阳修及其他词人

晏殊(991—1055)是北宋前期较早的词家,在当时的影响也较大。殊字同叔,江西临川人,少年时以"神童"被荐入朝,后屡历显要,官至仁宗朝宰相,生平爱好文学,又喜荐拔人才。叶梦得《避暑录话》说他爱好宾客,"每有佳客必留","亦必以歌乐相佐"。他的《珠玉词》大部分是在这种富贵优游的生活中产生的,因此流连诗酒、歌舞升平就成了这些词的共同内容。另一部分写离愁别恨的作品,是受了晚唐五代以来传统词风的影响,也是适应樽前花下歌妓们传唱的需要的。他的国家重臣地位和爱好文酒宴会的生活情趣都和南唐冯延巳相近,词风上也受他的影响。但由于他究竟还处在表面承平的时期,他的词在雍容华贵之中,虽也不免流露寂寞衰迟之感,却没有像冯词里所透露的亡国前夕的忧伤。下面这首〔浣溪沙〕可略见他的成就。

一曲新词酒一杯,去年天气旧亭台,夕阳西下几时回? 无可奈何花落去,似曾相识燕归来,小园香径独徘徊。

全词在亭台如旧、香径依然的情境之中,流露春归花落、好景不常的轻愁。词句也轻清宛转,玉润珠圆。它是比较投合那些承平时期士大夫的胃口的。

和晏殊同时的张先(990—1078),字子野,乌程(浙江吴兴)人。晏殊任开封府尹时曾辟为通判,历官至都官郎中。宋初词风的转变,在他的词里已开始透露出讯息。他的词主要也是抒写当时文人诗酒交欢的生活情趣,但已较多采用慢词形式,在抒写男女爱情生活方面,再不讲究婉约,即说得明白爽快。这对后来豪放派词家在用调上有一定的影响。他曾以"云破月来花弄影"、"帘压卷花影"、"柳径无人,堕风絮无影"及"不如桃杏,犹解嫁东风"等词句,被传为"三影郎中"或"桃杏嫁东风郎中"。这些清新明丽的词句,捕捉一时景物,表现了一定的艺术技巧;但从全词内容看,还是相当单薄的。

晏殊的幼子晏几道(1030?—1106?),字叔原,向来和晏殊合称二晏。晏几道出身贵家公子,孤高自傲,天真狂放,不懂得处世营生的法门。因此,晚年饥寒交迫,穷困落魄。晏几道的《小山词》写男女的悲欢离合,并没有超越前人的题材范围;但由于他经历过一段由富贵到贫穷的生活,他对于那些聪明而不幸的歌女,像他在词里所描写的莲、鸿、苹、云等,怀有同情,因此流露在这些词里的思想感情也比较深沉、真挚。又由于他生活在走向没落的官僚家族里,他的词就经常以感伤的笔调描写他过去的生活,词风更近于李煜。下面两首是较有代表性的作品。

梦后楼台高锁,酒醒帘幕低垂,去年春恨却来时;落花人独立,微雨燕双飞。　记得小苹初见,两重心字罗衣,琵琶弦上说相思,当时明月在,曾照彩云归。

——〔临江仙〕

彩袖殷勤捧玉钟,当年拚却醉颜红:舞低杨柳楼心月,歌尽桃花扇底风。　从别后,忆相逢,几回魂梦与君同。今宵剩把银釭照,犹恐相逢是梦中。

——〔鹧鸪天〕

前词写别后的凄凉,后词写重逢的惊喜。作者从生活里选择比较动人的场景,前后对照,来衬托出他的触景伤情和惊喜交集,在抒情小词里达到较高的艺术境界。

较早为宋词开辟新意境的是范仲淹和欧阳修。

范仲淹是怀有远大抱负的政治家,他并不以词知名,流传的词也只寥寥几首,但大都即景抒怀,表现了开阔而深沉的意境。像下面这首〔苏幕遮〕:

> 碧云天,黄叶地,秋色连波,波上寒烟翠。山映斜阳天接水,芳草无情,更在斜阳外。 黯乡魂,追旅思,夜夜除非、好梦留人睡。明月楼高休独倚,酒入愁肠,化作相思泪。

这词上片所描绘的秋色,下片所抒发的乡愁,是向来词家多次重复过的内容,却依然能给人比较新鲜的感受。由于作者胸襟的开朗和感情的真挚,可以直书所见,直写所感,而不像有些婉约派词家的扭捏作态。他的〔渔家傲〕通过边塞的凄清景象表现边防将士忧国的深心,更上承唐人的边塞诗,为宋词开拓新的领域。

> 塞下秋来风景异,衡阳雁去无留意。四面边声连角起,千嶂里,长烟落日孤城闭。 浊酒一杯家万里,燕然未勒归无计。羌管悠悠霜满地,人不寐,将军白发征夫泪。

欧阳修词收在《六一词》和《醉翁琴趣外编》中的有二百多首,是当时写词较多的作家。欧词大部分是描写爱情的作品,同他在诗文里所表现的庄重严肃的儒家面目大不相同。这部

分词受冯延巳影响较深,同时也受当时民间俚曲的影响。词家向来以欧、晏并称,主要就这一方面说。试看这首〔踏莎行〕:

> 候馆梅残,溪桥柳细,草熏风暖摇征辔。离愁渐远渐无穷,迢迢不断如春水。　寸寸柔肠,盈盈粉泪,楼高莫近危栏倚。平芜尽处是春山,行人更在春山外。

这词在抒发游子思家之情的同时,联想到闺中人的登高怀远,并致其劝慰之意,流露了词人对思妇心情的体贴。又通过离愁不断如春水的妙喻和行人更在春山外的设想,构成了清丽而芊绵的意境。此外如〔蝶恋花〕"庭院深深深几许",〔临江仙〕"柳外轻雷池上雨"等首,也都色调鲜明,情思深远,成就在晏殊、张先之上。

欧词里还有部分直接表现个人抱负的作品。这些词大多数写在后期。如他题咏颖州西湖的十首〔采桑子〕,表现了作者啸傲湖山、流连风月的洒脱情怀。又如〔朝中措〕《平山堂》:

> 平山栏槛倚晴空,山色有无中。手种堂前垂柳,别来几度春风。　文章太守,挥毫万字,一饮千钟。行乐直须年少,尊前看取衰翁。

出现在这首诗词里的人形象,很像是《醉翁亭记》里"苍颜白发"的滁州太守。在这类词里,他还感慨宦途的风波,叹息年华的消逝,如〔圣无忧〕"世路风波险"、〔采桑子〕"十年前是尊前客"等首,流露了他在政治上多次遭到挫折的生活感受。但欧阳修毕竟是在北宋前期的政治斗争和诗文革新运动中都起了积极作用的人物,因而在词中偶尔也有"便须豪饮敌青春,莫对新花羞白发"(〔玉楼春〕),"白首相逢,莫话衰翁,但斗尊前笑语同"(〔采桑子〕)的自我宽慰的词句,并不全是悲观消极的呻吟。

欧阳修在部分即景抒怀的词里洗刷了晚唐、五代以来的脂粉气味和婉约情调,使词格向清疏峻洁方面发展。如写颖州西湖的"无风水面琉璃滑,不觉船移,微动涟漪,惊起沙禽掠岸飞"(〔采桑子〕),写亭林的"一派潆浈流碧涨,新亭四面山相向,翠竹岭头明月上,迷俯仰,月轮正在泉中漾"(〔渔家傲〕),写围场的"霜重鼓声寒不起,千人指,马前一雁寒空坠"(〔渔家傲〕);出现在这些词里的景物,不是一幅幅静止的画面,而像是在我们面前展开的一幕幕场景,作者的胸怀也就在这些明快的境界里坦露无遗。这说明作者已开始突破了词的传统题材和表现手法,跟当时诗文革新运动的精神取得某种程度的联系,为后来苏轼一派豪放词开先路。

欧词用调较多,也有一些慢词,部分词里还吸收通俗生动的口语,这些也在宋词的发展中起积极作用。前人说他"疏隽开子瞻,深婉开少游"(冯煦《宋六十一家词选例言》),是比较全面地概括了他在宋词发展中的地位的。

第二节　柳　　永

差不多和欧阳修在词里流连湖光山色、表现洒脱情怀的同时,柳永却更多地从都市生活摄取题材,表现他生活在市民中间的感受,这是文人创作中一种新的现象,对后来通俗文学的发展有一定的影响。

柳永(987？—1053？)原名三变,字耆卿,崇安(福建崇安)人,是工部侍郎柳宜的少子。他少年时到汴京应试,由于擅长词曲,熟悉了许多歌妓,并替她们填词作曲,表现了一种浪子作风。当时有人在仁宗面前举荐他,仁宗批了四个字说:"且去填词"。柳永在受了这种打击之后,别无出路,就只好以开玩笑的态度,自称"奉旨填词柳三变",在汴京、苏州、杭州等都市过着一种流浪的生活。大约在他饱经封建统治阶级的白眼,少年时的"怪胆狂情"逐渐消退时,才改名柳永,考取进士,在浙江的桐庐、定海等处做过几任小官。晚年死于润州(江苏镇江)。

柳永是北宋第一个专力写词的作家,他的《乐章集》传词将近二百首。其中部分歌词写出北宋汴京的繁荣,有元宵的千门灯火、九陌香风,有清明前后的斗草踏青、斗鸡走马①,场景都十分热闹。他在杭州写的〔望海潮〕词尤其著名。

东南形胜,三吴都会,钱塘自古繁华。烟柳画桥,风帘翠幕,参差十万人家。云树绕堤沙,怒涛卷霜雪,天堑无涯。市列珠玑,户盈罗绮竞豪奢。 重湖叠巘清嘉,有三秋桂子,十里荷花。羌管弄晴,菱歌泛夜,嬉嬉钓叟莲娃。千骑拥高牙,乘醉听箫鼓,吟赏烟霞。异日图将好景,归去凤池夸。

---

① 可参看他的〔迎新春〕、〔抛球乐〕及〔木兰花慢〕"拆桐花烂漫"等词。

这词是为歌颂杭州州将的政绩写的,因此未免把当时都市的繁华和人民的和平生活过分美化了。相传金主完颜亮因此"起投鞭渡江之志"(见《鹤林玉露》),虽不可靠,却可以想见它的社会影响。

《乐章集》里有大量描写妓女的词,比较集中地表现了柳永的狂荡生活和浪子作风。但由于柳永在封建统治阶级里曾长期被看作有才无行的文人,受到种种歧视和排挤,因此他对那些聪明而不幸的歌妓就往往怀有同情。他在〔迷仙引〕、〔集贤宾〕里写她们怎样热切地盼望过正常的夫妇生活,在〔斗百花〕、〔雨中花慢〕、〔定风波〕里又曲折细致地传达出她们被一些轻薄少年欺骗时的痛苦心情。这部分歌词特别赢得宋元时期歌妓们的爱好。

江湖流落的感受也是柳词的重要内容。他的〔雨霖铃〕词是这方面的代表作。

> 寒蝉凄切,对长亭晚,骤雨初歇。都门帐饮无绪,方留恋处,兰舟催发。执手相看泪眼,竟无语凝咽。念去去千里烟波,暮霭沉沉楚天阔。 多情自古伤离别,更那堪冷落清秋节。今宵酒醒何处?杨柳岸晓风残月。此去经年,应是良辰好景虚设。便纵有千种风情,更与何人说!

这首词虽然写的还是离情别绪,但境界大,想得远,感情奔放,心胸袒露。词的上阕,写了送别的时间、地点和分别时种种难舍难分的情景;下阕写离去的人心理活动,对旅途和别后寂寞生涯的设想,情感深挚。在表现手法上与张先词接近。

他的〔八声甘州〕,特别是〔夜半乐〕写旅途中的所见、所感,境界特别开阔,情趣十分广泛,不但离开了词所反映的传统环境:闺阁、庭院,而且深入到了万壑千岩、越溪深处。

向来封建地主阶级的士大夫在功名失意时往往想起他们的田园生活、山林生活。柳永虽也写过"游宦区区成底事,平生况有云泉约"(〔满江红〕《桐川》)的词句,然而他所经常提起的还是"秦楼楚馆"里的"浅斟低唱"的生活。他在相当长的一段时间里曾以自封的"白衣卿相"对抗黄金榜上的功名(见〔鹤冲天〕词),这是对于封建王朝科举制度的大胆嘲弄,同时表现了他的玩世不恭的态度。后来董解元以"秦楼楚馆鸳鸯幄,风流稍是有声价"(见董解元《西厢记诸宫调》开端部分)自夸,关汉卿自封为"普天下郎君领袖,盖世界浪子班头"(见关汉卿〔南吕·一枝花〕《不伏老》散套),同柳永在这些词里所流露的思想意识是有其一致之处的。

从敦煌曲子词看,慢词早就在民间流行,但词家仿作的一直很少。柳永长期生活在市民阶层之中,接受了当时歌妓、乐工们的影响,大量创制慢词,这就为词家在小令之外提供了可以容纳更多内容的新形式。柳词在艺术表现上也自成风格,大部分作品都以白描见长;凡铺叙景物,倾吐心情,大都层次分明,语意刻露,绝少掩饰假借之处。又大量吸收口语入词,一扫晚唐五代词人的雕琢习气。像下面这首〔忆帝京〕,就全用当时口语写成。

薄衾小枕凉天气,乍觉别离滋味。展转数寒更,起了还重睡。毕竟不成眠,一夜长如岁。　也拟把却回征辔,又争奈已成行计。

>万种思量,多方开解,只恁寂寞厌厌地。系我一生心,负你千行泪。

词的长短句形式本来比五七言诗更适合于通过缓急轻重的语气表达人物内心情绪的起伏变化,柳永由于多用口语,就更显出了词调在这方面的优越性,而且对后来说唱文学和戏曲作家在曲辞的创作上有影响。柳词在宋元时期流传最广,相传当时"凡有井水饮处,即能歌柳词"(见叶梦得《避暑录话》),这不仅决定于内容,还由于这种表现形式更适合于市民阶层的要求。

第三章 苏 轼

第一节 苏轼的生平和思想

我国文学史上杰出的作家苏轼,他诗、词、散文里所表现的豪迈气象、丰富的思想内容和独特的艺术风格,是欧阳修、梅尧臣等所倡导的诗文革新运动进一步发展的成果,表现了北宋文学的最高成就。

苏轼(1037—1101),字子瞻,号东坡居士,四川眉山人。他生长在号称"百年无事"的北宋中叶,诗文革新运动已取得胜利,社会文化在中唐以后又一次出现了繁荣的景象。同时由于豪强的兼并,边备的松弛,官僚机构的庞大而无能,北宋王朝的内外危机正在暗中滋长。苏轼少年时期就积极关心当时社会的人情风俗和北宋王朝的政治措施,希望能继承范仲淹、欧阳修等的事业,在政治上有所改革。他出身于一个有文化修养的家庭,父亲苏洵早有文名,母亲能教他读《汉书》,曾用汉末范滂怎样和误国的宦官作斗争的事,来教育他、激励他。由于家庭的教育,前辈的熏陶,以及他自己的刻苦学习,青年时期的苏轼就具有广博的历史文化知识和多方面的艺术才能,为欧阳修、梅尧臣等所称许。

同王安石一样,苏轼对北宋积贫积弱的局势也感到不安,希望加强封建王朝的统治。仁宗末年,他向朝廷上制策,提出厉法禁、抑侥幸、决壅蔽、教战守等主张,要求"励精庶政,督察百官,果断而力行"(见《辩试馆职策问札子》),表现出一个要求改革的政治家风度。然而由于他所处的中等地主阶层的地位,不愿意过多地触犯大地主阶级的利益;同时他三十岁以前绝大部分时间过的是书房生活,对当时社会因豪强兼并而引起的危机,远没有王安石看得清楚;因此他的改革多从总结历史经验出发,强调"任人"而忽视变更"法制",尤其反对急进的措施。当神宗初年王安石实行打击豪强地主的新法时,他就上书反对,并以此出任杭州通判,转知密、徐、湖三州。元丰二年(1079)苏轼因作诗讽刺新法,被捕下狱,出狱后,责授黄州团练副使。苏轼这时期在政治上的保守态度一定程度上限制了他在文艺上的成就。他当时写的部分诗文就片面夸张了新法推行时的流弊,助长了旧党的声势,影响了新法的实施。贬官黄州以后,他在郡城旧营地的东面辟地耕种,有较多机会接近下层人民,政治态度有所改变。但是政治上的挫折,也滋长了他逃避现实和怀才不遇的思想情绪。黄州是长江中游形势险要之地,武汉三镇即在它的西面,我国不少英雄人物曾经在这里展开军事上政治上的斗争。在祖国雄伟的江山和历史英雄人物的激发之下,他写出一些著名的散文和词篇,如《赤壁赋》、《后赤壁赋》、〔念奴娇〕《赤壁怀古》等。

哲宗即位,旧党执政,苏轼被召还朝,任翰林学士。苏轼在新法推行时虽上书神宗表示反对,但对"裁减皇族恩例,刊定任子条式,修完器械,阅习旗鼓"等裁抑贵族特权、增强国防力量的措施,却表示赞同(见《上神宗皇帝书》)。多年地方官吏的经历,也使他对社会矛盾和新法的某些好处有进一步的了解。这时司马光等旧党要废除一切新法,他"深虑数年之后,取吏之法渐宽,理财之政渐疏,备边之计渐弛",主张对新法"校量利害,参用所长"(见《辩试馆职策问札子》),反对执政大臣的一意孤行,又以此受到旧党里程颐一派的攻击,出知杭、颖、定三州。到他五十九岁时,新党再度执政,他先后被贬官岭南的惠州和海南的琼州。苏轼在历任地方官吏时,比较关心人民痛苦,在兴修水利、改进农业生产等方面做了不少有利于人民的事情。这时的新党又只知利用新法加深对人民的剥削,他的处境就比较得到人民的同情。在琼州三年,他多方鼓励、培养当地后一辈的学者、文人,和当地少数民族也能和睦相处,因此生活虽十分艰苦,还没有改变他对生活的乐观态度和旺盛的创作力。徽宗即位,他因大赦内徙,次年七月卒于常州。著作有《东坡全集》一百多卷,遗留二千七百多首诗,三百多首词和许多优美的散文。

苏轼的思想比较复杂,儒家思想和佛老思想在他世界观的各个方面往往是既矛盾又统一的。他平生倾慕贾谊、陆贽,在政治上他从儒家思想出发,排斥老庄为异端;然而老庄的"无为而治"思想又同他的"法相因则事易成,事有渐则民不惊"(见《辩试馆职策问札子》)的政治主张有其一致之处。他少年时就爱好《庄子》的文章,后来又喜和僧人来往,在生活上他认为"游于物之外",则"无所往而不乐"(见《超然台记》),要求以安然的态度应物,"听其所为",而"莫与之争"(见《问养生》),更多地表现了佛、道二家超然物外,与世无争的洒脱态度。然而他从儒家出发的比较现实的生活态度,又使他对佛家的懒散和老庄的放逸有所警惕①;因此他一生在政治上虽屡受挫折,在文艺创作上始终孜孜不倦,没有走向消极颓废的道路。苏辙说他谪居海南时"日啖薯芋而华堂玉食之念不存于胸中",又说他当时写的诗"精深华妙,不见老人衰惫之气"(并见苏辙《追和陶渊明诗引》),这是他和前代得罪远谪的士大夫如韩愈、柳宗元等表现不同的地方。

第二节　苏轼的文论和散文

宋初提倡古文的学者,当西昆体流行的时候,要求以文章为"道之用",借以"左右名教,夹辅圣人"(孙复《答张洞书》)。到北宋中叶,古文既已盛行,以苏轼为代表的一些古文家,在强调文章的道德意义和政治作用的同时,还认为文章如"精金美玉"、"金玉珠贝","各有定价",相当重视它本身的艺术价值。

苏轼没有专门的文论著作,在他的部分散文与诗歌,特别是他同后辈来往的书札中,提出了一些可贵的文艺见解。他早年随苏洵出三峡,下长江,受自然景物的激发,跟苏辙写诗唱和,就认为诗文创作要像山川的云兴雾起,草木的开花结果,是由内容充实郁勃而自然表现出来,不是文章的工拙问题(《江行唱和集叙》)。后来反复强调"辞达",说:"辞至于达,足

---

① 苏轼《答毕仲举书》:"学佛老者本期于静而达,静似懒,达似放;学者或未至其所期,而先得其所似,不为无害。"

矣,不可以有加矣。"即重视文章表达思想内容的本身作用,而没有像道学家那样把文章仅仅作为载道或明道的工具看。他引欧阳修的话说:"文章如精金美玉,市有定价,非人所能以口舌定贵贱也。"这又注意到文艺本身的美学价值,跟王安石仅仅把文章看作器皿上的装饰品不同。那么怎样才能辞达呢?这就是他说的"求物之妙",即追求能够表现事物特征的神妙之处。它不但要"能使是物了然于心",而且要使是物"了然于口与手"。他说:"求物之妙,如系风捕影,能使是物了然于心者,盖千万人而不一遇也,而况能使了然于口与手者乎?是之谓辞达,辞至于能达,则文不可胜用矣。"这里首先要求作者认真观察、研究描写的对象,清清楚楚地掌握它的特征;同时还要求作者有熟练的艺术技巧,在写作时能够得心应手,左右逢源,像他说的"意之所到,则笔力曲折无不尽意";(何薳《春渚纪闻》引苏轼语)"吾文如万斛泉源,不择地皆可出。在平地滔滔汩汩,虽一日千里无难。及其与山石曲折,随物赋形而不可知也。所可知者,常行于所当行,常止于不可不止。"(《论文》一作《文说》)即从不同的内容出发,自由表达,摆脱种种形式上的束缚。它是苏轼在文艺创作上长期刻苦锻炼,不断总结经验,逐步从必然王国向自由王国转化的心得体会,对我们今天克服种种形式主义的文风还有一定启发。由于苏轼阅历的丰富和学问的渊博,能突破前人在文章方面的种种限制,力求自由而准确地表达他所要表达的意境;这就使他的文章如"万斛泉源,不择地而出",而"文理自然,姿态横生"(见《答谢民师书》),把韩愈、柳宗元以来所提倡的古文的作用发挥到了更高的境地,同时形成了他自己独特的文章风格。

苏轼的散文向来同韩、柳、欧三家并称。他的政治论文如《策略》、《策别》、《策断》里各篇,从儒家的政治理想出发,广引历史事实加以论证,精神上继承了贾谊、陆贽的传统;而文笔纵横恣肆,又显见《战国策》的影响。贾谊纵览战国秦汉之际的历史发展,深究治乱的根源,对汉朝的政治提出建设性的意见。到北宋时期,我国封建社会统治阶级的历史经验更丰富了。苏轼从小读书就"好观前世盛衰之迹,与其一时风俗之变"(见《上韩太尉书》),他在仁宗末年所进策论,对当时封建社会带有根本性质的问题和各个问题之间的错综复杂关系是确有所见并提出自己的对策的。他认为"当今之患,外之可畏者西戎北胡,而内之可畏者天子之民也。西戎北胡不足以为中国大忧,而其动也有以召内之祸。内之民实执存亡之权而不能独起,其发也必将待外之变"(见《策断二十三》)。基于他对当时政治的这种认识,他对内主张行宽仁之政,通上下之情;对外主张"先为不可胜,以待敌之可胜",从而争取对敌斗争的主动权。这同贾谊《陈政事疏》的精神一脉相承。他的历史论文如《平王论》、《留侯论》等是政治论文的另一表现形式。《平王论》反对避寇迁都,在南宋政治上起了积极的影响。但他少年读书,专为应举,"不能晓习时事"(见《上韩太尉书》),他早年的进策和史论,议论多流于空泛,同时表现他政治上的保守态度,如在《劝亲睦》里主张恢复小宗来劝导人民亲睦,在《武王论》里以汤武革命为非圣人,在《商鞅论》里以商鞅变法为破国亡家之术等。至于他说范增和义帝有君臣之分,应为义帝诛项羽,说诸葛亮只要费数十万金,就可以离间魏国的君臣,举兵灭之,更是不审察情势、大言欺人的书生之见。他这部分文章虽内容没有什么特别可取,而在写作上善于随机生发,或翻空出奇,对士子的科场考试颇有用处,因此从北宋中叶以来,一直成为应举士子的敲门砖。"苏文熟,吃羊肉;苏文生,吃菜羹"(见陆游《老学庵笔记》),这四句秀才们的口头禅就是这样来的。后来他在实际政治中受过较多的锻炼,逐渐改变纵横家的习气。他在元祐、绍圣间针对具体政治问题写的奏议,如《因擒鬼章论西羌夏人事宜札子》、《奏浙西灾伤第一状》等,议论切于事情,精神上更接近陆贽。

苏轼集中的书札、杂记、杂说、小赋等,大都夹叙夹议,随笔挥洒,表现了作者坦率的胸怀,也表现他对人生对文艺的见解和爱好,成就远在他的政治论文之上。他在《传神记》里记僧惟真画曾鲁公像,初不甚似,经过细致观察,于眉后加三纹,就十分逼真,说明细节真实对于传达人物神情的重要性。他在《书吴道子画后》里说画家要"出新意于法度之中,寄妙理于豪放之外"。即一方面既要掌握艺术的规律,又要有创造性,即自出新意,而不为规律所束缚;另方面要求在豪放的笔墨之外,表现一定的思想深度,即他所说的"妙理"。这些见解虽是就绘画说的,其他艺术部门也可以相通,对我们今天还有启发。他在黄州写的《答秦太虚书》、《答李端叔书》,在惠州写的《答参寥书》,谈生活、谈文艺、谈谪居时的心境,都比较亲切有味,而没有在语言文字上装腔作势。它不但摆脱汉魏以来辞赋作者"以艰深文其浅陋"的文风,同时避免了韩愈以来古文家"力去陈言夸末俗"的矜持习气。这不仅决定于作家本身的生活和修养,同时和当时社会文化的普遍高涨,古文在日常生活中的广泛应用有关。他的《筼筜谷偃竹记》写出了"画竹必先得成竹于胸中"的文艺见解,回顾了他和文与可的往来唱和,表现他们的坦率而富有风趣的性格。在这六、七百字短文里有诗、有赋、有书札、有叙事、有议论,好像随笔所至,漫无边际;然而它依然有个中心内容,一意贯注到底,那就是表现他们向来交情的亲厚,以及他见到这幅遗作时对文与可的深沉悼念。他的《赤壁赋》以诗一样的语言抒写江山风月的清奇和作者对历史英雄人物的感慨。又通过客与主的对答,水与月的譬喻,探讨宇宙与人生的哲理,表现作者在政治上受到挫折时的苦闷心情和当他从庄子、佛家思想出发观察宇宙人生时的洒脱态度。篇中的主客实际代表作者思想的两个方面,他仍然沿用赋家"抑客伸主"的作法;但从内容到形式,都更像一首美妙的散文诗,完全摆脱了汉赋板重的句法和齐梁骈俪的作风。苏轼写的亭台记甚多,比之柳宗元、范仲淹、欧阳修写的山水记有所不同,他并不以景物描绘为作品的重点,而是以景物描写、叙述事体和发表议论错杂并用为其特色,在结构和布局上变化多姿、不拘一格。

　　苏轼自说少年时读书,每一书分作数次读,一次只注意某一方面的问题,如第一次只注意兴亡治乱的问题,第二次只注意典章文物的问题。他对历史上的重要著作都这样分门别类地掌握了它的内容,当他临文时不论遇到哪一方面的问题,都可以联想起他过去的学习心得加以发挥。他自称这是"八面受敌"的方法(见《又答王庠书》)[①]。他早年写的议论文,每提出一种意见,都能联系古今史实和前人论著,反复加以说明,

---

① 此书见《经进东坡文集事略》第四十六卷。

看出他这方面的工夫。然而这仅仅是他文章基础的一个方面,这方面的基础使他的散文具有丰富的历史内容,"论古今治乱,不为空言"(见苏辙《东坡先生墓志铭》),却还不能说明他的"意之所到,则笔力曲折无不尽意"的艺术特点。苏辙说他少年时读《庄子》,感叹地说:"吾昔有见于中,口不能言,今见庄子,得吾心矣。"(见《东坡先生墓志铭》)庄子文章表达的自由、联想的丰富、比喻的恰切,在他早年写的《中庸论》里已看出它的影响。后来他到汴京应试,在《刑赏忠厚之至论》里说:"当尧之时,皋陶为士,将杀人。皋陶曰:'杀之',三;尧曰'宥之',三。"用以说明法官要严格执法,而君主要宽厚爱人。考取后他去谒见主考官欧阳修,欧阳修问他见于何书,他说:"何须出处?"①当然,在政论文里虚构历史事实是不允许的;然而这也正好表现他要求摆脱史书的束缚,更自由更大胆地表达意象的创作精神。谪官黄州以后,他阅历更广,学问的积累更丰富,对现实的体察也较深,使他可以在更其广阔的境界里驰骋自由的联想和曲折无不尽意的笔力,庄子文章对他的影响就更其显著了。

苏轼的父亲苏洵,号老泉,著有《嘉祐集》,弟弟苏辙字子由,著有《栾城集》,也以散文著称,后人合称三苏。苏洵的散文以议论擅长,《权书》、《衡论》等篇,纵谈古今形势及治国用兵之道,带有战国纵横家的色彩。《权书》中的《六国》借六国割地事秦讽刺北宋王朝对辽和西夏的屈辱政策,表现作者的

---

① 此据《老学庵笔记》。苏轼《上曾两制书》:"子思孟轲之徒,不见诸侯而耕于野,比间小吏一呼于其门,则摄衣而从之。"同样是出于想当然的。

爱国思想。苏辙的议论文不如父兄,记叙文却纡徐曲折,饶有情致,如《黄州快哉亭记》、《武昌九曲亭记》等。苏轼说他"汪洋澹泊,有一唱三叹之声,而其秀杰之气,终不可没"(见《答张文潜书》),是善于形容他文章的风格的。

第三节　苏轼的诗和词

苏轼经历了从仁宗到徽宗的五朝,平生足迹几乎遍及当时中国的重要州郡,而且远至西北地区、海南儋耳。像他的前辈梅尧臣一样,他把写诗当作日常的功课,一直坚持到老年。他多方面向前代诗人李白、杜甫、韩愈等学习,晚年更爱陶诗。比之散文和词,苏诗的题材更广阔,风格也更多样。

苏轼终身从政,重视文学的社会作用。在他的"论事以讽,庶几有补于国"(见《东坡先生墓志铭》)的创作思想指导之下,他曾写出一些反映民间疾苦、谴责官吏贪鄙、关心国家命运的作品。在《荔枝叹》中,他饱含热泪控诉了唐玄宗、杨贵妃的罪恶,并怀着"至今欲食林甫肉"的愤怒,抨击了以人民血汗来"争新买宠"的当朝权贵。在《许州西湖》中,他指责地方官不顾连年饥荒,还为春游发动民工开湖,而对于一些比较关心人民疾苦的官吏,则热烈赞扬。他赠王庆源诗:"青衫半作霜叶枯,遇民如儿吏如奴,吏民莫作官长看,我是识字耕田夫。妻啼儿号刺使怒,时有野人来挽须。拂衣自注'下下考',芋魁饭豆吾岂无。"出色地描绘了这个做了官还不失农民本色的人物。他在地方任官时,从儒家勤政爱民的思想出发,作了些对人民有利的事情。在《元修菜》、《秧马歌》、《河复》等诗里表现他对人民生活和生产的关心。后来屡经贬谪,在艰苦的生活中不得不为衣食而躬耕,从而进一步缩短了他与人民的距离,在谪官海南时和少数民族也相处得较融洽。"农夫告我言:勿使苗叶昌,君欲富饼饵,要须纵牛羊。再拜谢苦言,得饱不敢忘"(《东坡》),"华夷两尊合,醉笑一欢同"(《用过韵冬至与诸生饮酒》),"缺舌倘可学,化为黎母民"(《和癸卯岁始春怀古田舍》),正是在这些词句里表现了诗人可贵的思想感情。然而苏轼毕竟是生活在封建社会比较稳定时期的士大夫,他政治观点里还有比较保守的一面,因此不能更深刻地反映人民的痛苦,揭露统治阶级的罪恶。他早期写的部分政治讽刺诗多少反映了新法推行时的流弊,但也有很多夸大失实之处,在政治上起了不良的影响,包括向来为人传诵的《山村五绝》、《吴中田妇叹》等诗在内。

苏轼在军事上主张充实兵力,巩固边防,抵抗辽和西夏的侵扰,并认为以金帛赂虏是最下之策。他的少数诗篇如《和子由苦寒见寄》、《祭常山回小猎》、《阳关曲》等,表现诗人要求为国破敌的雄心。而在《获鬼章二十韵》里,又主张以宽厚的态度对待被俘的西羌首领,并警戒边将的倚胜骄矜,提出了"慎重关西将,奇功勿再要"的忠告,流露了他重视民族团结和关心国家命运的可贵思想。

在苏诗里数量最多对后人影响也最大的是许多抒发个人情感和歌咏自然景物的诗篇。试看他的《游金山寺》:

> 我家江水初发源,宦游直送江入海。闻道潮头一丈高,天寒尚有沙痕在。中泠南畔石盘陀,古来出没随涛波;试登绝顶望乡国,

江南江北青山多。羁愁畏晚寻归楫,山僧苦留看落日:微风万顷靴纹细,断霞半空鱼尾赤。是时江月初生魄,二更月落天深黑。江心似有炬火明,飞焰照山栖鸟惊。怅然归卧心莫识,非鬼非人竟何物? 江山如此不归山,江神见怪惊我顽。我谢江神岂得已,有田不归如江水。

这是苏轼因反对新法出任杭州通判经过镇江金山时写的。诗人从天寒的沙痕想起江潮的澎湃,从长江的到海不回暗伤自己的宦游不归,给读者一种深沉而豪迈的感觉。最后从江心炬火假托为江神的见怪,流露了他对宦游的厌倦情绪。他的《有美堂暴雨》:"游人脚底一声雷,满座顽云拨不开。天外黑风吹海立,浙东飞雨过江来。"《和子由中秋见月》:"明月未出群山高,瑞光千丈生白毫。一杯未尽银阙涌,乱云脱坏如崩涛。"《大风留金山两日》:"塔上一铃独自语,明日颠风当断渡。朝来白浪打苍崖,倒射轩窗作飞雨。"把寻常景物写得那么精警动人。他的《新城道中》:"东风知我欲山行,吹断檐间积雨声。"《安国寺寻春》:"卧闻百舌呼春风,起寻花柳村村同。"《送鲁元翰少卿知卫州》:"桃花忽成荫,荞麦秀已繁。闭门春昼永,惟有黄蜂喧。"又把日常生活写得那么美好可爱。他在东坡开辟荒地时就想起在细雨中的秧针,稻叶上的露珠,秋收时的霜穗,像玉粒一样的新米饭(《东坡》)。他在博罗西山看到山下的溪水时就想起怎样利用水力来转动碓磨,于是更想起水磨上像雪一样散落的面粉,想起蒸饼熟透时的裂纹与芳香(《游博罗香积寺》)。这些诗表现了诗人联想的敏捷,对生活的热爱和乐观,给读者一种"触处生春"的感觉。这首先由于作者生活在北宋中叶,劳动人民在暂时得到安定的环境中,创造了大量财富,社会上呈现繁荣的景象,使诗人在接触到生活中的一切时总容易引起美好的憧憬。其次是在尖锐的新旧党争中,诗人认识到仕途风波的险恶,从而把他的生活理想寄托于江山风月和亲朋师友之间,诗化了他在生活中所接触到的一切。"卧看落月横千丈,起唤清风得半帆。且并水乡欹侧过,人间何处不巉岩。"(《慈湖峡阻风》)正是他最好的自白。当然,这里同时也流露了他在政治上逃避现实的消极态度和在生活上随缘自足、超然物外的佛老思想。

苏轼的诗有时能结合生活中所接触的情景,表现他对事物的新颖见解,而不失诗的趣味,像下面两首小诗。

已外浮名更外身,区区雷电若为神。山头只作婴儿看,无限人间失箸人。

——《唐道人言天目山上俯视雷雨,每大雷电,但闻云中如婴儿声,殊不闻雷震也》

横看成岭侧成峰,远近高低各不同。不识庐山真面目,只缘身在此山中。

——《题西林壁》

离开放电的云层越远,听到的雷声就越低;从不同的方位可以看到山的不同面目,这本是寻常生活中的现象。诗人却从此引伸出具有一定普遍意义的哲理:所谓"雷霆之威"对于一个不以个人的生命、浮名为重的人是不起作用的;局外人有时会比局中人更容易看到事物的真相。这就是前人认为表现了宋诗特征的理趣。

苏诗里部分鉴赏评论文艺的作品,如《王维吴道子画》、《孙莘老求墨妙亭诗》、《读孟郊诗》、《书王主簿所画折枝》等,表现他以学问为诗、以议论为诗的特殊作风,同时标志北宋时期社会文化所达到的新的高度。

> 何处访吴画,普门与开元。开元有东塔,摩诘留手痕。吾观画品中,莫如二子尊。道子实雄放,浩如海波翻,当其下手风雨快,笔所未到气已吞。亭亭双林间,彩晕扶桑暾,中有至人谈寂灭,悟者悲涕迷者手自扪。蛮君鬼伯千万万,相排竞进头如鼋。摩诘本诗老,佩芷袭芳荪,今观此壁画,亦若其诗清且敦。祇园弟子尽鹤骨,心如死灰不复温。门前两丛竹,雪节贯霜根;交柯乱叶动无数,一一皆可寻其源。吴生虽妙绝,犹以画工论;摩诘得之于象外,有如仙翮谢笼樊。吾观二子皆神俊,又于维也敛衽无间言。
>
> ——《王维吴道子画》

这首诗实际上是替唐代吴、王两派画法作了总结,同时表现了作者对艺术的可贵见解:既重视意象的雄放,又要求于象外得事物之妙。由于作家在我们面前再现了这两幅风格截然不同的画面,并针对这不同的画境提出他的论点,这就依然使读者感到诗意盎然。散文化、议论化的倾向曾使北宋许多诗人的作品流于浅率无味或生硬晦涩;到苏轼手里才以他丰富的生活内容、清新畅达的语言和深厚的文艺修养,基本上纠正了这种流弊。赵翼《瓯北诗话》说:"以文为诗,自昌黎始,至东坡益大放厥词,别开生面,成一代之大观。……尤其不可及者,天生健笔一枝,爽如哀梨,快如并剪,有必达之隐,无难显之情,此所以继李杜后为一大家也,而其不如李杜处亦在此。"就苏诗的艺术成就看,这概括是相当准确而全面的。

苏诗各体皆工,七言各体尤其擅长。比之唐人,他的七律显得更为明快、动荡。下列二诗可见他成就的一斑。

  人生到处知何似?应似飞鸿踏雪泥。泥上偶然留指爪,鸿飞那复计东西。老僧已死成新塔,坏壁无由见旧题。往日崎岖还记否?路长人困蹇驴嘶。

——《和子由渑池怀旧》

  参横斗转欲三更,苦雨终风也解晴。云散月明谁点缀,天容海色本澄清。空馀鲁叟乘桴意,粗识轩辕奏乐声。九死南荒吾不恨,兹游奇绝冠平生。

——《六月二十日夜渡海》

他诗里有不少无聊应酬的作品,表现封建文人的共同习气。过分逞才使气,对诗歌意境的含蓄注意不够。这是他创作上贪多求快带来的结果。

苏轼的词有更大的艺术创造性,它进一步冲破了晚唐五代以来专写男女恋情、离愁别绪的旧框子,扩大词的题材,提高词的意境,把诗文革新运动扩展到词的领域里去。举凡怀古、感旧、记游、说理等向来诗人所惯用的题材,他都可以用词来表达,这就使词摆脱了仅仅作为乐曲的歌词而存在的状态,成为可以独立发展的新诗体。如〔江城子〕《密州出猎》,写他在射猎中所激发的要为国杀敌立功的壮志。

老夫聊发少年狂,左牵黄,右擎苍,锦帽貂裘,千骑卷平岗。为报倾城随太守,亲射虎,看孙郎。　酒酣胸胆尚开张,鬓微霜,又何妨。持节云中,何日遣冯唐?会挽雕弓如满月,西北望,射天狼。

又如〔浣溪沙〕《徐州石潭谢雨道上作》,写出了一幅充满浪漫气氛的农村生活的图景,都是他以前词家的作品里所少见的。下面二首词是向来认为最能表现他的风格的作品:

明月几时有,把酒问青天。不知天上宫阙,今夕是何年?我欲乘风归去,又恐琼楼玉宇,高处不胜寒。起舞弄清影,何似在人间?　转朱阁,低绮户,照无眠。不应有恨,何事长向别时圆?人有悲欢离合,月有阴晴圆缺,此事古难全。但愿人长久,千里共婵娟。

——〔水调歌头〕《丙辰中秋,欢饮达旦,大醉作此篇,兼怀子由》

大江东去,浪淘尽千古风流人物。故垒西边,人道是三国周郎赤壁。乱石穿空,惊涛拍岸,卷起千堆雪。江山如画,一时多少豪杰。　遥想公瑾当年,小乔初嫁了,雄姿英发。羽扇纶巾,谈笑间强虏灰飞烟灭。故国神游,多情应笑我,早生华发。人间如梦,一尊还酹江月。

——〔念奴娇〕《赤壁怀古》

在前首词里,作者幻想琼楼玉宇的"高处不胜寒",从而转向现实,对人间生活寄与热爱。后一首描写了赤壁战场的雄奇景色和周瑜、诸葛亮等英雄人物的形象,给人以壮丽的感觉。作者写这些词时正在政治上受到挫折,因而流露了沉重的苦闷和"人间如梦"的消极思想;然而依然掩盖不住他热爱生活的乐观态度和要求为国家建功立业的豪迈心情。

像苏轼的诗一样,他的词艺术风格也是多方面的。上述那些豪放飘逸的词,虽然给人以深刻印象,但他还有大批抒发个人情怀,描写农村风光和自然景物以及男女爱情方面的词,这些作品写得清新婉丽并表现出自己鲜明的个性。他的〔定风波〕"莫听穿林打叶声"词:

莫听穿林打叶声,何妨吟啸且徐行。竹杖芒鞋轻胜马。谁怕?一蓑烟雨任平生。　料峭春风吹酒醒,微冷。山头斜照却相迎。回首向来萧瑟处,归去,也无风雨也无晴。

作者通过道中遇雨的一件小事,表示出他在逆境中所持的坦然坚定的心情。

决定于词的内容,苏轼在语言上也一变花间词人镂金错采的作风,多方面吸收陶潜、李白、杜甫、韩愈等人的诗句入词,偶然也运用当时的口语,给人一种清新朴素的感觉。为了充分表达意境,有时还突破了音律上的束缚。

苏轼改变了晚唐五代词家婉约的作风,成为后来豪放词派的开创者。这首先决定于宋代文人政治地位的改变和诗文革新运动的影响。北宋一些著名文人在政治上都有比较远大的抱负,他们不满晚唐五代以来卑靡的文风,掀起了诗文革新运动,馀波所及,不能不在词坛上起影响。在范仲淹、欧阳修的词里已有一些风格豪放的作品,王安石更明白反对依声填词的作法。苏轼继承他们的作风,加以恢宏变化,从而开创了词坛上一个重要流派。其次,决定于苏轼一生丰富的经历,他在当时文坛上的领袖地位和他在诗文方面的杰出成就,使他不能满足于前代词人的成就,也反对曾经风靡一时的柳永词风。相传苏轼官翰林学士时,曾问幕下士说:"我词何如柳七?"幕下士答道:"柳郎中词只合十八七女郎,执红牙板,歌'杨柳岸晓风残月'。学士词须关西大汉,铜琵琶、铁绰板,唱'大江东去'。"(见俞文豹《吹剑录》)词在当时不是由关西大汉来唱的,这话显然是对苏轼的一种讽刺,然而它却生动地说明了柳词和苏词的不同风格。

豪迈奔放的感情,坦率开朗的胸怀,是苏诗苏词浪漫主义的基调。"春秋古史乃家法,诗笔离骚亦时用"(《过于海舶得迈寄书酒,作诗远和之……》),"当日何人送临贺,至今有庙祀潮州"(《过岭二首》),文章事业上的自信,使他能以豪迈的态度对待在政治上所受到的挫折。"菊花开处乃重阳,凉天佳月即中秋"(《江月五首引》),随缘自足的态度,又使他善于在日常生活中发现美好可爱之处,经常保持一种乐观的开朗的襟怀。"长江绕郭知鱼美,好竹连山觉笋香"(《初到黄州》),"春畦雨过罗纨腻,夏陇风来饼饵香"(《南园》),诗人丰富的联想常是向好处有成处生发。"欲把西湖比西子,淡妆浓抹总相宜"(《饮湖上初晴后雨》),"有如兔走鹰隼落,骏马下注千丈坡,断弦离柱箭脱手,飞电过隙珠翻荷"(《百步洪二首》),诗人的比喻总是那么贴切而生动。他的词也善于运用比兴手法,寄托个人的怀抱,如〔定风波〕《三月七日沙河道中遇雨》、〔卜算子〕《黄州定慧院寓居作》等。所有这些,跟作家自由挥洒的写作态度和变化不测的篇章结构结合在一起,形成了苏诗苏词浪漫主义的艺术特征。他的阶级和时代的局限,使他未能深入人民生活的底层,揭示生活的本质,也给他的诗词创作带来了思想上和艺术上的局限。

第四节 苏轼的影响

苏轼注意培养后进,吸引许多重要作家在他的周围,成为欧阳修以后北宋文坛的杰出领导者。被称为苏门四学士的黄庭坚、秦观、张耒、晁无咎,以及陈师道、李廌等,在他们还不大为人所知时就得到苏轼的热情鼓励和培养,在文艺方面各有成就,和中唐时期的"韩门弟子"后先辉映。

苏轼以丰富的、多方面的创作实践,继承欧阳修、梅尧臣等人的事业和成就,最后完成诗文革新运动,并把这运动的精神扩展到词的领域,创立豪放词派,为南宋爱国词人开先路。王灼在《碧鸡漫志》里说:"东坡先生非心醉于音律者,偶尔作歌,指出向上一路,新天下耳目,弄笔者始知自振。"胡寅在《酒边词序》里说他"一洗绮罗香泽之态,摆脱绸缪宛转之度,使人登高望远,举首高歌,而逸怀浩气超乎尘埃之外",是善于形容他在词创作上的成就和在当时词坛上所起的影响的。

苏轼在文艺上的杰出成就,决定于当时的历史因素,他个人的抱负和经历,同时还由于他的善于学习。他特别重视智慧对于人生的指示作用,以为它像眼睛指示人们的行走一样。他又曾举南方人天天和水在一起,十五岁就识水性,来说明实践对于学习的重要性。基于这种认识,他除重视书本知识的学习外,还从实际生活里学到许多东西。他重视学问知识的积累,而反对"求精于数外,弃迹以求妙"的作法;但在掌握它的主要内容之后,一些过程的形迹的东西就不必那么重视。他注意较有系统地掌握各方面的知识;而又认为各种不同的学术或文艺可以互相沟通,互相启发①。他的这种学习态度和方法对同时以及后来的学者都有较为明显的影响。

苏轼在北宋后期就以文采风流为学者文人所羡慕;南宋以后,他的诗文集更为流行。他一生执中持平、守正不阿,虽屡遭贬谪,而处之泰然。这种政治态度也引起后世正直文人的同情和钦仰。他的策论、史论成为许多科举士子摹拟的对象,其他散文和诗歌又以其才华的丰茂,笔力的纵横恣肆,博得后人的爱好。由于他思想的复杂性和文艺上的多方面成就,他在文学史上的影响也是广泛而深远的。南宋陆游、辛弃疾,金元好问,明袁宏道,清陈维崧、查慎行等,有的爱好他的诗歌,有的继承他的词派,有的学习他议论的纵横,有的追摹他小品的清隽。他们的成就有大小,但都明显看出苏轼的影响。他作品的浪漫主义精神为后来许多在文艺上不满现状,要求创新的作者所喜爱;他的游戏人生、随缘自足的思想也带给后来文人以不良的影响。

---

① 参看《日喻》、《大悲阁记》、《送钱塘僧思聪归孤山序》等篇。

第四章 北宋后期的诗词

北宋诗文革新运动到苏轼而达到高潮,也从苏轼开始而趋向分流。北宋后期诗词作家几乎没有不受苏轼直接或间接的影响的。苏门诗人黄庭坚、陈师道既开创了在宋代影响最大的江西诗派,俨然同苏轼分庭抗礼;秦观、贺铸的词也在不同程度上接受苏轼的影响,而在艺术上又别具风格。到了北宋末期,以周邦彦为代表的"大晟词人",又把词带上了"为文造情"的道路,开南宋姜夔、吴文英一派的先河。

第一节 黄庭坚和江西诗派

黄庭坚(1045—1105),字鲁直,号山谷道人,江西分宁(江西修水)人。神宗时教授北京(河北大名)国子监,以诗为苏轼所称赏,和秦观、张耒、晁补之齐名,后人并称为"苏门四学士"。哲宗时旧党执政,擢作国史编修官。后来新党复用,他一再被贬,死于宜州(广西宜山)。

同他的前辈一样,黄庭坚对西昆体也是猛烈攻击的。西昆诗人讲究声律、对偶、辞藻,为了在艺术上摆脱西昆诗人的影响,从欧阳修、梅尧臣开始就企图在立意、用事、琢句、谋篇等方面作些新的探索。到北宋中叶以后,这百年以上的承平局面和新旧党争的风险,既使许多诗人愈来愈脱离现实;当时大量书籍的刊行,封建文化的高涨,又使他们不满足于寻常典故的运用,而务求争新出奇①。这样,他们虽努力在诗法上向杜甫、韩愈以来的诗人学习,却未能更好地继承杜甫、白居易以来诗家的现实主义精神。他们摆脱了西昆体的形式主义,又走上了新的形式主义道路。这就是从北宋后期逐渐形成的江西诗派。这一派诗人并不都是江西人,只因黄庭坚在这派诗人里影响特别大,所以有此称呼。

《苕溪渔隐丛话》曾称引黄庭坚的诗说:"随人作计终后人。"又说:"文章最忌随人后。"可见他在文学创作上是有开辟道路的雄心的。然而他的社会接触面较之前辈诗人欧阳修、王安石、苏轼都远为狭小,长期的书斋生活与脱离现实的创作倾向使他只能选择一条在书本知识与写作技巧上争胜的创作道路。他说:"诗词高胜,要从学问中来。"(见《苕溪渔隐丛话前集》)又说:"老杜作诗,退之作文,无一字无来处;盖后人读书少,故谓韩杜自作此语耳。古之能为文章者,真能陶冶万物,虽取古人之陈言入于翰墨,如灵丹一粒,点铁成金也。"(《答洪驹父书》)可以看出他的这种倾向。那么怎样取古人陈言点铁成金呢?就是根据前人的诗意,加以变化形容,企图推陈出新。他称这种作法是"脱胎换骨",是"以俗为雅,以故为新",是"以腐朽为神奇"。比如王褒《僮约》以"离离若缘坡之

---

① 欧阳修与梅尧臣书,不满意当时时作白兔诗"皆以常娥月宫为说",苏轼《聚星堂雪》诗"禁体物语",皆见当时诗人争新出奇的风气,到黄庭坚更变本加厉。

竹"形容那髯奴的胡须。黄庭坚《次韵王炳之惠玉版纸》诗："王侯须若缘坡竹,哦诗清风起空谷。"进一步用空谷的清风形容王炳之那闻声不见嘴的大胡子,就有了新的意思。又如后人根据李延年《佳人歌》,用"倾城"、"倾国"形容美色,已近俗滥。黄庭坚《次韵刘景文登邺王台见思》诗："公诗如美色,未嫁已倾城。"意思就深了一层,而且符合于这些文人的雅趣。这些运用书本材料的手法,实际是总结了杜甫、韩愈以来诗人在这方面的经验的。他同一般低能文人的摹拟、剽窃不同之处,是在材料的选择上避免熟滥,喜欢在佛经、语录、小说等杂书里找一些冷僻的典故,稀见的字面。在材料的运用上力求变化出奇,避免生吞活剥。为了同西昆诗人立异,他还有意造拗句,押险韵,作硬语,连向来诗人讲究声律谐协和词彩鲜明等有成效的艺术手法也抛弃了。像下面这首诗是比较能表现他这一方面的特点的。

> 我诗如曹郐,浅陋不成邦;公如大国楚,吞五湖三江。赤壁风月笛,玉堂云雾窗;句法提一律,坚城受我降。枯松倒涧壑,波涛所舂撞;万牛挽不前,公乃独力扛。诸人方嗤点,渠非晁张双;袒怀相识察,床下拜老庞。小儿未可知,客或许敦庞;诚堪婿阿巽,买红缠酒缸。
> ——《子瞻诗句妙一世,乃云效庭坚体,次韵道之》

这是他答和苏轼的一首诗。开首四句说他的诗没有苏轼那样阔大的气象。中间十二句写苏轼对他的赏识,同时表现他的傲兀性格,像倒在涧壑里的枯松,波涛推不动,万牛挽不前的。

结四句说他儿子或可以同苏轼的孙女阿巽相配,言外之意即说他的诗不能同苏轼相比。这正是后来江西派诗人说的"打猛诨入,打猛诨出",用一种诙谐取笑的态度表示他们的情谊。这诗从用字、琢句以至命意布局,变尽建安以来五言诗人熟习的道路。然而比之曹植赠丁仪、沈约寄范云、杜甫赠李白等诗篇,黄庭坚虽然字敲句打,作意出奇,却仍未能有效地表达他的真情实感。

当然,作为一个开创诗流派的艺术大匠,黄庭坚的诗并不是每篇都这样生硬的。当他受到真情实境的激发,一定程度上摆脱了刻意好奇的习气时,依然能够写出一些清新流畅的诗篇,像下面的例子。

> 投荒万死鬓毛斑,生入瞿塘滟滪关。未到江南先一笑,岳阳楼上对君山。
>
> 满川风雨独凭栏,绾结湘娥十二鬟。可惜不当湖水面,银山堆里看青山。
>
> ——《雨中登岳阳楼望君山》
>
> 痴儿了却公家事,快阁东西倚晚晴。落木千山天远大,澄江一道月分明。朱弦已为佳人绝,青眼聊因美酒横。万里归船弄长笛,此心吾与白鸥盟。
>
> ——《登快阁》

前人论宋诗,每以苏黄并称。苏诗气象阔大,如长江大河,风起涛涌,自成奇观;黄诗气象森严,如危峰千尺,拔地而起,使人望而生畏,在艺术上各自创造了不同的境界。然而黄庭坚的成就究竟不能同苏轼相比,因为他的诗虽能屏除陈言滥调,形成一种以生新瘦硬为其特征的风格,但仍无法掩盖他生活内容的空虚和脱离现实的倾向。

宋诗最初形成反西昆的流派,是由于当时作者如欧阳修、苏舜钦、梅尧臣等的面向现实,以诗配合他们的政治斗争,一定程度上反映了人民的意愿。黄庭坚论诗说:"诗者,人之性情也,非强谏诤于庭,怨愤诟于道,怒邻骂座之为也。"又说:"其发为讪谤侵凌,引领以承戈,披襟而受矢,以快一朝之愤者,人皆以为诗之祸,是失诗之旨,非诗之过也。"(《书王知载朐山杂咏后》)显然,这是取消了诗歌的战斗作用,其结果必然要走上脱离现实、片面追求艺术技巧的道路,偏离了诗文革新运动的方向。

当时江西派里另一重要诗人陈师道(1053—1101),字履常,一字无己,别号后山居士,徐州彭城(江苏徐州)人。他早年曾从曾巩受业,后来又得到苏轼的赏识,在诗创作上受黄庭坚的影响最深。他一生清贫自守,以苦吟著名。叶梦得在《石林诗话》里说:"陈无己每登览得句,即急归卧一榻,以被蒙首,恶闻人声,谓之吟榻。家人知之,即猫犬皆逐去,婴儿、稚子亦抱寄邻家。徐徐诗成,乃敢复常。"他的诗锤炼幽深,在运思上受到当时禅学的影响,要求"不犯正位,切忌死语"。他诗中的用意有时要反复推究,才能明了,其实只是把古人正面说的话变一个方式,从侧面或反面来说。比之苏轼、黄庭坚,他更工五言。向来有些生活圈子狭窄、要求以艺术上的精严取胜的诗人往往如此。倒是有些表现上较为平淡,却能真实地写出他对家人亲友的关怀的,如《别三子》、《送内》、《寄外舅郭大夫》等篇,精神上同杜甫《鄜州》、《羌村》等诗接近,也在一定程度上纠正黄庭坚"作意好奇"的偏向。下面这首诗可略见他的风格。

> 丈人东南来,复作西南去,连年万里别,更觉贫贱苦。王事有期程,亲年当喜惧;畏与妻子别,已复迫曛暮;何者最可怜,儿生未知父。盗贼非人情,蛮夷正狼顾;功名何用多,莫作分外虑;万里早归来,九折慎驰骛。嫁女不离家,生男已当户;曲逆老不侯,知人公岂误。
>
> ——《送外舅郭大夫概西川提刑》

当时陈师道的妻子要同他岳父郭概一起到西川去,而郭概在政治上又同陈师道属于不同的两个集团。诗中既抒写了他同妻子离别的痛苦,又婉转表达了他对郭概的箴规,说盗贼非人情所乐为(意即迫于饥寒而起),"蛮夷"也正在伺机进犯,劝他不要为个人功名冒险轻进,这在一定程度上表现他对人民、国家的关心。

南宋初期吕本中作《江西诗社宗派图》,首列黄庭坚、陈师道,以下还有韩驹、潘大临等二十多人,江西诗派的名称从此确立。后来方回著《瀛奎律髓》,因江西派诗人都以学杜相号召,又以杜甫为一祖,黄庭坚、陈师道、陈与义为三宗。江西派号召学杜是对的,问题在他们没有很好地继承杜甫热爱祖国、热爱人民的精神,而片面强调他在句法、用事等方面的艺术技巧,这就愈来愈走向形式主义的道路。江西诗派对宋元以来许多生活圈子狭小而死钻书本的文人有很大吸引力,直到晚清的宋诗派还荡漾着它的馀波。

和黄庭坚、陈师道同时的另一苏门诗人张耒（1052—1112），字文潜，楚州淮阴（江苏淮阴）人。他的诗多从日常生活及自然景物中直接汲取题材，有较多反映劳动人民生活的作品，语言也较平易浅近。他为贺铸写的《东山词序》说："文章之于人，有满心而发，肆口而成，不待思虑而工，不待雕琢而丽者，皆天理之自然，而性情之至道也。"这和黄庭坚的搜奇抉怪，一字半句不轻出，表现了明显不同的创作态度。然而前人有些看似肆口而成、自然工丽的诗篇，往往正是他们在艺术上经过长期艰苦锻炼、达到纯熟境界的成果。张耒看到了这些成果的可贵，而对产生这些成果的艰苦过程估计不足。因此他的古诗往往语尽意亦尽，像一篇有韵的散文，律诗也常有辞意不称或草率终篇的，表现了创作上的另一偏向。试看他的《和晁应之悯农》：

> 南风吹麦麦穗好，饥儿道上扶其老。皇天雨露自有时，尔恨秋成常不早。南山壮儿市兵弩，百金装剑黄金缕；夜为盗贼朝受刑，甘心不悔知何数。为盗操戈足衣食，力田竟岁犹无获；饥寒刑戮死则同，攘夺犹能缓朝夕。老农悲嗟泪沾臆，几见良田有荆棘，壮夫为盗赢老耕，市人珠玉田家得。吏兵操戈恐不锐，由来杀人伤正气。人间万事莽悠悠，我歌此诗闻者愁。

这诗反映了北宋后期官逼民反的现实，比之当时一些脱离现实，专在字句上争胜的江西诗人之作，表现了可贵的创作倾向。然而作者"人间万事莽悠悠"的观念既削弱了诗的现实意义;诗中的老农形象也远不及白居易《卖炭翁》、张籍《野老歌》里所描写的鲜明、饱满。张耒诗学白居易、张籍,但在当时的社会影响和诗史上的地位都远远不能同他们相比。这首先决定于作品的思想内容,同时也和他在艺术上的不够成熟有关。

第二节 秦观、周邦彦及其他词人

秦观(1049—1100),字少游,扬州高邮(江苏高邮)人。哲宗元祐初,因苏轼的推荐,除太学博士,兼国史院编修官。绍圣初,新党执政,他连遭贬斥,死于藤州。

秦观出身于一个中落的地主家庭,田园收入不足以自养。少年时客游汴京、扬州、越州等处,曾经和当地一些歌妓往来,为她们写了不少词。下面这首〔满庭芳〕是在这方面较有代表性的作品。

> 山抹微云,天粘衰草,画角声断谯门。暂停征棹,聊共引离尊。多少蓬莱旧事,空回首烟霭纷纷。斜阳外,寒鸦数点,流水绕孤村。
> 销魂当此际,香囊暗解,罗带轻分,漫赢得青楼薄幸名存。此去何时见也?襟袖上空惹啼痕。伤情处,高城望断,灯火已黄昏。

作者把他离别时的感伤情绪和寒鸦流水、灯火黄昏等凄清景象融成一片,在意境上和柳永的〔雨霖铃〕相近,可以看出柳词对他的影响。此外,有些词情调开朗、富有新意,如他的〔鹊桥仙〕词:

纤云弄巧,飞星传恨,银汉迢迢暗度。金风玉露一相逢,便胜却人间无数。　柔情似水,佳期如梦,忍顾鹊桥归路?两情若是久长时,又岂在朝朝暮暮。

词写牛郎织女一年一度在星前月下的美满会合和离别时的长期怀念,它实际是以超人间的形式表现人间男女的私自结合,在当时严酷的封建统治之下,带有一定的理想色彩。而柳永、晏几道词里表现的主要是封建士大夫对官妓或家妓的狎弄,品格显然不同。

秦观在贬官后写的小词,表现他在政治上遇到挫折时的绝望心情,风格接近李煜。下面二词,是在这方面较有代表性的作品。

水边沙外,城郭春寒退,花影乱,莺声碎。飘零疏酒盏,离别宽衣带。人不见,碧云暮合空相对。　忆昔西池会,鹓鹭同飞盖,携手处,今谁在?日边清梦断,镜里朱颜改。春去也,飞红万点愁如海。

——〔千秋岁〕

雾失楼台,月迷津渡,桃源望断无寻处。可堪孤馆闭春寒,杜鹃声里斜阳暮。　驿寄梅花,鱼传尺素,砌成此恨无重数。郴江幸自绕郴山,为谁流下潇湘去。

——〔踏莎行〕

秦观词带有浓厚的感伤情调,他对于自己的或是他所关怀的人物的不幸遭遇,往往表现一种无可奈何的抱怨态度。有些词句如"夕阳流水,红满泪痕中"(〔临江仙〕),"绿荷多少夕阳中,知为阿谁凝恨背西风"(〔虞美人〕)等,语气上十分接近一个被遗弃而无可控诉的女子的声口。向来文学史上一些在封建统治集团内部被排挤的文人,往往把自己的命运同一些在封建家族内部受歧视的妇女联系起来看。秦观在前期的漂泊生涯中,思想感情上不免受到那些聪明而不幸的歌妓的感染,后来又遭到当权派接二连三的打击,他词里这方面的表现就更集中。这些作品在引起人们对于不幸妇女的同情和暗示人们以统治集团内部的分裂这两方面说,有一定的现实意义。然而往往只停留在消极的感叹上,不能激励人们冲破黑暗前进。

善于通过凄迷的景色、宛转的语调表达感伤的情绪,是秦观词的艺术特征。秦观词的感伤情调既容易引起封建社会一些怀才不遇的文士的共鸣,词的艺术成就又较高,因此他向来被认为婉约派的代表作家,对后来词家,从周邦彦、李清照直到清代的纳兰容若等,都有显著的影响。

贺铸(1052—1125),字方回,原籍山阴(浙江绍兴),生长卫州(河南汲县)。他出身贵族,少时意气豪侠,喜谈当世事,不肯为权贵屈节,因此浮沉下僚,郁郁不得志。晚年退居苏州。

贺铸知识渊博,且博闻强记。《宋史》说他"长七尺,面铁色,眉目耸拔",一副怪相。陆游说他"状貌奇丑,色青黑而有英气,俗谓之贺鬼头"(《老学庵笔记》卷八)。但他的词却以美艳著称。

贺铸的小词情思缠绵，组织工丽，风格和晏几道、秦观相近。他的《青玉案》词画出了江南凄迷的烟景，表现他的"闲愁"，是当时传诵的名篇。

凌波不过横塘路，但目送芳尘去。锦瑟华年谁与度？月台花榭，琐窗朱户，只有春知处。　碧云冉冉蘅皋暮，彩笔新题断肠句。试问闲愁都几许？一川烟草，满城风絮，梅子黄时雨。

在秦观死后，黄庭坚写诗寄给贺铸说："解道江南肠断句，只今惟有贺方回。"正好说明他词里的感伤情调同秦观十分接近。

贺铸在词的题材、风格上曾做过多方面的探索，他写思妇的五首〔捣练子〕，写贾妇的〔生查子〕，格调颇近张籍、王建的乐府；长调〔小梅花〕三首，更吸收李贺、卢同的歌行入词。下面这首〔六州歌头〕，用边塞激越苍凉的歌曲，表现他有心报国而无路请缨的悁悁不平之气，南宋张孝祥、辛弃疾、刘过等都有继作，可以想见它对这些爱国词人的影响。

少年侠气，交结五都雄。肝胆洞，毛发耸。立谈中，死生同，一诺千金重。推翘勇，矜豪纵，轻盖拥，联飞鞚，斗城东。轰饮酒垆，春色浮寒瓮，吸海垂虹。闲呼鹰嗾犬，白羽摘雕弓，狡穴俄空，乐匆匆。　似黄粱梦，辞丹凤；明月共，漾孤篷。官冗从，怀倥偬，落尘笼，簿书丛。鹖弁如云众，供粗用，忽奇功。笳鼓动，渔阳弄，思悲翁。不请长缨，系取天骄种，剑吼西风。恨登山临水，手寄七弦桐，目送归鸿。

在北宋王朝没落的前夜，宋徽宗还设置大晟府，任用一批词人来审音定乐,粉饰太平,这就是所谓大晟词人,周邦彦是其中影响最大的一个。

周邦彦(1056—1121),字美成,号清真居士,浙江钱塘人。少年时落魄不羁,曾沿江西上,客游荆州。后来在太学读书,因献《汴都赋》得官。徽宗时他先后在议礼局、大晟府任官,为王朝制礼作乐。又献诗蔡京,说他"化行禹贡山川内,人在周官礼乐中"。那正是北宋王朝临近覆亡的前夕。

周邦彦早年曾经有过和柳永类似的生活经历,词也接受了他的影响。然而由于他的时代和后期的生活都和柳永不同,比之柳词,周词的浪子气息要淡些,而帮闲的意味更浓;内容单薄得多,而词句更工丽,音律更严格,章法的变化也多些。

艳情与羁愁几乎占了他的《清真词》的全部内容,包括那些咏物或咏节令的词在内。这些作品既流露了他自己的生活情趣,也迎合那个腐朽王朝里纵情声色的士大夫们的胃口。由于内容的单薄与无聊,周邦彦就只能在艺术技巧上争胜。他喜欢用代词,如用"凉蟾"代月,"凉吹"代风,"翠葆"代竹等。喜欢运用古辞赋家的手法来练字琢句,如"梅风地溽,虹雨苔滋"(〔过秦楼〕)、"稚柳苏晴,故溪歇雨"(〔西平乐〕)等。喜欢融化前人诗句入词,如"一夕东风,海棠花谢,楼上卷帘看"(〔少年游〕《荆州作》),用韩偓《懒起》诗,"凭阑久,黄芦苦竹,拟泛九江船"(〔满庭芳〕《夏日溧水无想山作》),用白居易《琵琶行》。他还善于通过种种回忆、想象、联想等手法,前后左右、回环吞吐地描摹他所要表达的东西。这些手法本是魏晋以来"为文造情"的辞赋家的长技,周邦彦用来写慢词,把那些艳情内容妆饰得更华美。因此他的词不仅受到当时最高统治者的赏识,从南宋以来,在封建社会的士大夫阶层里也一直有它的市场。

周词中较为可取的是少数表现羁旅行役、怀古伤今的作品,如〔兰陵王〕、〔西河〕《金陵怀古》等。有些小词写景比较清疏明快,像下面这首〔苏幕遮〕:

燎沉香,消溽暑。鸟雀呼晴,侵晓窥檐语。叶上初阳干宿雨,水面清圆,一一风荷举。 故乡遥,何日去?家住吴门,久作长安旅。五月渔郎相忆否?小楫轻舟,梦入芙蓉浦。

为了配合音律,周词不仅讲平仄,有时还严守四声。在词调的创制上,周邦彦也有他的贡献,如〔拜新月慢〕、〔荔支香近〕、〔玲珑四犯〕等,就是他的创调。

和周邦彦同在大晟府供职的还有万俟咏、晁端礼等。比之周邦彦,他们就在艺术上也更少可取。江西诗派与大晟词人的同时出现,表示当时封建文人的两个方面:前者表现他们的脱离现实去追求"文字之乐"的情趣;后者更表现他们的醉生梦死,在一座就要爆发的火山顶上寻欢作乐。

第五章　南宋前期文学

北宋末年,女真贵族所建立的金政权逐渐强大。金统治者在覆灭了契丹族的辽政权以后,又占领了北宋王朝统治的北方广大地区,扩大了割据的范围,造成了我国多民族统一国家的严重分裂。他们实行残酷的民族压迫,弄得北方许多人家破人亡,有些人则随着宋政权南迁,过着流亡的生活。这种分裂混乱局面和民族压迫状况严重妨碍了国家经济、文化的发展,破坏了人民的幸福。南宋初期,金统治者继续挥兵南下,进一步威胁祖国的统一和南方人民的安全。广大人民从反抗民族压迫、维护国家统一的爱国主义精神出发,坚决要求抗金;地主阶级中的有识之士,也发出了强烈的爱国呼声。而以宋高宗、秦桧为首的投降派,却只希望通过对女真贵族的屈膝求和来换取东南半壁的偷安。这样,和战之争就代替了长期以来的新旧党争;爱国主义就突破了江西诗人、大晟词人的形式主义作风,成为许多进步作家的共同倾向。张元干、张孝祥、辛弃疾的词,陆游、范成大的诗,陈亮、叶适的散文,共同把我国文学史上的爱国主义传统向前推进了一大步。而像向来比较推崇晏几道、秦观的李清照,受黄庭坚、陈师道影响较深的陈与义,在新的时代影响之下,也改变作风,写出了富有爱国思想的诗篇。

第一节 李清照

李清照(1084—1155?),号易安居士,山东济南人。父亲李格非以文章受知于苏轼,母亲王氏也知书能文。李清照自少便有诗名。她和太学生赵明诚结婚后,双方共同校勘古书,唱和诗词,或鉴赏书画鼎彝,生活比较美满。靖康二年,她和赵明诚相继避兵江南,丧失了向来珍藏的大部分金石书画。后来赵明诚又病死建康,她就辗转漂流于杭州、越州、金华一带,在孤苦生活中度过了晚年。

李清照在诗、词、散文方面的创作都有很高的造诣。同时她又工书、善画、兼通音乐,是个比较全面发展、多才多艺的文学家。不过她最擅长的还是词。她早年写的《词论》批评了从柳永、苏轼到秦观、黄庭坚等一系列作家。她认为"词别是一家",在艺术上有它的特点,要求协音律,有情致,这是对的。问题在她看不到欧阳修、苏轼等在词创作上的革新精神,这就未免保守,而且在一定程度上限制了她的创作成就。

李清照在宋代刊行的《漱玉词》已经失传,现在辑录的只有七十多首,其中还有些不可靠。她的词可以南渡为界,分为前后二期。前期词描写她在少女、少妇时期的生活,如〔如梦令〕:

> 常记溪亭日暮,沉醉不知归路。兴尽晚回舟,误入藕花深处。争渡,争渡,惊起一滩鸥鹭。

词里描绘的藕花深处的归舟和滩头惊飞的鸥鹭,活泼而富有

生趣。〔怨王孙〕的"水光山色与人亲,说不尽无穷好",也在轻快的节拍中传达出作者开朗愉快的心情。又如〔醉花阴〕:

> 薄雾浓云愁永昼,瑞脑消金兽。佳节又重阳,玉枕纱厨,半夜凉初透。　东篱把酒黄昏后,有暗香盈袖。莫道不消魂,帘卷西风,人比黄花瘦。

委婉而含蓄地表达了闺中的寂寞和离情,同她的〔凤凰台上忆吹箫〕、〔一剪梅〕等小词,都是抒写闺情的名篇。后两首词写她结婚不久,丈夫的离家给她精神上带来了极大痛苦。她孤独、寂寞、痛苦,难于排遣。把她对丈夫的怀念之情和刻骨铭心的爱无顾忌地倾泻出来。作为一个女性作家,她在词里揭示了自己的内心世界,流露她对爱情生活的向往和对大自然的喜爱,这就违反了封建社会为妇女所规定的教条,因此她的词在当时就被斥为"无顾藉"、"无检操"[①]。今天看来,这却正是她前期词思想价值之所在;虽然这些词的题材还比较单调,情绪也偏于感伤。

从靖康元年起,李清照连续遭到国破、家亡、夫死的苦难,过着长期的流亡生活,写出了更其动人的词篇,如〔菩萨蛮〕、〔念奴娇〕、〔声声慢〕等。这些词主要是表达她个人的不幸遭遇,情绪比较消沉。但其中如"故乡何处是,忘了除非醉"(〔菩萨蛮〕),"征鸿过尽,万千心事难寄"(〔念奴娇〕),"伤心枕上三更雨,点滴霖霪,点滴霖霪,愁损北人不惯 起来听"(〔添字采

[①] 引语见王灼《碧鸡漫志》及晁公武《郡斋读书志》。

桑子〕)等句,是表达了南渡初期许多离乡背井、骨肉分散的人的共同感受的,在当时有它的现实意义。〔永遇乐〕更含蓄而深沉地表现她对现实的不满和关心。

落日熔金,暮云合璧,人在何处?染柳烟浓,吹梅笛怨,春意知几许。元宵佳节,融和天气,次第岂无风雨。来相召,香车宝马,谢他酒朋诗侣。　中州盛日,闺门多暇,记得偏重三五。铺翠冠儿,捻金雪柳,簇带争济楚。如今憔悴,风鬟雾鬓,怕见夜间出去。不如向帘儿底下,听人笑语。

在元宵佳节的融和天气中,她想到的却是可能到来的风雨;因为她是经历了中州的盛日,也尝到了如今的憔悴与苦辛。这就正好说明她在经过兵火之后对现实所怀有的深忧,使作品里这位女词人的形象同那些在东南半壁江山里香车宝马、寻欢作乐的人物有所不同。她还有一首值得注意的〔渔家傲〕词:

天接云涛连晓雾,星河欲转千帆舞。仿佛梦魂归帝所,闻天语,殷勤问我归何处?　我报路长嗟日暮,学诗谩有惊人句。九万里风鹏正举,风休住,蓬舟吹取三山去。

从词里"梦魂归帝所"的幻想和"路长嗟日暮"的感慨看,可能是她的晚期词。这词用《离骚》"路曼曼其脩远兮,吾将上下而求索"及苏词"我欲乘风归去"语意,流露了她无家可归的痛苦心情,同时表达她要求摆脱现实的苦闷和对自由、美好生活的向往,充满了浪漫主义精神。

李清照是我国文学史上杰出的女作家。在士大夫大力提倡封建礼教、控制妇女思想、扼杀妇女才能的宋代,她并没有被驯服。她不仅掌握了广博的文化知识,而且敢于干预闺房以外的事情。在早年,她献诗赵明诚的父亲,那当权的赵丞相,说他"炙手可热心可寒"。在文艺上,她也没有一般封建社会妇女的自卑感。她敢于利用当时各种文学形式表情达意,甚至还批评了许多久负盛名的作家。正是这种精神,使她在词创作中表现较多的独创性。〔武陵春〕以舴艋轻舟反衬心情的沉重,〔永遇乐〕以别人的笑语烘托自己的抑郁寡欢,〔声声慢〕一开始连用十四个叠字形容她孤寂无依的处境,都是明显的例子。她词的语言大都明白如话,较少粉饰;又流转如珠,富有声调美。

李清照的词主要继承婉约派词家的道路发展。由于她一生经历比晏几道、秦观等更艰苦曲折,加以她对艺术的力求专精①和在文艺上的多方面才能,词的成就也超过了他们。她后期的词有时还兼有豪放派之长,使她能够在两宋词坛上独树一帜,对后世的影响也较大。

李清照在诗歌创作上也很有成就,且颇有特色。王灼《碧鸡漫志》载:"易安自少年便有诗名,才力华赡,逼近前辈。"她的诗无完全的辑集,散见于各书的记载。在现有这些诗里,多数是说国事、谈政治,表现了她留心国事,关心现实的思想。如《上枢密韩公、工部尚书胡公》一诗有句云:"间阎嫠妇亦何知?沥血投诗干记室";"巧匠亦曾顾樗栎,刍荛之询或有益。

---

① 李清照《打马图经自序》:"专则精,精则无所不妙。"

不乞隋珠与和璧,但乞乡关新信息。灵光虽在应萧条,草中翁仲今何若?遗民定尚种桑麻,败将如闻保城郭";"愿将血泪寄河山,去洒青州一坏土。"(此诗版本差异很大,此用《癸巳类稿》本)

又如《浯溪中兴颂诗和张文潜》第二首有句云:"君不见惊人废兴唐天宝,中兴碑上今生草。不知负国有奸雄,但说成功尊国老。"又如她的五绝:"生当作人杰,死亦为鬼雄;至今思项羽,不肯过江东。"(见《绣水诗钞》)和断句"南渡衣冠思王导,北来消息少刘琨。"(见俞正燮《易安居士事辑》引《诗说隽永》)表现出她对偏安的忧愤。

李清照的散文也颇有特色。如她的《金石录后序》很为人称道。这篇文章,是在她丈夫死后若干年,重读了丈夫写的《金石录》后写的。文中介绍了她夫妇俩如何节衣缩食,收集金石古籍和浸沉于中的乐趣,也回忆了她婚后三十多年的忧患得失,确是篇优美动人的散文。

此外,她的散文还有《词论》、《投翰林学士綦崈礼启》、《打马图序》和《打马赋》等。在《打马赋》中,她借打马这种博弈之类游戏,提示人们要有战备观念,表现出她对抗金事业及对收复失地的关心。

诗和散文所表现的内容与词很不相同。可见她是有意用诗和散文来反映另一方面的思想内容。

第二节 张孝祥及其他爱国词人

南宋初期,有的词人积极投身于要求反抗民族压迫、恢复北方疆土的政治斗争,他们的词也突破了北宋末年平庸浮靡的作风,上承苏轼的思想、艺术传统,下开辛弃疾爱国词派的先河。这里,首先利用词作武器,直接参加当时抗战派的政治斗争的是著有《芦川词》的张元干。

张元干(1091—1175?)[①],字仲宗,长乐(福建闽侯)人。绍兴八年(1138),宋高宗要向金拜表称臣,李纲上书反对无效,张元干写了一首〔贺新郎〕词寄给他,支持他的抗金主张。后来胡铨上书请斩秦桧,除名编管新州,他又写了一首〔贺新郎〕词送他。

> 梦绕神州路,怅秋风、连营画角,故宫离黍。底事昆仑倾砥柱,九地黄流乱注,聚万落千村狐兔?天意从来高难问,况人情易老悲难诉;更南浦,送君去。　凉生岸柳催残暑,耿斜河,疏星淡月,断云微度。万里江山知何处,回首对床夜语。雁不到书成谁与?目尽青天怀今古,肯儿曹恩怨相尔汝?举大白,听金缕。

这词上半写出了北方在金兵占领下的荒凉混乱情景,表现他对民族压迫者的仇恨和对南宋投降派的愤慨。下半表示他对胡铨的同情与支持,要他以豪迈乐观的态度答复投降派的打击,而不要因一时的挫折消沉下去。当时投降派正当权,张元干就因这首词得罪除名。

和张元干同时的主战派士大夫或将领,如李纲、岳飞、胡铨等,都不是以词知名,但由于他们主张抗金的态度最坚决,

---

① 张元干生卒年梁廷灿《历代名人生卒年表》定为 1067—1143,现据近人考证更定。

他们词里所表现的爱国思想和奋发有为的精神,往往为一般词家所不及。其中传诵千古的岳飞〔满江红〕词,是这方面最有代表性的作品。

怒发冲冠,凭阑处潇潇雨歇。抬望眼,仰天长啸,壮怀激烈。三十功名尘与土,八千里路云和月。莫等闲白了少年头,空悲切!

靖康耻,犹未雪;臣子恨,何时灭?驾长车踏破贺兰山缺。壮志饥餐胡虏肉,笑谈渴饮匈奴血。待从头收拾旧山河,朝天阙。

词里所表现的对个人功名富贵的轻视、对抗战胜利的信心,以及发愤自强的精神,今天对我们都还有一定的教育意义。但下片仍然流露狭隘的民族意识和尽忠南宋王朝的思想,这是当时爱国词人的共同局限。

比张元干稍后的张孝祥是前期爱国词人里影响较大的作家。张孝祥(1132?—1169?),字安国,历阳乌江(安徽和县)人。高宗时举进士第一,曾因事忤秦桧下狱。后历任建康留守等官,做了些对人民有利的事情。绍兴三十一年(1161),金主完颜亮领兵南侵,被宋将虞允文击溃。张孝祥听到这消息,写了一首热情横溢的〔水调歌头〕,并表示自己也要乘风破浪,击楫中流,誓师北伐。到了隆兴元年(1163),张浚的北伐军在符离溃败,南宋统治集团又重新走向妥协投降的道路,他在建康写了首〔六州歌头〕词。

长淮望断,关塞莽然平。征尘暗,霜风劲,悄边声,黯销凝。追想当年事,殆天数,非人力;洙泗上,弦歌地,亦膻腥。隔水毡乡,落

> 日牛羊下,区脱纵横。看名王宵猎,骑火一川明,笳鼓悲鸣,遣人惊。　念腰间箭,匣中剑,空埃蠹,竟何成!时易失,心徒壮,岁将零。渺神京,干羽方怀远,静烽燧,且休兵。冠盖使,纷驰骛,若为情。闻道中原遗老,常南望翠葆霓旌。使行人到此,忠愤气填膺,有泪如倾。

全词在急促的节拍中传达出奔迸的激情,并通过关塞苍茫、名王宵猎、壮士抚剑悲慨、中原遗老南望等一幕幕鲜明的场景,反映出时代的特征,具有强烈的艺术感染力量。相传张浚那时正招集山东、两淮忠义之士于建康,上书反对和议。张孝祥在建康留守席上赋此词,张浚为之罢席。

张孝祥词学苏轼,部分即景抒怀的作品,意境和苏词更近。像他的〔念奴娇〕《过洞庭》,就俨然是一篇小型的《赤壁赋》。

> 洞庭青草,近中秋更无一点风色。玉鉴琼田三万顷,着我扁舟一叶。素月分辉,明河共影,表里俱澄澈。悠然心会,妙处难与君说。　应念岭表经年,孤光自照,肝胆皆冰雪。短发萧骚襟袖冷,稳泛沧溟空阔。尽挹西江,细斟北斗,万象为宾客。扣舷独啸,不知今夕何夕!

由于这些词人的阶级地位,他们当民族危机紧迫、生存受到威胁时,虽也能激昂慷慨,唱出一些振奋人心的歌声;但当形势渐趋稳定、对现实感到无能为力时,就转而在园林、山水中寄托他们的精神生活,在词里表现了萧然自得的态度。这在张元干、张孝祥的词里已有所不免;在朱敦儒的《樵歌》、叶梦得的《石林词》里就表现得更明显了。

朱敦儒,字希真,洛阳人。南渡后避乱到岭南。绍兴二年(1132),被召入朝,以好立异论,与主战派大臣李光交通,被劾罢官。后来又一度被秦桧笼络,任鸿胪少卿,为时论所不满。他少年时在洛阳过着"换酒春壶碧,脱帽醉青楼"的生活,词也沾染了流连光景的习气。到南渡初期,国破家亡的现实教训,使他一度唱出了苍凉激越的悲歌,像下面这首〔相见欢〕:

  金陵城上西楼,倚清秋。万里夕阳垂地,大江流。　中原乱,冠缨散,几时收?试倩悲风吹泪,过扬州。

可是在宋金对峙局面稳定后,他在嘉兴城南一带经营了别墅,过着世外桃源的生活,就又用词描摹自然景色,表现他萧然世外的闲散心情。像下面的〔好事近〕《渔父词》就是比较典型的例子。

  摇首出红尘,醒醉更无时节。活计绿蓑青笠,惯披霜冲雪。晚来风定钓丝闲,上下是明月。千里水天一色,看孤鸿明灭。

叶梦得(1077—1148),字少蕴,号石林居士,苏州人。南渡初,两任建康知府,俱能分兵守险,阻截金兵。晚年退居湖州,以读书吟咏自遣。他的词受苏轼影响较深,但缺乏自己的特色。下面这首〔水调歌头〕可略见他的风格。

> 秋色渐将晚,霜信报黄花。小窗低户深映,微路绕欹斜。为问山公何事,坐看流年轻度,拚却鬓双华。徙倚望沧海,天净水明霞。
>
> 念平昔,空飘荡,遍天涯。归来三径重扫,松竹本吾家。却恨悲风时起,冉冉云间新雁,边马怨胡笳。谁似东山老,谈笑净胡沙!

作者在逍遥三径之中,仍感慨于流年的轻度和边马的悲鸣,希望有人能谈笑却敌,较朱敦儒后期的作品为有风骨。这种词风和后来辛弃疾退居带湖、瓢泉时的作品比较接近。

第三节 陈与义和南渡初期诗人

南渡初期,由于民族矛盾的剧烈,爱国思想也是诗坛上的主要倾向。虽然江西诗派的影响还弥漫一时,但面对这一时代的巨变,诗人们已能突破它的束缚,进而从内容上汲取杜诗的爱国精神,写出一些较好的作品。

陈与义(1090—1138),字去非,号简斋,洛阳人。北宋徽宗时,他做过太学博士、符宝郎,后谪监陈留酒税。靖康之难,金人入汴,他自陈留避乱南奔,经商水、襄阳至湖南,转徙岳阳、长沙、衡阳间。高宗绍兴元年,复经广东、福建抵临安,任吏部侍郎,累官至参知政事。

陈与义是南北宋之交杰出的诗人,也是江西诗派后期的代表作家。和黄庭坚、陈师道一样,他也尊杜学杜。但在南渡以前,他对黄、陈学杜的偏差还不能有所察觉和纠正,写了不少表现个人生活情趣的流连光景之作。如以"红绿扶春上远林"写春光,以"一凉恩到骨"写秋雨,以"微波喜摇人,小立待其定"写池水,以"墙头语鹊衣犹湿,楼外残雷气未平"写新晴,虽清新可喜,但也表现了诗人对现实的冷漠,而这正是江西诗派的共同倾向。

南渡以后,国破家亡,颠沛流离,他比较广泛地接触了社会现实,激发了他的爱国感情,对于杜诗的精神实质也有了深入的体会,所以他说:"但恨平生意,轻了少陵诗"(《避虏入南山》)!并认识到"要必识苏、黄之所不为,然后可以涉老杜之涯涘"(《简斋诗集引》)。从此,他的诗风才有了转变,趋向沉郁悲壮,写了不少感怀家国的诗篇。有的痛恨金人的侵扰,慨叹国中之无人,以至皇帝也到处逃窜,如《次韵尹潜感怀》:

> 胡儿又看绕淮春,叹息犹为国有人?可使翠华周宇县?谁持白羽静风尘?五年天地无穷事,万里江湖见在身。共说金陵龙虎气,放臣迷路感烟津。

有的则追咎北宋末年朝臣的误国,对宋高宗的只知一味逃跑也给予幽默而辛辣的讽刺。如《伤春》:

> 庙堂无策可平戎,坐使甘泉照夕烽。初怪上都闻战马,岂知穷海看飞龙!孤臣霜发三千丈,每岁烟花一万重。稍喜长沙向延阁,疲兵敢犯犬羊锋。

史言建炎三年十二月,金人陷常州,高宗"航海避兵";又次年二月,金人攻长沙,向子諲"率军民死守",便是这首诗所反映的史实。这些诗,苍凉悲壮,从思想风格到句法声调,都很像杜甫的《诸将》,杨万里说他"诗风已上少陵坛"(《跋陈简斋奏章》),是不错的。此外,如《感事》、《牡丹》等也都是伤时抚事之作。但由于诗人并没有完全改变对社会现实的消极态度,同时也没有像杜甫那样深入广泛地接近人民,因而他的爱国诗篇为数并不多,也不及杜甫的深刻、沉挚,且多缺乏积极奋发和为国牺牲的精神。但在当时已是难能可贵的了。

曾几(1084—1166),字吉甫,江西赣县人。徽宗时,作过校书郎。高宗时,历任江西、浙西提刑。绍兴八年,因与兄曾开力排和议,忤秦桧,罢官,寓居上饶茶山寺,自号茶山居士。秦桧死后,复为秘书少监。曾几是陆游所师事的爱国诗人,他在赠陆游的诗中曾说:"问我居家谁暖眼?为言忧国只寒心!"陆游在《跋曾文清公奏议稿》中也说:"绍兴末,先生居会稽禹迹精舍,某自敕局归,无三日不进见,见必闻忧国之言。时先生年过七十,聚族百口,未尝以为忧,忧国而已!"可见他的为人和对陆游的影响。在诗歌上,他最推重杜甫,但同时也推重黄庭坚。他说:"工部百世祖,涪翁一灯传。"又说:"老杜诗家初祖,涪翁句法曹溪。"他和年辈较长的江西派诗人韩驹、吕本中也有师友的关系。但他并没有墨守江西诗派那套理论。他也讲句法,但不流于生硬;也好用事,但力避冷僻,所以他的诗,风格大都明快活泼。他南渡后写的一些关心国事的七言律诗也具有这种特色。如《寓居吴兴》:

> 相对真成泣楚囚,遂无末策到神州。但知绕树如飞鹊,不解营巢似拙鸠。江北江南犹断绝,秋风秋雨敢淹留?低回又作荆州梦,

落日孤云始欲愁。

诗的主题和陈与义的《伤春》正复相似,也是愤慨朝中无人,统治者只知一味逃跑的,但艺术表现上不及《伤春》的浑成。他还有一些关心人民生活的诗,《苏秀道中自七月二十五日夜大雨三日,秋苗以苏,喜而有作》一首写得最真挚、酣畅:

  一夕骄阳转作霖,梦回凉冷润衣襟。不愁屋漏床床湿,且喜溪流岸岸深。千里稻花应秀色,五更桐叶最佳音。无田似我犹欣舞,何况田间望岁心!

三四化用杜句,十分自然。秋雨梧桐,一般都觉得愁人,作者却说是最美妙的声音,这也表明了他对人民的关切心情。孝宗隆兴元年,诗人已八十岁,这年中秋赏月,他还唱出了这样悲愤的诗句:"凉月风光三夜好,老夫怀抱一生休!""京洛胡尘满人眼,不知能似浙江不?"(《癸未八月十四日至十六日月色皆佳》)可见他始终不忘恢复中原。这种爱国精神显然也教育了陆游。

  和陈与义一样,他对山林丘壑也有着浓厚的兴趣,甚至在逃难中还说:"不因深避地,何得饱看山?"因此,他写得更多的还是流连光景的闲适诗,如《三衢道中》等。赵庚父评他的诗"新于月出初三夜,淡比汤煎第一泉"(《梅硐诗话》),主要是就这类作品的风格说的。

  陈、曾以外,南渡初期,还有不少诗人写了一些抒发爱国情思和反映动乱现实的作品。如吕本中的《兵乱后杂诗》、刘子翚的《汴京纪事》等。而王庭珪的《送胡邦衡之新州贬所》七律二首,尤富有战斗性。录第二首如下:

> 大厦原非一木支,欲将独力拄倾危。痴儿不了公家事,男子要为天下奇。当日奸谀皆胆落,平生忠义只心知。端能饱吃新州饭,在处江山足护持。

这两首诗痛斥卖国权奸,甚至把他们比作"虎豹"(第一首),为小人告发,流放夜郎,这时他已是七十岁了。由于这两首诗表现了广大人民的爱国意志,因而"人争传诵,一日满四海"(杨万里《王叔雅墓志铭》)。

第四节　杨万里和范成大

杨万里、范成大、陆游和尤袤号称"中兴四大诗人"。当时杨、陆的声名尤著。尤袤流传下的作品很少,成就也不高;杨、范虽比不上陆游,但都能摆脱江西诗派的牢笼,思想、艺术各有特色,不愧为南宋杰出的诗人。

杨万里(1127—1206)[①],字廷秀,号诚斋,江西吉水人。

[①] 按《杨文节公文集》卷末附录杨万里之子杨长孺所撰《杨公墓志》云:"先君于建炎元年丁未岁九月二十二日子时生……开禧二年丙寅五月八日无疾薨,享年八十。"其言甚明,与杨氏本人在《浩斋记》、《秋衣》等诗文中所自纪之年岁,亦均吻合无间。据此,则杨氏当生于建炎元年(1127)。旧说多从《宋史·杨万里传》"卒年八十三"的记载,因推定杨氏生于宣和六年(1124),实误。

绍兴二十四年进士,历任漳州、常州诸地方官,入为东宫侍读,官至宝谟阁学士。他曾屡次上疏指摘朝政,忤权相韩侂胄,因此罢官家居十五年,忧愤而死。

杨万里和江西诗派的主要不同是直接从自然景物吸收题材,而不是从书本文字上翻新出奇,所以他说"不听陈言只听天"。他对于自然界有着特别浓厚的兴趣,自然界的一切,大而高山流水,小而游蜂戏蝶,无不收拾入诗。他认为"山中物物是诗题","无山安得诗"?并且说:"不是风烟好,何缘句子新?"而对于自然,他又观察得细致,领会得深刻,描写得生动逼真,以至姜夔有"处处山川怕见君"的戏言。因此在题材上,他的诗以描写自然景物的为最多,也最能体现他的诗歌的艺术特色。杨万里无论在继承和创作上,都是个善于变化的诗人。他早年从江西派入手,中年以后,转而批判江西派的弊病,尽焚少作"江西体"千馀首,而自出机杼。他在《荆溪集自序》里曾说到这种转变过程:"予之诗,始学江西诸君子,既又学后山五字律,既又学半山老人七字绝句,晚乃学绝句于唐人。……戊戌作诗,忽若有悟,于是辞谢唐人,及王、陈、江西诸君子皆不敢学,而后欣如也。"于是他便走上了师法自然的创作道路,认为"学诗须透脱,信手自孤高"(《和李天麟》);他不再模拟古人,而是要超出古人:"黄陈篱下休安脚,陶谢行前更出头。"(《跋徐恭仲省干近诗》)因而形成了他自己的独特风格。这就是严羽《沧浪诗话》所称的"杨诚斋体"。

"诚斋体"的特点之一,是富于幽默诙谐的风趣。这主要是继承了陶潜的《责子》、杜甫的《漫兴》,苏轼、黄庭坚的诙谐打诨的作风,而加以发展。只如《嘲蜂》、《嘲蜻蜓》、《嘲稚子》、

《戏嘲星月》这类诗题,在一般诗集里便绝少见。但他往往也寓感愤和讽刺于诙谐嘲笑之中,如《嘲淮风》:"不去扫清天北雾,只来卷起浪头山!"又如《观蚁》:"微躯所馔能多少?一猎归来满后车!"第二,是丰富新颖的想象。他善于捕捉自然景物的特征和变态,并用拟人的手法加以突出,使之生动而饶有风趣。比如他用"一峰忽被云偷去"来写流云,用"拜杀芦花未肯休"来写狂风,用"两堤杨柳当防夫"来联想边疆的将士。第三,是自然活泼的语言。他继承了古代和当代的民歌,以及白居易、张籍和杜荀鹤等人的传统,语言力求平易浅近,并大量汲取俚语谣谚入诗。诸如"拖泥带水"、"手忙脚乱",甚至"连吃数刀"之类也在所不避。这比起江西派的搜僻典、用生词、押险韵、造拗句,可以说是一个解放。这三个特点往往是交织在一起的,且看以下诸诗:

  野菊荒苔各铸钱,金黄铜绿两争妍。天公支与穷诗客,只买清愁不买田。

              ——《戏笔》

  篙师只管信船流,不作前滩水石谋。却被惊湍旋三转,倒将船尾作船头。

            ——《下横山滩望金华山》

  峭壁呀呀虎擘口,恶滩汹汹雷出吼。泝流更着打头风,如撑铁船上牛头。"风伯劝尔一杯酒,何须恶剧惊诗叟!端能为我霁威否?"——岸柳掉头荻摇手!

              ——《檄风伯》

第一首写眼前景物,第二首写日常生活,都不无寓意,却没有穷酸气、迂腐气。第三首更集中地表现了"诚斋体"的独特风格。他自言"老子平生不解愁",又说"自古诗人磨不倒",我们正应从这种诗风中领会诗人对生活的乐观态度。

杨万里还是一个比较关心国家命运的诗人。"谁言咽月餐云客,中有忧时致主心"(《题刘高士看云图》),正是他的自道。因此他也有一些直接抒写爱国感情的作品,如《初入淮河四绝句》:

> 船离洪泽岸头沙,人到淮河意不佳:何必桑乾方是远,中流以北即天涯!
> 两岸舟船各背驰,波痕交涉亦难为。只馀鸥鹭无拘管,北去南来自在飞。

这两首诗是淳熙元年(1190)杨万里奉命迎接金使时所作。作者看到了本是祖国心腹之地的淮河,而今却成为金宋双方的疆界,两岸的人民也失去了来往的自由,形成敌国,所以心情异常沉痛。由于结合眼前景物,故能"含不尽之意,见于言外",这也说明他在绝句方面的造诣。此外,如《雪霁晓登金山》的"大江端的替人羞,金山端的替人愁",《题盱眙军东南第一山》的"白沟旧在鸿沟外,易水今移淮水边"等句,也都流露了他的爱国心情。

杨万里还写了一些反映农民劳动生活的诗,如《插秧歌》、《竹枝词》等,对农民的痛苦也深表同情:"荒山半寸无遗土,田父何曾一饱来!"(《发孔镇晨炊漆桥道中纪行》)但这类作品在他现存的四千多首诗中是太少了,而且缺乏陆游那样激昂慷慨的热情,揭露也不及范成大那样具体、深刻。这可能和他的艺术观点有关,他尝说:"诗已尽而味方永,乃善之善也。"(《诚斋诗话》)

总的来说,杨万里不失为南宋一位自具面目的作家。他的主要成就和贡献是在艺术风格方面。他吸收民歌的白描手法,一反江西诗派的生硬桠椏,创立了活泼自然的"诚斋体",是值得肯定的。但是,和江西诗派差不多,尽管他也推崇杜甫,但对杜甫的现实主义精神并未能着重继承。他心爱的乃是陶、谢、王、孟、韦、柳一路的山水田园诗,尤其是王维的《辋川集》,并片面地认为"只是征行自有诗"。因此,他的诗大都是"斧藻江山,追琢风月",很少反映社会现实,和他所处的万方多难的时代显得很不相称。而这也就使他不可能从思想内容、创作方向上对江西诗派作彻底的变革。由于题材的细碎,他的风趣也往往流于庸俗无聊,而那种一味师法自然和滥用口语的"信手""走笔"的创作态度,也使他写了不少粗率的作品。像"一杯至三杯,一二三四五"这类诗句,却实在不高明。

范成大(1126—1193),字致能,平江吴郡(江苏苏州市)人。他早年境况比较贫寒,为衣食奔走,故有"若有一廛供闭户,肯将簦舫换柴扉"之叹。绍兴二十四年中进士后,仕途上却比较顺利,也为国家人民作了一些好事。乾道四年,孝宗为索取河南"陵寝"地,派他出使金国。在金主面前,他"词气慷慨","全节而归",为朝野所称道。此后他由中书舍人,累官至四川制置使、参知政事,在南宋诗人中最为显达。淳熙九年,因疾退居石湖,自号石湖居士。

范成大是个爱国者,也比较关心人民疾苦,退居后也没有完全忘却人民。他虽也受过江西诗派的影响,但主要还是继承白居易、张籍、王建的新乐府传统的现实主义精神,如《乐神曲》等四首,便明言"效王建"。因此,他的诗数量虽不及杨万里多,内容却较充实,有不少即事名篇的现实主义作品。

由于生活关系,范成大年轻时便写了一些揭露残酷剥削、同情农民疾苦的诗。《催租行》和《后催租行》可为代表。在《催租行》里作者通过官府的爪牙——里正无耻勒索农民的典型事件,概括地反映了当时政治的黑暗。只"我亦来营醉归耳"一句,便画出了里正的丑恶嘴脸,手法也非常经济。《后催租行》更写出农民被迫出卖女儿以输租的惨状:

> 老父田荒秋雨里,旧时高岸今江水。佣耕犹自抱长饥,的知无力输租米。自从乡官新上来,黄纸放尽白纸催。卖衣得钱都纳却,病骨虽寒聊免缚。去年衣尽到家口,大女临歧两分首。今年次女已行媒,亦复驱将换升斗。室中更有第三女,明年不怕催租苦!

这是农民的血泪控诉。末句是反语,中含无穷仇恨。"况闻处处鬻男女,割慈忍爱还租庸"(杜甫《岁晏行》),这种惨象,在封建社会原极普遍,但很少写得如此具体深刻。此后在帅蜀期间,作者在《劳畬耕》里还揭露了那种"食者定游手,种者长流涎"的不平。

还在少年时期,诗人便写出了"莫把江山夸北客,冷烟寒水更荒凉"(《秋日二绝》)的名句,对于南宋统治者向金使炫耀半壁江山的无耻行为作了尖锐的批评。他最有价值的爱国诗篇,是一一七〇年使金时写的七十二首绝句。这组诗不仅描写了北方的山川文物,表现了诗人自己的爱国思想;而且反映了中原人民的悲惨生活和他们的民族感情。有时又通过凭吊先烈谴责宋代统治者的昏庸误国。如以下诸作:

  州桥南北是天街,父老年年等驾回。忍泪失声询使者:"几时真有六军来?"
——《州桥》
  女僮流汗逐氈軿,云在淮乡有父兄。屠婢杀奴官不问,大书黥面罚犹轻。
——《清远店》
  平地孤城寇若林,两公犹解障妖祲。大梁襟带洪河险,谁遣神州陆地沉?
——《双庙》

关于这次出使,作者谦言是"许国无功浪著鞭,天教饱识汉山川"。其实无论从政治还是从创作来说,诗人都完成了他的使命。

  范诗的另一成就是田园诗。他晚年写的《四时田园杂兴》和《腊月村田乐府》,描述了江南农村生活的各个方面,像一长卷生动的农村风俗画,展示了丰富多彩的宋代风土人情,富有浓郁的乡土气息。这是他以前的诗人所很少着墨的。尤其可贵的是其中还有不少篇章把农村自然景色的描写和对封建剥削的揭露结合起来,赋予以闲适为其特征的传统的田园诗以更深刻的内容,这和他早期写作乐府诗的精神正是一致的。如《四时田园杂兴》:

> 昼出耘田夜绩麻,村庄儿女各当家。童孙未解供耕织,也傍桑阴学种瓜。
>
> 采菱辛苦废犁锄,血指流丹鬼质枯。无力买田聊种水,近来湖面亦收租!
>
> 垂成穧事苦艰难;忌雨嫌风更怯寒。笺诉天公休掠剩:半偿私债半输官。
>
> 新筑场泥镜面平,家家打稻趁霜晴,笑歌声里轻雷动,一夜连枷响到明。

这里,诗人通过深入的观察和亲切的体验领略了农民勤劳、淳朴的品质和他们生活的苦乐,流露了诗人的同情和共鸣。当然,其中也不免有美化农村的描写,表现了士大夫的情趣。他晚年还写了一些反映人民悲苦生活的小诗,如《夜坐有感》、《咏河市歌者》、《雪中闻墙外鬻鱼菜者,求售之声甚苦,有感三绝》等。

由于内容较丰富,同时他不仅学白居易、王建,也学孟郊、李贺,还有"玉台体",因此范诗的风格也比较多样。杨万里评他的诗"清新妩媚"、"奔逸隽伟"(《石湖诗序》),主要是指"点缀湖山"一类作品而言。其实范诗还有"婉峭"、"浅切"的一面。杨万里还说:"今海内诗人,不过三四,而公皆过之,无不及者",这评价也欠公允。范是不能和陆游相比的。他深受佛、道影响,诗中消极颓废的东西还是不少的。

第五节　胡铨、陈亮、叶适及其他散文家

北宋的古文运动,经过"宣政之末"的一度低沉,到南宋继

续发生广泛的影响。以奇句单行为特征的欧曾王苏的古文，逐渐成为文坛的统治形式和无施不可的应用工具，因而产生了"散句"或"散文"的概念①。南渡前后，民族危机严重，抗金爱国成为诗词等文学作品的重要主题，散文更成为打击投降派、力主报仇雪耻的直接武器。在北宋诸大家的影响下，一部分上书言事的政论文，表现了作者对现实政治的深刻认识和鲜明态度，胡铨、陈亮、叶适是这方面的代表作家。

胡铨（1102—1180），字邦衡，号澹庵，庐陵芗城（江西吉安县南）人。高宗建炎二年（1128）进士；绍兴七年（1137）为枢密院编修官。八年秦桧决策主和，铨愤而上书，直斥统治者"竭民膏血而不恤，忘国大仇而不报，含垢忍耻，举天下而臣之甘心焉"；并决然表示"义不与桧等共戴天"，"愿断三人头竿之藁街"；主张"羁留金使，责以无礼，徐兴问罪之师"："不然，臣有赴东海而死耳，宁能处小朝廷求活耶！"这篇《戊午上高宗封事》义正辞严，不仅使"当日奸谀皆胆落"（王庭珪《送胡邦衡之新州贬所》），而且也鼓舞了广大人民抗敌爱国的斗争力量，使"勇者服，怯者奋"（周必大《……胡忠简公神道碑》）。自学士文人"至武夫悍卒，暨方裔士，莫不传诵其书，乐道其姓氏，争愿识面，虽北庭亦因是知中国之不可轻"（同上）！它是南宋初年广大人民痛恨统治集团的屈膝投降，要求报仇雪耻、挽救民族危亡情绪的集中反映。由于这一篇封事，胡铨被贬官到许多地方，最后到海南岛，直至绍兴二十五年冬秦桧死后，始得

---

① 叶适《水心集·播芳集序》："昔人谓……黄鲁直短于散句"；罗大经《鹤林玉露·文章有体》条："山谷诗骚妙天下，而散文颇觉琐碎"。

内移衡州。"朱崖万里海为乡,百炼不屈刚为肠"(王庭珪《胡邦衡移衡州……》),胡铨和南宋投降派的英勇斗争是百折不挠、坚持到底的。孝宗即位后,他有《上孝宗论兵书》,建议统治者"坚持前日和不可成之诏,力修政事,十年生聚,十年教训,如越之图吴"。又有《上孝宗封事》,指出"自靖康始,迄今四十一年,三遭大变,皆在和议";而"肉食鄙夫,万口一谈,牢不可破,非不知和议之害,而争言为和者",只是由于偷懦、苟安和附会。胡铨的这些上书,议论慷慨正大,语言明达条畅,表现了强烈的爱国主义精神。

作为政论家,陈亮(1143—1193)更有名。亮字同甫,浙江永康人。他十八九岁时,即有抗金救国、奔走四方之志,好言"霸王大略,兵机利害";"尝考古人用兵成败之迹,著《酌古论》",名闻朝廷。淳熙五年(1178),他接连"上孝宗皇帝"三书;十五年,又上第四书。最著名的是第一书。他根据"一日之苟安,数百年之大患"的历史教训,指出南宋小朝廷绝不可能"安坐而久系";建议统治者应"痛自克责,誓必复仇,以励群臣,以振天下之气,以动中原之心";并运用兵机"奇变",建立攻守据点,"开今日大有为之略","决今日大有为之机",以图报仇雪耻,恢复中原。他愤慨地说:"今世之儒士,自以为得正心诚意之学者,皆风痹不知痛痒之人也!举一世而安于君父之仇,而方低头拱手以谈性命,不知何者谓之性命乎?"又说:"今世之才臣,自以为得富国强兵之术者,皆狂惑以肆叫呼之人也!不以暇时讲究立国之本末,而方扬眉伸气以论富强,不知何者谓之富强乎?"这对当时那些空谈无用、醉生梦死的士大夫，真是当头一棒。但陈亮的反复陈词，由于当权的投降派的阻挠，不仅没有发生任何实际效果，而且"诋讪交起，竟用空言罗织成罪，再入大理狱，几死"（叶适《龙川集序》）。光宗绍熙四年始登进士第，得任建康府金判，未至官而卒。"复仇自是平生志，勿谓儒臣鬓发苍"（《及第谢恩……》），他终身只是以"布衣"而纵论天下事。在长期的政论文的写作中，他的体会是："大凡论不必作好语言，意与理胜则文字自然超众"（《书作论法后》）。所谓"意与理"，也就是他对历史兴废和现实斗争的认识和主张，根本和当时理学家一套空谈性命的学说不同。他的政论文，确能以"意与理"为基础，体不诡异，词不险怪，宏富典丽，表现了"堂堂之阵，正正之旗"的文风。

叶适（1150—1223），字正则，浙江永嘉人。他出身于"贫匮三世"的家庭，自称"少曾读书，颇涉治乱"，"独有忧世之心"（《上西府书》）。淳熙五年中进士，历任朝廷和地方的许多官职，但未得重用。开禧三年，被劾归乡里后，"研玩群书"，经十六年，乃成《习学记言》一部有系统的、以经史百家为条目的哲学著作。他继承并发展了永嘉学派进步的思想传统，对唯心主义的理学和心学进行了尖锐的斗争，成为独立一派的唯物主义思想家。这就是全祖望所说"乾淳诸老既殁，学术之会，总为朱陆二派，而水心龂龂其间，遂称鼎足"（《宋元学案·水心学案上》）的实际。他也是一个比陈亮更为实际的爱国者和政治家。从二十五岁"上西府书"到五十八岁罢官归乡里的三十四年间，他和陈亮一样，曾不断地向统治者上书。淳熙十五年，他的《上孝宗皇帝札子》是最有代表意义的一篇。在这里，他首先肯定"二陵之仇未报,故疆之半未复"是统治者"一大事",是"天下之公愤,臣子之深责"。然后根据敌我情况的分析,指出敌人并不是真正强大难攻和不可攻,根本问题在于"我自有所谓难,我自有所谓不可耳。"具体地说,"盖其难有四,其不可有五":"国是难变,议论难变,人才难变,法度难变;加以兵多而弱不可动,财多而乏不可动,不信官而任吏不可动,不任人而任法不可动,不用贤能而用资格不可动"。因此,上下背谬,习以成风,"期之以功名而志愈惰,激之以气节而俗愈偷。……公卿大夫私窃告语,咸以今之事势举无可为者,姑以美衣甘食,老身长子自足而已:岂非今之实患深害一大事之残贼者欤"!最后他认为这些难和不可,并不是真难真不可,关键在统治者是否决心伸张"大义",即报仇复国,力图振作。他说如果"大义既立",则一切所谓难和不可,"期年必变,三年必立,五年必成,二陵之仇必报,故疆之半必复,不越此矣"!这篇上书,表现了作者坚强的爱国主义的感情和意志,也表现了作者指陈弊政、建议改革、进行备战的实际精神。后来他的《上光宗皇帝札子》(绍熙元年)和《上宁宗皇帝札子》(开禧二年)等,也都是同一精神的表现。叶适的散文,"在南宋卓然为一大宗"(《四库提要》)。他的政论文就是最重要的一部分。它们大抵以经史之学为基础,并能从实际出发,提出政见,分析细密而有条理,语言简朴而厚重有力。此外,他还写了许多"记"和"碑版之作",特别是后者,"能脱化町畦,独运杼轴"(同上)。他认为"为文不能关教事,虽工无益也"(《赠薛子长》);又以为"出奇吐颖,何地无材?近宗欧曾,远揖秦汉,未脱模拟之习,徒为陵肆之资"(《题陈寿老文集后》):这种重视

107

文章的社会作用,要求取材于现实生活,反对模拟古人的主张,显然有进步意义。

南宋时代还出现了大量的笔记杂文。北宋古文家如欧苏等都在长篇大论之外,写过一些笔记小文。古文运动的成功,使散文更切合实用。到了南宋,许多作者写笔记,已经不再是丛残琐记,而是一种著作形式。凡读书心得,生活琐事,世情风习,风景名胜,朝政掌故,历史传说,名人轶事等等,无所不包,一笔再笔。著名的如洪迈的《容斋随笔》、王明清的《挥麈录》等。特别是罗大经的《鹤林玉露》。它评论艺文,褒贬人物,指责弊政,往往别具识见,言简意赅,发人深思。如《论菜》云:"真西山论菜云:'百姓不可一日有此色,士大夫不可一日不知此味。'余谓百姓之有此色,正缘士大夫不知此味。若自一命以上至于公卿,皆得咬菜根之人,则必知职分之所在矣。百姓何愁无饭吃?"着墨不多,语重心长,反映了南宋时代尖锐的阶级矛盾。又康与之《昨梦录》,多记奇异事物或故事,其一记北宋末年杨氏兄弟在西京山中遇出世老人引入洞穴,别见一个"计口授地,以耕以蚕,不可取衣食于他人"的理想世界,极似《桃花源记》,这是南渡前后在民族矛盾和阶级矛盾极端尖锐的现实条件下,一部分远离现实的士大夫看不见国家民族的光明前途而幻想出来的农业社会主义。这种幻想虽然和当时广大阶层的抗金救国以及农民的起义反抗背道而驰;但它也是尖锐的阶级矛盾以及广大人民在乱离之际一种善良的愿望的反映。方勺《泊宅编》多记北宋朝野人物旧闻,其中关于方腊起义的记载,虽不免有所歪曲和诬蔑,但它记录见闻,首尾具在,方腊揭露统治阶级残酷剥削人民、媚敌求和的一

段,尤其淋漓尽致:

> 腊涕泣曰:"今赋役繁重,官吏侵渔,农桑不足以供应。吾侪所赖为命者,漆楮竹木耳,又悉科取无锱铢遗。夫天生烝民,树之司牧,本以养民也,乃暴虐如是,天人之心能无愠乎?且声色狗马土木祷祠甲兵花石糜费之外,岁赂西北二虏银绢以百万计,皆我东南赤子膏血也。二虏得此,益轻中国,岁岁侵扰不已。朝廷奉之不敢废,宰相以为安边之长策也。独吾民终岁勤动,妻子冻馁,求一日饱食不可得。诸君以为如何?"皆愤愤曰:"唯命!"

这些故事或见闻,有助于我们理解当时士大夫的面貌和人民的反抗斗争。

第六章 爱国诗人陆游

南宋前期民族矛盾异常尖锐,和战问题成为当时政治斗争的主要内容。在祖国分裂、人民颠沛流离的严酷的现实面前,不少诗人都冲破了江西派的束缚,写出了一些反对民族压迫、要求统一祖国的诗歌,爱国诗人陆游是其中最杰出的代表。他那永不衰竭的激昂悲壮的歌声,反映了时代的面貌,唱出了人民的愿望。

第一节 陆游的生平

陆游(1125—1210),字务观,号放翁,越州山阴(浙江绍兴)人,出身于一个有文化传统的官僚地主家庭。幼年时期,正值金人南侵,他随着家人逃难,"儿时万死避胡兵",尝尽了颠沛流离的痛苦。父亲陆宰,是具有爱国思想的士大夫,和他交往的也多是爱国志士。他晚年回忆当时的情况说:"绍兴初,某甫成童,亲见当时士大夫相与言及国事,或裂眦嚼齿,或流涕痛哭,人人自期以杀身翊戴王室,虽丑裔方张,视之蔑如也"(《跋傅给事帖》)。惨痛的经历和环境的熏陶,从小就培养了他忧国忧民的思想:"少小遇丧乱,妄意忧元元"(《感兴》),立下了"上马击狂胡,下马草军书"(《观大散关图有感》)的壮志。

陆游自幼就好学,他说:"我生学语即耽书,万卷纵横眼欲枯"(《解嘲》)。为了实现自己的壮志,他特别注意兵书,诗中屡次提到"夜读兵书";同时他还学剑,《醉歌》说:"学剑四十年,虏血未染锷。"所以他曾这样自负:"切勿轻书生,上马能击贼。"(《太息》)陆游十七八岁时便有了诗名,大约二十五岁左右,又从曾几学诗,在曾几的指教和积极影响下,更确定了他的诗歌的爱国主义基调,并进一步冲破了江西派的樊笼。因此,即使他早期的作品也表现了轩昂豪壮的气魄。

绍兴二十三年(1153),陆游二十九岁,赴临安应进士试,主考官陈阜卿取为第一,明年试于礼部,复置游前列,因名居秦桧孙秦埙之前,又"喜论恢复",致触怒秦桧,竟遭黜落。秦桧死后三年(1158),才出任福州宁德县主簿。孝宗(赵昚)继位之初,抗战派稍得抬头,他被召见,赐进士出身。他乘机提出了许多政治、军事方面的建议,积极赞助张浚北伐。但随着北伐的失利,主战派失势,在镇江通判任上的陆游,也以"鼓唱是非,力说张浚用兵"的罪名罢官家居。

乾道六年(1170),陆游四十六岁,入蜀任夔州通判。"道路半年行不到,江山万里看无穷"(《水亭有怀》),一路之上,他游览了大江两岸的名胜,也凭吊了屈原、李白、杜甫诸伟大诗人的遗迹。乾道八年,四川宣抚使王炎邀请他为干办公事,襄赞军务,他从夔州到了南郑。这是他一生得以身临前线的唯一机会,急欲杀敌报国的陆游,十分振奋。他身着戎装,戍卫在大散关头,来往于前线各地,接触了爱国民众,考察了南郑一带的形势,出谋献策,积极准备打击敌人。他生活在战士中间,有时射猎深山,亲刺猛虎。所有这些火热的战斗生活,更加激发了他的爱国热情,也扩大了他的诗歌领域,并使他领悟到"诗家三昧",从现实生活中、从火热的斗争中汲取题材,因而形成了他的宏丽悲壮的风格。这是陆游诗歌成熟的关键时期。为了纪念这段有意义的生活,后来他把自己的诗集题名为《剑南诗稿》。但是,南宋小朝廷是不会容忍爱国将士的积极抗战活动的。不到一年,王炎调离川陕,陆游也改除成都安抚使参议官。《即事》诗说:"渭水岐山不出兵,却携琴剑锦官城",可见他当时的抑郁心情。在任职范成大幕府期间,他只能借酒浇愁,排遣他报国无路的苦闷。他和范氏原是"文字之交",因"不拘礼法",同僚"讥其颓放",他索性自号"放翁"。

淳熙五年(1178),陆游五十四岁,去蜀东归,先后在福建、江西、浙江等地做官。他描写这时的处境是:"怖惧几成床下伏,艰难何啻剑头炊"(《有感》)。在江西任上,因拨义仓赈济灾民,以"擅权"的罪名免官还乡。淳熙十三年起用为严州知州,后入为军器少监,但终因一贯坚持抗金,形于歌咏,深为当权所嫉,不久又以"嘲咏风月"的罪名被黜。他在一首诗的诗题中曾自言罢官的原因是"罪虽擢发莫数,而诗为首",这正好说明他的爱国诗篇的战斗性。

光宗绍熙元年(1190),陆游六十六岁,此后的二十年间,绝大部分都在山阴度过,生活宁静而简朴。他"身杂老农间",参加了一些农业劳动,与农民有着一些往来。有时他还骑着驴子,带着药囊,到远近的村落里去医病施药,受到了人民的欢迎和尊敬。"年来诗料别,满眼是桑麻"(《倚杖》),由于生活的转变,他对于农民有了更深刻的了解和同情,因而他晚年写了大量的反映农村残酷现实和描写田园风光的诗,风格也趋向平淡。但是,诗人仍然"寤寐不忘中原",爱国思想愈益深沉。宁宗嘉泰二年,他为了实现团结救国的理想,不顾朝野的非难,毅然接受了韩侂胄的推荐,主修孝宗、光宗两朝实录。当爱国词人辛弃疾再度起用时,他还写了一首长诗表示祝贺,并劝勉他以国仇为重,不要计较个人的恩怨:"深仇积愤在逆胡,不用追思灞亭夜"(《送辛幼安殿撰造朝》)!由于韩侂胄的轻率,这次北伐很快就失败了,但并无损于诗人崇高的爱国精神。

嘉定二年(1210),八十五岁的老诗人,竟抱着"死前恨不见中原"的遗恨与世长辞。临终时,他写了这样一首《示儿》诗:

> 死去原知万事空,但悲不见九州同。王师北定中原日,家祭无忘告乃翁!

这是诗人的遗嘱,也是诗人的最后号召,它教育了鼓舞了后代无数的读者。从这里我们也就可以看到诗人爱国精神的一贯性。

第二节　陆游作品的思想内容

陆游是一个有多方面创作才能的作家。他的作品有诗,有词,有散文。诗的成就尤为显著,仅现存的就有九千三百多首,所以他自言"六十年间万首诗",内容也很丰富,差不多触及到南宋前期社会生活的所有方面。其中最突出的部分，是反映民族矛盾的爱国诗歌。这些诗歌，洋溢着爱国热情，充满了浪漫主义精神，具有强烈的战斗性。

在陆游的时代，祖国的大好山河被分裂，北方广大人民遭受到民族压迫，而南宋小朝廷却屈膝事敌，不思恢复，这种奇耻大辱，是广大人民和爱国志士所不能忍受的。雪耻御侮，收复失地，是爱国志士的抱负，是人民的迫切愿望。陆游呼吸着时代的气息，以其慷慨悲壮的诗歌，唱出了时代的最强音。

陆游的"素志"，不是仅仅做一个诗人。所以他说："岂其马上破贼手，哦诗长作寒螀鸣？"(《长歌行》)又说："愿闻下诏遣材官，耻作腐儒长碌碌！"(《融州寄松纹剑》)他不满足于纸上谈兵，"以口击贼"，而是要据鞍杀敌，所谓"手枭逆贼清旧京"、"直斩单于衅宝刀"。因此，作为陆游爱国诗篇的一个主要特征，就是那种"铁马横戈""气吞残虏"的英雄气概和"一身报国有万死"的牺牲精神。早年他在《夜读兵书》诗里就说："平生万里心，执戈王前驱。战死士所有，耻复守妻孥！"去蜀之后，他也没有消沉，《前有樽酒行》说："丈夫可为酒色死？战场横尸胜床第！"《书悲》诗也说："常恐埋山丘，不得委锋镝！"始终是以为国立功，战死沙场为光荣。正是在这个意义上，他认为"从军乐事世间无"(《独酌有怀南郑》)。直到八十二岁，诗人还唱出了"一闻战鼓意气生，犹能为国平燕赵"(《老马行》)的豪语。在《书志》一诗里，他甚至表示，如在生不能灭敌，死后肝心也要化为金铁，铸成利剑，来内除佞臣，外清妖孽："肝心独不化，凝结变金铁。铸为上方剑，衅以佞臣血。……三尺粲星辰，万里静妖孽。"在《书愤》中还说到死后也要

做"鬼雄":

> 白发萧萧卧泽中,只凭天地鉴孤忠,厄穷苏武餐毡久,忧愤张巡嚼齿空。细雨春芜上林苑,颓垣夜月洛阳宫。壮心未与年俱老,死去犹能作鬼雄!

《九歌·国殇》说:"身既死兮神以灵,子魂魄兮为鬼雄。"陆游所继承的正是我国人民这种高度的爱国精神的传统。由于南宋统治者一意对敌屈膝求和,尽管诗人抱着万死不辞的报国决心,然而摆在他面前的道路却是"报国欲死无战场"(《陇头水》)。他知道,要恢复中原,就必须抗战;要抗战,就必须排斥和议,因此陆游爱国诗篇的另一特点,就是对投降派的坚决斗争和尖锐讽刺。他这样揭示:"和戎自古非长策"(《估客有来自蔡州者感怅弥日》),并具体地指出投降派的主张给国家人民所造成的种种危害:"诸公尚守和亲策,志士虚捐少壮年"(《感愤》),"战马死槽枥,公卿守和约"(《醉歌》),"生逢和亲最可伤,岁辇金絮输胡羌"(《陇头水》)。他警告那些"封疆恃虏和"的边将们说:"棘门灞上勿儿戏,犬羊岂惮渝齐盟!"(《登子城》)在《关山月》里,诗人对和议的恶果以及投降派的"文恬武嬉"更作了集中而全面的揭露:

> 和戎诏下十五年,将军不战空临边,朱门沉沉按歌舞,厩马肥死弓断弦!戍楼刁斗催落月,三十从军今白发。笛里谁知壮士心?沙头空照征人骨。中原干戈古亦闻,岂有逆胡传子孙?遗民忍死望恢复,几处今宵垂泪痕!

在《追感往事》里,他又进一步揭穿了以秦桧为首的投降派卖国的本来面目:"诸公可叹善谋身,误国当时岂一秦?不望夷吾出江左,新亭对泣亦无人!"并大胆地指出他们的罪状:"公卿有党排宗泽,帷幄无人用岳飞"(《夜读范至能揽辔录……》)。所有这些尖锐的遣责,在南宋初期一般爱国诗歌中是很少见的。

南宋一代,当权的始终是投降派,陆游的报国理想,还是遭到了冷酷现实的扼杀。这也就使得他那些激荡着昂扬斗志的诗篇,往往又充满了壮志未酬的愤懑,带有苍凉沉郁的色彩。像下面这首《书愤》是有代表性的:

> 早岁那知世事艰,中原北望气如山。楼船夜雪瓜洲渡,铁马秋风大散关。塞上长城空自许,镜中衰鬓已先斑。出师一表真名世,千载谁堪伯仲间?

诸葛亮的《出师表》强调"汉贼不两立,王业不偏安",并自誓"鞠躬尽瘁,死而后已",所以陆游备极推崇。

但是,另一方面,冷酷的现实也使陆游从幻想或梦境里寄托他的报国理想。"壮心自笑何时豁,梦绕梁州古战场"(《秋思》),正概括地说明了这类记梦诗的成因和内容。在这类诗中,我们可以看到,诗人有时像一员猛将,跃马大呼,夺关斩将:"三更抚枕忽大叫,梦中夺得松亭关"(《楼上醉书》),有时又不失书生本色,草檄招安,作歌告捷:"更呼斗酒作长歌,要遣天山健儿唱"(《九月十六日夜梦驻军河外遣使招安诸城》),有时他又像一位军师,随从皇帝亲征,不仅恢复了"两河百郡宋山川",而且"尽复汉唐故地"(见《剑南诗稿》卷十二的诗题)。所以他说:"谁知蓬窗梦,中有铁马声"(《书悲》)。陆游的爱国热情还往往通过对日常生活的联想表现出来。他观一幅画马,却想到:"呜呼安得毛骨若此三千匹,衔枚夜度桑乾碛"(《龙眠画马》)!他作一幅草书时,也仿佛是在对敌作战:"酒为旗鼓笔刀槊,势从天落银河倾。……须臾收卷复把酒,如见万里烟尘清"(《题醉中所作草书卷后》,参看《草书歌》)。他听到一声新雁,也会勾起无限感慨:"夜闻雁声起太息,来时应过桑乾碛"(《冬夜闻雁》)。以至于"自恨不如云际雁,来时犹得过中原"(《枕上偶成》)。特别是当大雷雨、大风雪时,更容易激起他那金戈铁马"气吞残虏"的雄心和遐想。这是因为,正如他自己所表白的那样:"夜听簌簌窗纸鸣,恰似铁马相磨声"(《弋阳道中遇大雪》)。人们都畏惧、躲避大风,陆游却在一个"街中横吹人马僵"的大风天爬上城头,希望自己能像大风那样勇猛,扫清中原:"我欲登城望大荒,勇欲为国平河湟"(《大风登城》)!基于同一心理,那历来认为可悲的秋风,在陆游听来也成为一种鼓舞斗志的力量。《秋风曲》说:"百斤长刀两石弓,饱将两耳听秋风"!当他晚年闲居山阴时,一个风雨交加的深夜,卧病在床的老诗人还想到为国戍边,如《十一月四日风雨大作》:

> 僵卧孤村不自哀,尚思为国戍轮台。夜阑卧听风吹雨,铁马冰河入梦来。

所有这些梦思幻想,都应看作陆游爱国精神的一种深刻表现,也是他的爱国诗篇的一大特征。

由于接近人民的生活实践,陆游还相当充分地反映广大人民纯洁的爱国主义品质,并加以歌颂。在《识愧》诗中,他指出"忠言乃在里闾间",并深表惭愧:"私忧骄虏心常折,念报明时涕每潜(自注:二句实书其语)。寸禄不沾能及此,细听只益厚吾颜。"在《追忆征西幕中旧事》诗里更写到中原遗民冒险通报敌情的爱国行为:"关辅遗民意可伤,蜡封三寸绢书黄;亦知虏法如秦酷,列圣恩深不忍忘。"《昔日》诗说"至今悲义士,书帛报番情",也是指的这件事,陆游认为这是恢复中原的有力保证,所以他在《晓叹》里满怀信心地写道:"王师入秦驻一月,传檄足定河南北。"然而,统治集团却绝无恢复之意,这就不能不使诗人感到极大的悲愤:

> 三万里河东入海,五千仞岳上摩天。遗民泪尽胡尘里,南望王师又一年!
> ——《秋夜将晓出篱门迎凉有感》

对渴望恢复的北方人民的无限同情,和对无比壮丽的祖国河山的热情歌颂,正是对南宋小朝廷"如此江山坐付人"的罪行的有力鞭挞。

作为一个杰出的爱国诗人,陆游还写了大量的同情劳动人民疾苦的诗篇,深刻地反映了当时严重的阶级矛盾。如《农家叹》:

> 有山皆种麦,有水皆种粳;牛领疮见骨,叱叱犹夜耕;竭力事本

业,所愿乐太平。门前谁剥啄?县吏征租声。一身入县庭,日夜穷笞榜,人孰不惮死?自计无由生。还家欲具说,恐伤父母情。老人倘得食,妻子鸿毛轻。

全诗写出了农民的辛勤劳动、善良性格,以及剥削阶级对他们的残酷掠夺。陆游曾经指出:"今日之患,莫大于民贫,救民之贫,莫先于轻赋!"(《上殿札子》)因此,他在《太息》、《秋获歌》、《僧庐》等诗里,还从各方面揭露了官府、豪强和富商对农民的层层剥削。他的《书叹》一诗,则更是以巨大的艺术概括,揭示了整个剥削阶级对农民的榨取:"有司或苛取,兼并亦豪夺;正如横江网,一举孰能脱!"

陆游主张:"赋敛之事,宜先富室,征税之事,宜覈大商,是之谓至平,是之谓至公"(《上殿札子》)。然而实际情况却正相反。因此,他以极大的不平控诉了那种贫富悬殊、苦乐迥异的不合理现象:"公子皂貂方痛饮,农家黄犊正深耕!"(《作雪寒甚有赋》)"富豪役千奴,贫老无寸帛!"(《岁暮感怀》)

正因为诗人看到了"常年征科烦箠楚,县家血湿庭前土"(《秋赛》)的苛政,使他进一步突破了一般士大夫的偏见,而同情被"逼上梁山"的人民,反对统治者的血腥镇压。他指出"彼盗皆吾民","吏或无佳政,盗贼起齐民,孰能抚以德,坐还三代淳!"(《两獐》)并慨叹道:"但得官清吏不横,即是村中歌舞时。"(《春日杂兴》)

陆游爱祖国、爱人民,也热爱生活。他热烈地歌唱生活中的美好事物,流露出亲切淳厚而又真挚的感情,表现了他的豪放乐观的性格和积极向上的精神。在这方面,陆诗的题材也

十分广泛,一草一木、一虫一鱼,无不剪裁入诗,真是所谓"村村皆画本,处处有诗材"。如《过灵石三峰》:

奇峰迎马骇衰翁,蜀岭吴山一洗空。拔地青苍五千仞,劳渠蟠屈小诗中。

至于他的"山重水复疑无路,柳暗花明又一村"(《游山西村》)、"小楼一夜听春雨,深巷明朝卖杏花"(《临安春雨初霁》),更是至今流传的名句。

陆游虽专力于诗,但也擅长填词。在现存的一百多首词中,有不少作品同样抒写了激越的爱国情思,如〔夜游宫〕《记梦,寄师伯浑》、《桃源忆故人》"中原当日山川震"、〔秋波媚〕《七月十六日晚,登高兴亭望长安南山》等,都足以和他的爱国诗篇相辉映。像下面这首〔诉衷情〕,更充满了国耻未雪、壮志未酬的悲愤:

当年万里觅封侯,匹马戍梁州。关山梦断何处?尘暗旧貂裘。胡未灭,鬓先秋,泪空流!此生谁料:心在天山,身老沧洲!

结语和他的诗句"一身寄空谷,万里梦天山"(《感秋》)所表现的心情正是一样。刘克庄说陆游的词,"其激昂感慨者,稼轩不能过"(《后村诗话续集》),又《词林纪事》卷十一引刘克庄说"放翁稼轩,一扫纤艳,不事斧凿",便是根据这类作品立论的。

陆游的散文师法曾巩,成就也很高,前人曾推为南宋宗匠。在内容上,或论及国计民生,或记叙先贤事迹,或描写生活琐事，多贯穿着爱国感情，如《书通鉴后》、《书渭桥事》、《静镇堂记》、《姚平仲小传》、《居室记》等。从文体上看，也是政论、史传、游记、序、跋等等无所不备，大都语言洗炼，结构整饬，题跋尤精悍。他用日记体写的《入蜀记》，其中不乏优美的游记小品，如《巫山》等。

总之，陆游作品在思想上的成就是杰出的，特别是他那些热血沸腾的爱国诗篇。由于历史和阶级的局限，他依然把国家民族的命运和个人的报国理想都寄托在昏庸腐朽的宋王朝身上，尤其晚年，写了不少流连光景的闲适作品，并出现"万事不如长醉眠"（《寓馆晚睡》）、"事大如天醉亦休"（《秋思》）这类颓唐的诗句。

第三节　陆游诗歌的艺术成就

陆游诗歌创作的基本特征是现实主义，但也具有浓厚的浪漫主义色彩。有时还表现为一定程度上的结合。

作为一个杰出的爱国诗人，陆游强烈的现实主义精神是很接近于杜甫的。他始终关怀国家民族的命运，并不惜为国牺牲。他的诗相当全面地反映了他那个时代的社会面貌，前人也曾许以一代"诗史"的称号，是有根据的。但是，在表现手法上，陆游的现实主义诗篇也自有其特点。他不是或者很少对客观现实生活作具体的铺叙、细致的刻画，而是抒写个人的主观感受。他往往把巨大的现实内容压缩在一首短诗里，如那首《关山月》，全诗只十二句，却用对照的手法描写了皇帝的下诏主和，朱门的酣歌醉舞，战士的亟思报国和遗民的渴望恢复等方面的情况。有时甚至凝结在一两句诗里,如"天下可忧非一事,书生无地效孤忠"(《溪上作》)、"公卿有党排宗泽,帷幄无人用岳飞"等句。至于所谓"非一事"的实际内容,以及宗泽如何被黄潜善等排斥,岳飞如何被秦桧陷害的具体过程,陆游却没有描写。再如,关辅遗民冒险通报敌情的英勇行为,原是一篇叙事诗的好题材,但他也只写成一首抒情意味很浓的绝句。这种对现实的高度概括,陆游有时是通过用事来进行的。如前所举"不望夷吾出江左,新亭对泣亦无人"二句,便骂尽了南宋小朝廷的文武百官毫无国家民族观念。因此,陆游的诗,一般说来,概括性和抒情性很强,而故事性则比较薄弱。像杜甫的"三吏"、"三别"那样严格的叙事诗,在他上万首的诗集中固然是没有,就是像白居易那样夹叙夹议的讽刺诗,也是绝少的。形成上述特点的原因,主要和他所处的黑暗时代有关,他自己就曾说过"躲尽危机,消残壮志"(〔沁园春〕)这样的话,而通过用事来概括现实则在一定程度上反映了两宋诗坛"以才学为诗,以议论为诗"的时代风尚。

陆游在当时就有"小李白"的称号,这从他那些富于浪漫主义色彩的诗篇看来,也是适合的。由于现实和理想的矛盾,由于对理想的热烈追求,陆游的诗也具有丰富而瑰丽的想象。在想象的天地里,他气魄是如此壮伟:"手把白玉船,身游水晶宫,方我吸酒时,江山入胸中。"(《醉歌》)"天为碧罗幕,月作白玉钩,织女织庆云,裁成五色裘。披裘对酒难为客,长揖北辰相献酬。"(《江楼吹笛饮酒大醉中作》)但是,陆游的时代,毕竟不同于李白。他所追求的最高理想乃是雪耻报仇,恢复国土,因此有关抗金战争的幻想就更多,也更为壮丽。在诗人的笔下,宋军北伐的阵势是:"三军甲马不知数,但见动地银山来!"(《出塞曲》)敌人溃败的情形是:"马前嘔咿争乞降,满地纵横投剑戟。"(《战城南》)在《胡无人》里,作者写道:"群阴伏,太阳升。胡无人,宋中兴!"这里用辉煌东升的太阳来象征宋朝的中兴,气魄宏伟开阔,激荡着极其强烈的民族自豪感和自信心。

陆游的记梦诗据赵翼核计有九十九首之多,可见他常常借助梦境借助想象来描述在现实中无法实现的理想,抒发胜利的欢笑。如《五月十一日夜且半梦从大驾亲征尽复汉唐故地……》:

> 天宝胡兵陷两京,北庭安西无汉营,五百年间置不问,圣主下诏初亲征。熊罴百万从銮驾,故地不劳传檄下。筑城绝塞进新图,排仗行宫宣大赦。冈峦极目汉山川,文书初用淳熙年。驾前六军错锦绣,秋风鼓角声满天。苜蓿峰前尽亭障,平安火在交河上。凉州女儿满高楼,梳头已学京都样。

由于这种理想扎根于现实之中,和广大人民的愿望一致,所以具有极大的感染力。

奇特的夸张,也是构成陆诗浪漫主义色彩的一个因素。他用这样的诗句来写他的武艺超群:"十年学剑勇成癖,腾身一上三千尺。"(《融州寄松纹剑》)他写他那英雄无用武之地的悲愤是:"国仇未报壮士老,匣中宝剑夜有声"(《长歌行》)、"逆胡未灭心未平,孤剑床头铿有声"(《三月十七日夜醉中作》)。他写他的胸怀,是"胸中太华蟠千仞"(《读书》)、"胸中十万宿貔貅"(《冬夜读书有感》),因此当这十万貔貅闲置不用而又蠢蠢欲动时,他就只好:"起倾斗酒歌出塞,弹压胸中十万兵!"(《弋阳道中遇大雪》)陆诗风格的主要特征是悲壮奔放,和这类夸张的写法也是密切相关的。

在语言方面,陆诗的特色,为历来所公认的是晓畅平易,精炼自然,所谓"清空一气,明白如话"、"无一语不天成"。他反对雕琢,更反对追求奇险。他认为"琢彫自是文章病,奇险尤伤气骨多"(《读近人诗》)。在这方面,他受白居易的影响较大,《自咏》诗说:"闭门谁共处,枕藉乐天诗。"但是也应指出,他的平易自然,仍是从锻炼中来的,所以他又说"工夫深处却平夷"(《追怀曾文清公呈赵教授》)。刘熙载说:"诗能于易处见工,便觉亲切有味,白香山、陆放翁擅场在此。"(《艺概》)这评论是符合实际情况的。

在体裁方面,陆游也是无体不备,各体俱工,更擅长近体诗。其中七律尤为人所推重。沈德潜说:"放翁七言律,对仗工整,使事熨贴,当时无与比埒。"(《说诗晬语》)舒位和洪亮吉甚至认为他"专工此体而集其成"(《瓶水斋诗话》),"诗家之能事毕,而七律之能事亦毕"(《北江诗话》)。潘德舆则极赞其七绝,尊之为"诗之正声"(《养一斋诗话》)。但陆游的古体诗尤其是七古,也有其特点,赵翼说是:"才气豪迈,议论开辟……意在笔先,力透纸背。有丽语而无险语,有艳词而无淫词。看似华藻,实则雅洁;看似奔放,实则谨严。"(《瓯北诗话》)所有这些评论,我们都可以从前举诸诗得到印证。

陆游的诗歌所以能在思想性和艺术性两方面都取得如此巨大的成就,并不是偶然的。首先是由于丰富的生活经验和热爱祖国的思想感情使他的创作获得了永不枯竭的源泉。在长期的创作过程中,他认识到作家的品德修养和生活实践的重要性。他说:"法不孤生自古同,痴人乃欲镂虚空。"(《题庐陵萧彦毓秀才诗卷后》)这也就是说,生活空虚,思想贫乏就不可能写出好诗。所以强调作家要走出书斋,接触现实生活:"诗思出门何处无?"(《病中绝句》)强调作家要"养气":"养气要使完,处身要使端"(《自勉》),"谁能养气塞天地,吐出自足成虹蜺"(《次韵和杨伯子见赠》);并教导他的儿子说:"汝果欲学诗,工夫在诗外"(《示子遹》),"纸上得来终觉浅,绝知此事要躬行"(《冬夜读书示子聿》)。因此,他的诗内容充实,热情横溢,感人很深。其次还由于他善于向前代的诗人学习,对诗歌遗产,他能采取批判继承的态度,所谓"万卷虽多应具眼"。所以,自《诗经》而下,在众多的前代诗人中,他拳拳服膺的却只有屈原、陶潜、李白、杜甫、岑参、白居易和宋代的梅尧臣等不多的几个,而最尊崇的则又只有屈原和杜甫。杨万里评他的诗说:"重寻子美行程旧,尽拾灵均怨句新。"正道出了他在继承诗歌传统方面的根源。

当然,陆诗在艺术上不是没有缺点的。姚范在他的《援鹑堂笔记》中说:"放翁兴会飚举,词气踔厉,使人读之,发扬矜奋,起痿兴痹矣;然苍黯蕴蓄之风盖微。"这批评是公允的。此外,在他的诗中,特别是晚年所作中,词意句法多有重迭互见的缺点,这是因为写的多了,"不暇剪除荡涤"的缘故。

第四节　陆游的影响

陆游以其诗歌在思想上和艺术上的卓越成就，在我国文学史上占有很高的地位。他继承并发扬了现实主义和浪漫主义优良传统，一扫江西派的积弊，树立起一面进步文学的光辉旗帜，无论在当时和后代，都有深远的影响。他的爱国诗篇，不仅在当时打击了敌人和投降派，鼓舞了人们的斗志，而且也打击了以后的民族压迫者和民族败类，继续鼓舞着爱国的人民。

南宋后期的诗坛，可以说是在陆游的笼罩下发展的，与他同时而稍后的江湖派，就有不少人受到陆游很深的濡染。当然，也有人由于只注意他的"使事必切，属对必工"而流于浅薄圆滑的，但那些有成就的作家，却都能或多或少继承他的爱国主义和现实主义精神，如戴复古就曾这样推许陆游："茶山衣钵放翁诗，南渡百年无此奇。入妙文章本平淡，等闲言语变瑰琦。"(《读放翁先生剑南诗草》)楼钥说戴"登三山陆放翁之门，而诗益进"(《石屏集序》)，可见他曾师事陆游。南宋后期另一位有成就的诗人刘克庄，虽未能亲从陆游学诗，但也深受陆游的影响。他在《刻楮集自序》中自言"初予由放翁入"。他非常推崇陆游，说陆"南渡而下，故为一大宗"(《后村诗话前集》)。刘克庄的诗，也继承了陆游的爱国精神。宋亡之际，遗民中不少爱国诗人更受到了陆游的感召，发生了共鸣，如林景熙在《题放翁卷后》诗里沉痛地写道："青山一发愁濛濛，干戈况满天南东，来孙却见九州同，家祭如何告乃翁！"明胡应麟说他每读陆、林二人的诗"未尝不为滴泪",足见其感人之深。

由于社会的和文学的原因,陆游在明代的影响不大,但到了清代,许多诗人如宋琬、查慎行、郑燮等就又都深爱陆游,往往把他和杜甫相提并论。赵翼在《瓯北诗话》里,除为陆游辟专章外,还有年谱之作。当清末帝国主义疯狂侵略,民族危机日益严重的时期,人们对陆诗更有亲切的体会,梁启超就曾热烈地赞扬陆游说:"诗界千年靡靡风,兵魂销尽国魂空。集中十九从军乐,亘古男儿一放翁!"(《读陆放翁集》)直到五四时代,陆游的诗篇还鼓舞着反帝斗争的人民。

第七章 爱国词人辛弃疾

第一节 辛弃疾的生平

爱国词人辛弃疾和陆游的同时出现,标志着南宋文学爱国主义的主流在诗词创作方面所达到的新的高度。

辛弃疾(1140—1207),字幼安,出生在金国建立初期的济南,北方人民的灾难在他童年生活中就留下深刻的印记。绍兴三十一年(1161),金主完颜亮南下侵宋,济南农民耿京聚众二十多万起义,青年的辛弃疾也组织了二千多人参加,并在军中掌书记。完颜亮南侵失败后,辛弃疾劝耿京和南宋王朝联系,在军事上配合行动,进一步反击敌人,并代表起义军到建康去见宋高宗。在他从南宋北归时,叛徒张安国已谋害了耿京,并劫持了部分起义军投降金人。辛弃疾得到这消息,和部下五十人驰骑直入张安国五万人的大营,缚张安国置马上,当场又号召了上万的士兵反正,长驱渡淮,奔向南宋。

辛弃疾南归的第二年,张浚出兵北伐,败于符离,南宋王朝又倾向对金和议。辛弃疾这时不顾自身官职的低微,写成《美芹十论》献给宋孝宗。论文前三篇详细分析了北方人民对女真统治者的怨恨,以及女真统治集团内部的尖锐矛盾。后七篇就南宋方面应如何充实国力,积极准备,及时完成统一中国的事业等,也都提出一些具体的规划。后来虞允文作宰相,他又写了《九议》献给他。《九议》除包括《美芹十论》里一些重要论点外,更根据刘邦、项羽率吴楚子弟北上灭秦的史实,驳斥存在于士大夫间的"吴楚之脆弱不足以争衡于中原"的谬论。他一面认为"胜败兵家之常事",不能因一次的失败而丧失胜利的信心,用以驳斥那些借口符离之败"欲终世而讳兵"的妥协投降派;一面又认为"欲速则不达",要求国家作长期的准备,而反对那些轻举妄动,"欲明日而亟斗"的速战派。辛弃疾这些意见虽没有为南宋王朝所采纳,仍可以看出他对形势认识的清楚和对统一祖国事业的关心。这和他词里所表现的爱国主义精神是息息相通的。

辛弃疾南归之后不久,宋金对峙的局面渐趋稳定,主张对金妥协投降的一派长期在南宋王朝当权。他们任用辛弃疾作地方官,只是利用他在政治和军事上的才能,应付地方事变,镇压农民起义,便利他们肆无忌惮地剥削人民。可是辛弃疾是带了北中国人民要求恢复的愿望南归的,为了准备力量,统一祖国,在他任地方官时必然要排击豪强,淘汰贪吏,和南宋王朝的一些特权人物发生矛盾。他在《论盗贼札子》里说自己"孤危一身","年来不为众人所容,恐言未脱口,而祸不旋踵"。辛弃疾的远大政治抱负,他不与投降派妥协的政治态度,以及他在南宋统治集团里的孤危地位,使他在政治上屡受打击,也使他在这时期写的词里交织着种种复杂矛盾的心情,形成辛词所特有的豪壮而苍凉、雄奇而沉郁的风格。

淳熙八年(1181),辛弃疾因言官弹劾落职,退居江西上饶的带湖,并取"人生在勤,当以力田为先"的意义,自号稼轩(见

《宋史·辛弃疾传》)。这时他爱庄子的文章与陶渊明的诗,在政治上流露了厌倦的心情;但由于他一直期望把一生贡献给统一祖国的事业,表面上他好像过着一种悠闲自得的生活,内心还是愤愤不平的。到宋宁宗嘉泰、开禧年间(1201—1207),韩侂胄当权。那时崛起于斡难河流域的蒙古部族已给金国后方以重大的威胁,韩侂胄想乘机对金用兵来提高自己的威望,起用一些主张抗金的人,辛弃疾又一度出任浙东安抚使、镇江知府等官。

辛弃疾在镇江时,一面派遣人到金国侦察形势虚实,一面准备招募沿边士兵来训练。这时离他渡江南归已四十三年了,当他北望扬州,想起历史上的英雄人物,也想起自己青年时期的战斗生活时,写下了一首生气勃勃的〔永遇乐〕词。

> 千古江山,英雄无觅、孙仲谋处。舞榭歌台,风流总被、雨打风吹去。斜阳草树,寻常巷陌,人道寄奴曾住。想当年金戈铁马,气吞万里如虎。 元嘉草草,封狼居胥,赢得仓皇北顾。四十三年,望中犹记、烽火扬州路。可堪回首、佛狸祠下,一片神鸦社鼓。凭谁问,廉颇老矣,尚能饭否?

可是在辛弃疾一切设施刚刚开始时,韩侂胄就轻易把他罢免了。开禧二年(1206),在韩侂胄的主持下,南宋出兵北伐,结果大败。韩侂胄用兵失败的种种因素,辛弃疾本已见到,而且提出了有效的对策,由于韩侂胄没有重视他的意见而至于失败。可是在失败之后,辛弃疾也受到南宋统治集团里一些飞语流言的中伤,以为是他煽动韩侂胄出兵的,这对他不能不是一个重大的刺激。就在韩侂胄失败的第二年,辛弃疾终于怀抱着他那始终不能实现的政治抱负与世长辞了。

第二节 辛词的思想内容

和苏轼、陆游不同,辛弃疾在文艺创作上是以词作为主要表现形式的。他的《稼轩词》存词六百多首,不但在数量上超过他前辈和同时的作家,在思想内容与艺术成就上也是丰富多姿、别开生面的。

在死气沉沉的偏安局面之下,南宋统治集团对国家人民的命运已麻木到不知痛痒的地步,辛弃疾在词里独独羡慕那些凛然有生气的人物,并以"元龙豪气"、"刘郎才气"自比。他早年在《美芹十论》里说:"符离之师确有生气。"晚年在〔永遇乐〕词里称赞刘裕的出师北伐是"气吞万里如虎"。这些战役的后果虽有不同,但都是要求主动打击敌人,恢复祖国的统一的。这是辛弃疾最大的政治抱负,也是辛词的主要思想内容。从这种政治抱负出发,他经常要求投身于当前最尖锐的斗争,"试手补天裂","西北洗胡沙"。辛词里这种爱国思想与战斗精神,同陆游诗的思想内容基本是一致的;但由于他有过一段参加农民起义的经历和南归后政治地位的孤危,表现上有时更深沉一些。

辛词的爱国思想与战斗精神首先表现在他对被分裂的北方的怀念和对抗金斗争的赞扬上。他词里不但经常出现"西北有神州"、"西北是长安"等句子,还强烈表现他不能忍受南北分裂的局面。他送杜叔高的〔贺新郎〕词说:"起望衣冠神州路,白日销残战骨,叹夷甫诸人清绝。夜半狂歌悲风起,听铮铮阵马檐间铁,南共北,正分裂。"比较突出地表现这种思想。他青年时期曾直接参加北方人民的抗金斗争,后来在词里还经常想起这种"马作的卢飞快,弓如霹雳弦惊"(〔破阵子〕《为陈同甫赋壮语以寄》),"燕兵夜娖银胡䩮,汉箭朝飞金仆姑"(〔鹧鸪天〕《有客慨然谈功名,因追念少年时事,戏作》)的战斗生活。而且每每以"整顿乾坤"的豪情壮志鼓励一些志同道合的朋友,如韩元吉、陈亮等。在历史人物方面,他称赞为中国开创长期统一局面的"西都人物",鄙薄苟安江左的"王谢诸郎";赞扬廉颇、李广、邓禹、马援等为国立功的英雄,鄙薄因人成事的李蔡,清谈误国的王衍,同样是这种思想、精神的表现。

其次表现在他对南宋苟安局面的强烈反感上。他讥讽南宋小朝廷是"剩水残山无态度"(〔贺新郎〕《陈同甫自东阳来过余,……》),是"斜阳正在烟柳断肠处"(〔摸鱼儿〕《淳熙己亥,自湖北漕移湖南……》)。讽刺那些小朝廷里人物是"江左沉酣求名者"(〔贺新郎〕《邑中园亭,仆皆为赋此词……》),是"学人言语得人怜"的秦吉了(〔千年调〕《蔗庵小阁名曰卮言,作此词以嘲之》)。甚至还骂他们为瑟缩在一堆的冻芋与寒瓜①,比他们为透过一线壁缝所看到的在阳光里飞舞的灰尘②。这不但揭露南宋统治集团的腐朽本质,对历史上一切没落的统治阶级说,都有它的典型意义。他在隐居带湖、瓢泉时热爱陶

---

① 〔念奴娇〕《赵晋臣敷文十月望生日,自赋词,属余和韵》:"世上儿曹多蓄缩,冻芋旁堆秋瓞。"
② 〔南歌子〕《独坐蔗庵》:"细看斜日隙中尘,始觉人间何处不纷纷。"

渊明的诗,但他并不像一些封建文人那样称许他为司马氏一姓守节,而特别看重他和当时没落王朝士大夫不合作的倔强性格。他的〔水调歌头〕《九日游云洞》词:"今日复何日,黄菊为谁开?渊明漫爱重九,胸次正崔巍。"他的〔贺新郎〕《题傅岩叟悠然阁》词:"晚岁凄其无诸葛,惟有黄花入手,更风雨东篱依旧。陡顿南山高如许,是先生拄杖归来后。"这是陶渊明"性刚才拙,与物多忤"(《与子俨等疏》)这一面性格的夸张,同时更好地显现了作者的精神面貌。

第三表现在他志业、才能上的自负和怀才不遇、有志无成的不平上。辛弃疾是在对敌斗争中锻炼出来的人物,他自写青年时的气概是"横槊气凭陵"(〔念奴娇〕《双陆,和陈仁和韵》),是"横空直把曹吞刘攫"(〔贺新郎〕《韩仲止判院山中见访》)。他晚年写的〔生查子〕《题京口郡治尘表亭》词更羡慕夏禹的"悠悠万世功,兀兀当年苦"。可是由于他的志业、才能在南归后一直不能实现和发挥,这就不能不在词里表现他的愤慨和不平。他和汤朝美的两首〔水调歌头〕词:"笑吾庐,门掩草,径封苔。未应两手无用,要把蟹螯杯。""短灯檠,长剑铗,欲生苔。雕弓挂壁无用,照影落清杯。"正是这种思想感情的表现。而像"却将万字平戎策,换得东家种树书"(〔鹧鸪天〕《有客慨然谈功名,因追念少年时事,戏作》),"不知筋力衰多少,但觉新来懒上楼"(〔鹧鸪天〕《鹅湖归,病起作》)等词句,虽然对现实政治流露了消极情绪,依然含蕴着作者满腹的牢骚,反映封建社会一些有志之士在饱受打击后的精神状态。

上面说的种种思想感情,交织在辛弃疾的作品里。它表现了我国封建社会一些要求振作有为而受到挫折的人的共同感受,同时形成他在词史上的杰出地位。辛弃疾的思想感情在当时统治集团里既不容易得到理解,在面对祖国雄伟的江山和历史上英雄人物时,就不能不激发他的豪情壮志。因此他的登临怀古之作特别擅长,下面两首〔水龙吟〕可见他这方面成就的一斑。

楚天千里清秋,水随天去秋无际。遥岑远目,献愁供恨,玉簪螺髻。落日楼头,断鸿声里,江南游子。把吴钩看了,栏干拍徧,无人会、登临意。 休说鲈鱼堪鲙,尽西风季鹰归未?求田问舍,怕应羞见,刘郎才气。可惜流年,忧愁风雨,树犹如此!倩何人唤取、红巾翠袖,揾英雄泪?
——〔水龙吟〕《登建康赏心亭》

举头西北浮云,倚天万里须长剑。人言此地,夜深长见、斗牛光焰。我觉山高、潭空水冷、月明星淡。待燃犀下看,凭阑却怕,风雷怒,鱼龙惨。 峡束苍江对起,过危楼、欲飞还敛。元龙老矣,不妨高卧、冰壶凉簟。千古兴亡,百年悲笑,一时登览。问何人又卸、片帆沙岸,系斜阳缆。
——〔水龙吟〕《过南剑双溪楼》

前首抒发他的抗金壮志无人理解,不堪大好年华,在国势风雨飘摇中虚度的悲愤心情;同时抨击那些一味"求田问舍",对国事漠不关心的人物。后首借用雷焕的宝剑在双溪落水化龙,光射斗牛的传说,表现他要求统一祖国的壮志;又借用温峤在牛渚燃犀下照,看见水底怪物的传说,表现他对那些在黑暗中活动的人物的顾虑。这些神奇传说的灵活运用,赋予全词以积极浪漫主义的色彩。理想与现实的尖锐矛盾,又形成全词悲壮的基调。作品里的消极情绪同样存在,"元龙老矣,不妨高卧",就是这种情绪的流露。

辛弃疾在上饶、铅山隐居时期还写了不少流连诗酒、啸傲溪山,表示与世相忘的作品。〔沁园春〕《带湖新居将成》说:"意倦须还,身闲贵早,岂为莼羹鲈鲙哉!秋江上,看惊弦雁避,骇浪船回。"发泄了他对现实不满的牢骚,也流露了他逃僻现实的倾向。其中还有部分描写农村景物和农民生活的小词,颇能给人一种清新的感觉,像下面的〔清平乐〕《村居》:

茅檐低小,溪上青青草。醉里吴音相媚好,白发谁家翁媪?大儿锄豆溪东,中儿正织鸡笼。最喜小儿无赖,溪头卧剥莲蓬。

然而这时他实际还是过着士大夫的生活,他虽然看到了农村表面的和平景象,却不可能深入了解他们的痛苦心情。因此就思想深度说,不能同陆游的《书叹》、《农家叹》等诗篇相比。

第三节 辛词的艺术成就

辛弃疾继承了苏轼豪放的词风及南宋初期爱国词人的战斗传统,进一步扩大词的题材,几乎达到了无事无意不可以入词的地步。为了充分发挥词的抒情、状物、记事、议论的各种功能,他创造性地融会了诗歌、散文、辞赋等各种文艺形式的优长,丰富了词的表现手法与语言技巧,从而形成辛词独特的风格,"能于剪红刻翠之外,屹然别立一宗"(《四库提要》)。

辛词艺术上的独特成就首先表现在雄奇阔大的意境的创

造上。决定于辛弃疾战斗的经历和远大的政治抱负,他词里所表现的常是阔大的场景,战斗的雄姿,以及那些具有坚强性格的事物。他爱不怕霜欺雪压的梅花,而不喜欢那经不起风雨的桃李;爱磊落的长松,堂堂直节的劲竹,而不喜欢那瑟缩在寒风里的秋瓜与冻芋。他写长剑是"倚天万里",写长桥是"千丈晴虹"(〔沁园春〕《期思卜筑》),甚至写水仙花的盆景也是"汤沐烟波万顷"(〔贺新郎〕《赋水仙》)。突兀的坚定的青山,在他的想象之中,不但妩媚可爱,而且奔腾驰骤,像万马的回旋,像巨犀的拔海而出[①]。他词里不仅出现"红旗清夜,千骑月临关"(〔水调歌头〕《三山用赵丞相韵》),"汉家组练十万,列舰耸层楼"(〔水调歌头〕《舟次扬州,和杨济翁、周显先韵》)等战斗场景,就是对着水边的鸥鸟,眼前的酒杯,拦路的松树,也会发出军令似的约束;看到红红白白的花朵,也会想起吴宫的训练女兵;在幽静的小窗里听到外面的棋声,也会想起重重围城的被突破[②]。这些生动而夸张的描绘与想象,构成辛词豪放风格的特征。比之苏轼,辛词是更生动,更突兀,有时笔酣墨饱,气势飞舞,那是苏词里所没有的意境。而由于他一直处在南北分裂时期,又经常受到妥协投降派的排挤和打击,辛词里也不可能有苏轼那种空旷、洒脱的表现。

其次表现在比兴寄托的手法上。由于辛弃疾是从北方

[①] 参看〔贺新郎〕《用韵题赵晋臣敷文积翠岩》及〔沁园春〕《灵山齐庵赋》等词。
[②] 〔念奴娇〕《赋白牡丹,和范廓之韵》:"对花何似,似吴宫初教,翠围红阵。"又〔新荷叶〕《再和前韵》:"小窗人静,棋声似解重围。"

"归正"来的军人①,他的恢复中原统一中国的政治抱负既和偷安江南的小朝廷不相容,他政治上的孤危地位和屡遭毁谤的身世又警戒他不能肆意逞辞;这就使他有时不能不采取幽隐曲折的比兴手法,表现他百折不回的战斗精神。这部分词有时托儿女之情,写君臣之事;在芬芳悱恻之中,露磊落不平之气。它像伏流千里遇隙激射的清泉,又像密云不雨时闪现的电光,透露了这倾斜欲倒的百年大厦将要在暴风雨里崩坍的消息。下面这首他从湖北转官湖南时写的〔摸鱼儿〕词,是在这方面较有代表性的作品。

更能消几番风雨,匆匆春又归去。惜春长怕花开早,何况落红无数。春且住,见说道天涯芳草无归路。怨春不语,算只有殷勤、画檐蛛网,尽日惹飞絮。 长门事,准拟佳期又误,蛾眉曾有人妒。千金纵买相如赋,脉脉此情谁诉?君莫舞,君不见玉环飞燕皆尘土!闲愁最苦,休去倚危栏,斜阳正在、烟柳断肠处。

这词上半主要在通过作品主人公的惜春而又怨春,表现他对南宋王朝"爱深恨亦深"的矛盾心情。下半更托为蛾眉遭妒表现他对自身遭遇的不平。"君莫舞,君不见玉环飞燕皆尘土",是对当权的妥协投降派的诅咒,说他们总有一天要断送了国家也葬送了自己。至于斜阳烟柳的讽刺昏暗王朝,就更明显。《鹤林玉露》说宋孝宗"见此词颇不悦",是相当可信的。辛词这种手法继承了《离骚》香草美人的传统,同时接受了婉约派

---

① 南宋王朝歧视那些从北方归来的人物,称他们为"归正人"。

词人的影响。由于作者还只能把恢复中原的希望寄托于腐朽的南宋王朝,在他对这王朝表示绝望的同时,就不能不给作品带来了悲观的色彩。

词到了辛弃疾,开始运用大量的典故,因此前人有的认为他"掉书袋"。所谓"掉书袋"是指滥用书本材料来炫耀自己的渊博。辛弃疾的部分作品如选用和某一个朋友同姓的古人古事来对他颂扬,或全词集经语,都表现了这种封建文人的习气。但是必须看到,辛词更多地方的用典是为了托古喻今,像上举〔永遇乐〕、〔水龙吟〕等词所表现的,那实际上和他的比兴、寄托手法有其相通之处。

上述两方面的艺术成就,表现了作家的爱国热情、政治理想与丑恶现实的尖锐矛盾,同时形成了辛词的浪漫主义的艺术特征。"千古离骚文字,芳至今犹未歇"(〔喜迁莺〕《谢赵晋臣敷文赋芙蓉词见寿,用韵为谢》),在精神上它正和《离骚》一脉相通。

最后还要谈一谈辛弃疾驾御语言的能力。前人说苏轼以诗为词,辛弃疾以文为词。比之苏轼,他不仅运用古近体诗的句法,还吸收了散文、骈文、民间口语入词。不论经、史、诸子、楚辞以至李杜诗、韩柳文,往往拈来便是,达到了刘勰说的"用旧合机,不啻自其口出"(《文心雕龙·事类》)的地步。如他的〔南乡子〕《登京口北固亭有怀》:

> 何处望神州,满眼风光北固楼。千古兴亡多少事,悠悠,不尽长江滚滚流。　年少万兜鍪,坐断东南战未休。天下英雄谁敌手,曹刘?生子当如孙仲谋。

这词上片结句用杜诗,下片结句用《三国志》注引《吴历》,丝毫不见生搬硬套的痕迹。辛词里像这样的例子是不少的。

辛词里有不少祝寿、迎送的应酬之作,又喜欢和韵、迭韵,以逞才使气;或漫不经心,以文字为游戏。部分作品由于用典或议论过多,未免艰深晦涩,缺乏诗的韵味。

辛弃疾的词和陆游的诗是鼓舞南宋人民反对妥协投降、力争抗金胜利的一对号角,在当时就产生很大影响。而且后来每当民族危机深重的时候,它们的影响就越大。南宋后期的刘克庄、金末的元好问,以及近代的梁启超,都特别喜爱或推重他的词,这不仅出于个人的爱好,同时是当时的民族危机促使他们要从这些作品里汲取精神上的鼓舞力量。

第四节　辛派词人

和辛弃疾以词唱和的陈亮、刘过等和比他稍后的刘克庄、刘辰翁等,词风上都明显受到辛弃疾的影响,形成了南宋中叶以后声势最大的爱国词派。他们用词纪交游,发感慨,具有共同的爱国思想倾向,同时进一步把词推向散文化、议论化的道路。他们喜欢采用带有古诗或散文意味的〔水调歌头〕、〔念奴娇〕、〔贺新郎〕、〔沁园春〕等长调,而像五代北宋词人所惯用的〔浪淘沙〕、〔蝶恋花〕、〔临江仙〕、〔踏莎行〕等小令却相对地减少了。在语言上较少婉约派词人的雕琢习气,又带来了恣肆粗犷的作风。他们既没有像岳飞、辛弃疾那样的政治抱负与战斗经历,艺术上也不及辛词的精炼,这就不能不削弱了作品的动人力量。

陈亮是以政论著名的作家,和辛弃疾有深厚的友谊。在辛弃疾退处上饶时,他曾从浙江东阳去看他,同游鹅湖,极论世事。他别后寄和辛弃疾的〔贺新郎〕词说:"父老长安今馀几,后死无仇可雪;犹未燥当时生发。二十五弦多少恨,算世间那有平分月?胡妇弄,汉宫瑟。"字里行间,有一种爱国激情喷薄而出,那是可以和辛弃疾原唱旗鼓相当的。他的〔念奴娇〕《登多景楼》,批评南朝王谢诸人只争门户私计,不能长驱北上收复中原,借以表示他对南宋王朝的不满,是现传《龙川词》里较有代表性的作品。

> 危楼还望,叹此意今古几人曾会。鬼设神施,浑认作天限南疆北界。一水横陈,连冈三面,做出争雄势。六朝何事,只成门户私计? 因笑王谢诸人,登高怀远,也学英雄涕。凭却江山,管不到河洛腥膻无际。正好长驱,不须反顾,寻取中流誓。小儿破贼,势成宁问强对。

陈亮上书宋孝宗说:"京口连冈三面,而大江横陈,江旁极目千里,其势大略如虎之出穴,而非若虎之藏穴也……天岂使南方自限于一江之表而不使与中国而为一哉!"又说:"二圣北狩之痛,盖国家之大耻,而天下之公愤也。……若只与一二臣为密,是以天下之公愤而私自为计,恐不足以感动天人之心,恢复之事亦恐茫然未知攸济耳。"这些议论都可和词意互相发明。他的词和辛词不同之处是往往大声疾呼,明指直陈,而较少采取诗人比兴的手法,因此艺术上不像辛词的多样。

刘过(1154—1206),字改之,号龙洲道人,吉州太和(江西泰和)人。他在宋光宗时曾上书宰相,请求北伐。他凭吊民族英雄岳飞的〔六州歌头〕词,流露了较为强烈的爱国思想。然而他实际是流转江湖、靠向达官贵人投诗献词为生的游士。他在词里自称"四举无成,十年不调,大宋神仙刘秀才"①,在表现对现实不满的同时,就流露了江湖游士玩世不恭的态度。辛弃疾任浙东安抚使时招他来幕下,他写了首〔沁园春〕词寄给辛弃疾,可略见他的风格。

斗酒彘肩,风雨渡江,岂不快哉!被香山居士,约林和靖,与坡仙老,驾勒吾回。坡谓"西湖、正如西子,浓抹淡妆临照台。"二公者,皆掉头不顾,只管传杯。　白言"天竺去来,图画里峥嵘楼阁开。爱纵横二涧,东西水绕;两峰南北,高下云堆。"逋曰"不然,暗香浮动,不若孤山先访梅。须晴去,访稼轩未晚,且此徘徊。"

这词摆脱词的传统手法,用散文笔调自由抒写,而且用三人对话组织成篇,在艺术上有它的特点。然而它同时流露了那些江湖游士高抬身价、借古人以自重的习气。岳珂说它"白日见鬼",还是比较表面的看法。

和辛弃疾同时唱和的词家还有韩元吉、杨炎正等人,他们的作品就更少自己的特色了。

南宋中叶以后,继承辛弃疾的词风而成就较大的是刘克

---

①　见〔六州歌头〕《卢菊涧座上,时座中有新第宗室》。

庄。克庄(1187—1269),字潜夫,福建莆田人。他生活在南宋末年,在诗词里所经常流露的是对人民疾苦和国家危机的关心。他在郡守招饮的筵席上赋词说:"但得时平鱼稻熟,这腐儒不用青精饭。"在送宋惠父到江西军幕的词里说:"帐下健儿休尽锐,草间赤子俱求活。"在送陈子华出使金国的词里说:"两河萧瑟惟狐兔,问当年祖生去后,有人来否?多少新亭挥泪客,谁梦中原块土?"正是这种对现实比较清醒和关心的态度,使他热爱辛词,认为它"大声镗鞳,小声铿鍧,横绝六合,扫空万古,自有苍生所未见"(《辛稼轩集序》)。刘克庄的《后村别调》存词百多首,大部分是长调,比辛词议论更多,气格更接近散文。他发展了辛词奔放、疏宕的一面,而缺乏它的深沉与精警。下面这首词,可见他成就的一斑。

国脉微如缕,问长缨何时入手,缚将戎主?未必人间无好汉,谁与宽些尺度?试看取当年韩五:岂有谷城公付授,也不干曾遇骊山母,谈笑起,两河路。 少时棋柝曾联句,叹而今登楼揽镜,事机频误。闻说北风吹面急,边上冲梯屡舞,君莫道投鞭虚语。自古一贤能制难,有金汤便可无张许?快投笔,莫题柱。
——〔贺新郎〕《实之三和,有忧边之语,走笔答之》

他的〔清平乐〕《五月十五夜玩月词》:

风高浪快,万里骑蟾背。曾识姮娥真体态,素面元无粉黛。
身游银阙珠宫,俯看积气濛濛。醉里偶摇桂树,人间唤作凉风。

在美丽的想象中表现他要摆脱那沉闷的现实处境,意境和辛弃疾的〔太常引〕《建康中秋夜为吕叔潜赋》词十分接近。

到了南宋政权覆亡前后,由于民族矛盾的尖锐,辛弃疾、刘克庄的词风又在文及翁、邓剡、刘辰翁等词里得到继承,而以刘辰翁的成就为较高。辰翁(1232—1297),字会孟,号须溪,江西吉安人,曾任濂溪书院山长,宋亡后隐居不仕。他的《须溪词》绝大部分是宋亡以后写的。这时不但北宋东京的繁华无从想象,就是南渡偏安之局,比之他当时的处境,也有天上人间之感。他的词虽表现对现实的强烈不满,由于看不到国家民族的前途,就只是一派愁苦之音,缺乏辛、刘词的豪情壮气。他词里有许多送春、感秋、怀旧、招魂之作,主要是通过对南宋王朝的留恋,表现他对元朝统治的不满。在他看来,"宣和旧日,临安南渡,芳景犹自如故",而现在则连江南也无路可走了(〔永遇乐〕《余自乙亥上元,诵李易安永遇乐,为之涕下。……》)。秋声本已凄凉,现在竟是"无叶着秋声"(〔浪淘沙〕《秋夜感怀》)。城楼画角的《落梅花》调本已悲惨,现在竟是"无花只落空悲"(〔汉宫春〕《得巽吾寄溪南梅相忆韵》)。这种思想感情对于那些亡国士大夫说,是相当真切的;但由于他们所留恋的旧王朝已没有恢复希望,词里就同时流露了绝望的心情。为作品的这种内容所决定,刘辰翁有时能通过凄清的境界表达亡国的深哀,一定程度上改变爱国词派过于散文化的作法。试看下面这首〔宝鼎现〕《春月》词。

红妆春骑,踏月影、竿旗穿市。望不尽楼台歌舞,习习香尘莲步底,箫声断、约彩鸾归去。未怕金吾呵醉,甚辇路喧阗且止,听得念奴歌起。　父老犹记宣和事,抱铜仙、清泪如水。还转盼沙河多丽,滉漾明光连邸第,帘影冻、散红光成绮。月浸葡萄十里,看往来神仙才子,肯把菱花扑碎?　肠断竹马儿童,空见说三千乐指。等多时春不归来,到春时欲睡。又说向灯前拥髻,暗滴鲛珠坠。便当日亲见霓裳,天上人间梦里。

这词作于辰翁逝世的一年,那时南宋灭亡已经二十年了。词的第一二片写北宋汴京和南宋杭州元宵之盛,用以反衬当前情境的凄凉,流露了作家深沉的悲痛。他和当时另一派词人如王沂孙、张炎等的不同之处,是较多正面描绘,不像他们往往采取曲折的象征的手法。

第八章 南宋后期文学

南宋后期,宋金对峙的局面比较稳定,文学上爱国主义的呼声渐趋微弱,代之而起的是姜夔、史达祖等词人和四灵诗派、江湖诗人。他们作品的思想价值和艺术成就各有不同,也有部分作品反映了现实,但更多地表现了对现实的消极态度,甚至为这没落王朝妆点门面,粉饰太平。到了南宋覆亡前后,由于民族矛盾的尖锐,部分诗人又继承了杜甫、陆游、辛弃疾的优秀传统,写出一些激动人心的诗篇。民族英雄文天祥是在这方面最有代表性的人物。

随着古文运动的胜利和道学思想的流行,古文家、道学家们各自在文学上建立了自己的理论体系;而从北宋开始流行起来的新的文艺批评形式——诗话,到南宋也出现一些影响较大的著作。

第一节 姜夔及其他词人

姜夔(1155?—1221?),字尧章,别号白石道人,江西鄱阳人。他早岁孤贫,往来长江中下游及江淮之间,视野比较广阔,生活比较艰苦。金人几度南侵在江淮间留下的残破景象曾引起他的"黍离之悲",写出较有现实内容的〔扬州慢〕词,还在〔满江红〕词里托古讽今,发出"却笑英雄无好手,一篙春水走曹瞒"的感慨。但中年以后,他长住在杭州,除晚年曾一度到过处州、温州外,踪迹不出于太湖流域。这一带在南宋中叶以后封建经济发展得较好,他所经常来往并依靠他们生活的范成大、张鉴二家又都有园林之胜、声伎之娱①。"谁能辛苦运河里,夜与商人争往还"(《送范讷往合肥》),这样,他对江湖游士的生活逐渐厌倦,而豪门清客的色彩却越来越浓厚了。他在范成大的玉雪坡赏雪观梅,"授简征新声"(见〔暗香〕词题),在张镃的玉照堂"欢饮浩歌,穷昼夜忘去"(见戴表元《剡源文集·牡丹宴席诗序》)。在这种生活环境里,他的词不可能有新鲜的、充实的内容,而只能研辞练句,选色揣声,继承周邦彦的道路发展。他在文艺上有多方面的才能而屡试不第,对现实怀有一定程度的不满。他交游的范成大、杨万里、张镃等在文艺上都有一定的成就。比之那些依附权门的词客,像后来史达祖、廖莹中之流,他还算是有所不为的。

姜夔的《白石词》绝大多数是纪游与咏物之作。在这些作品里偶然也流露他对于时事的感慨,但更多的是慨叹他身世的飘零和情场的失意。他的词所以会对后人产生那么大的影响主要也是这方面的思想内容起作用。下面这首自制曲〔长亭怨慢〕是在这方面较有代表性的作品。

> 渐吹尽枝头香絮,是处人家,绿深门户。远浦萦回,暮帆零乱向何许? 阅人多矣,谁得似长亭树;树若有情时,不会得青青如此。

---

① 这时范成大已告老,退居苏州的石湖。

> 日暮、望高城不见,只见乱山无数。韦郎去也,怎忘得玉环分付:"第一是早早归来,怕红萼无人为主!"算空有并刀,难剪离愁千缕。

这词前片写闺人的目送遥帆,并借无情柳树的青青反衬离人心情的凄黯。后片写行人的舟中回望,并以柳丝千缕的难剪暗喻离愁的难断。情感比较真挚,艺术上也有特色。他集中自制曲较多,大都先成文词而后制谱,和向来的按谱填词不同,因此句度长短可以舒卷自如,较少受音韵的限制。

姜词的艺术成就首先表现在构成一种清幽的意境来寄托他落寞的心情。如《玲珑四犯》用"叠鼓夜寒,垂灯春浅","酒醒明月下,梦逐潮声去"等景物,烘托出"天涯羁旅"的况味。《扬州慢》用"废池乔木"、"清角吹寒"、"波心冷月"、"桥边红药"等荒凉景象,抒发对乱后扬州的今昔之感。还有《一萼红》、《凄凉犯》、《湘月》、《翠楼吟》等,意境都十分幽寂凄清。这对后世许多名场失意、流落江湖的文人具有很大的吸引力。其次是通过暗喻、联想等手法赋予他所吟咏的事物以种种动人的情态,把咏物和抒情结合得较好。如写蟋蟀的"哀音似诉,正思妇无眠,起寻机杼"(〔齐天乐〕);写梅花的"昭君不惯胡沙远,但暗忆江南江北;想佩环月夜归来,化作此花幽独。"(〔疏影〕);写荷花的"日暮青盖亭亭,情人不见,争忍凌波去"(〔念奴娇〕);都表现了这个特点。最后是在语言上多用单行散句,声律上间用拗句拗调,适当纠正向来婉约派词人平熟软媚的作风,给读者一种清新挺拔的感觉,这特别表现在他的自制曲上。姜词这些艺术成就是适当吸收晚唐诗人与江西诗人的手法,有批判地继承婉约派词人成就的结果,对后来词家的影响也大大超过了二晏秦周诸家。

姜夔的诗初学黄庭坚,后转向晚唐陆龟蒙。《昔游》诗写他早年的江湖经历,如"洞庭八百里,玉盘盛水银;长虹忽照影,大哉五色轮","我乘五板船,将入沌河口,大江风浪起,夜黑不见手。同行子周子,渠胆大如斗;长竿插芦席,船作野马走"等片段,较有气魄。《除夜自石湖归苕溪》、《姑苏怀古》、《湖上寓居杂咏》等绝句,感慨较深而饶有韵味,在当时江湖诗人中是矫矫不群的。但由于艺术上缺乏独创性,影响反不如他的词大。

南宋后期继承周邦彦的道路、同时受姜夔影响的词人还不少。有的像史达祖、高观国,结社分题咏物,拿词作文字游戏来消遣无聊的岁月。比之姜夔,他们的咏物词内容更单薄,用意更尖巧,语言更雕琢。有些词如不看题目,很难猜到它制的是什么谜。有的像杨泽民、陈允平,按照周邦彦词的阴阳四声和韵脚,一字一句地来死填死和。有的更为这没落王朝歌功颂德、粉饰太平。当忽必烈因蒙古宪宗蒙哥病死、为争夺皇位暂时从襄樊退兵时,贾似道竟伪造胜利消息,班师回杭州。他的门客廖莹中赋〔木兰花慢〕词说:"记江上秋风,鲸鲵涨雪,雁徼迷烟。"吴文英赋〔宴清都〕词说:"秋江转、万里云樯蔽昼,正虎落马静人嘶,连营夜沉刁斗。"就是说敌军完全被打垮了,宋军可以高枕无忧了。每当封建王朝没落时,它的腐朽本质也总会从文坛上得到反映。宋代流行词调,在这些词人的作品里就表现得更集中。《乐府指迷》引吴文英的词论说:"盖音律欲其协,不协则成长短句之诗;下字欲其雅,不雅则近乎缠令之体;用字不可太露,露则直突而无深长之味;发意不可太高,高则狂怪而失柔婉之意。"更从理论上概括了他们共同的创作倾向。他们在艺术上的成就互有高下,偶然也写出一二首稍有内容的作品;但总的看来,是沿着婉约派词人脱离现实的倾向越走越远,把宋词引向了僵化的道路。

到了南宋覆亡之后,王沂孙、张炎、周密等词人又结社唱和。如王沂孙以"病翼惊秋,枯形阅世,消得斜阳几度"(〔齐天乐〕《咏蝉》)的秋蝉,"前度题红杳杳,溯宫沟暗流空绕"(〔水龙吟〕《落叶》)的落叶,寄托遗民身世的凄凉;张炎以"漫倚新妆,不入洛阳花谱"(〔绮罗香〕《红叶》)的红叶,暗伤他在新朝的不得意。他们偶然也在词里流露一线光明的希望,如王沂孙的〔眉妩〕《新月》词"便有团圆意,深深拜,相逢谁在香径",以一钩新月的终将团圆,寄托他对故国的希望。然而这些在生活上远离广大人民、习惯于拿词作无聊消遣的没落士大夫,比之南宋初期的爱国词人,他们的声音是多么微弱啊!

王沂孙,字圣与,号碧山,会稽(浙江绍兴县)人,有《碧山乐府》。周密,字公谨,号草窗,祖籍济南,流寓浙江吴兴,有《蘋洲渔笛谱》。张炎,字叔夏,号玉田,是南宋初年大将张俊的子孙。他的《山中白云》词主要是表现一个末路王孙、落魄文人的生活感受,内容与王、周二家相近。他的论词著作《词源》推尊姜夔的清空而不满吴文英的质实,对宋末词坛过分追求浓丽绵密而流于晦涩的作风起一些补偏救弊的作用。他的词多直写身世之感,语言也比较清畅,对清初浙西派词人有显著影响。

第二节　四灵和江湖诗人

南宋中叶以后有所谓四灵诗派、江湖诗人,他们是江西诗派的反响,代表南宋后期诗歌创作上一种倾向。

永嘉四灵指当时生长于浙江永嘉的四个诗人:徐照,字灵晖;徐玑,字灵渊;赵师秀,字灵秀;翁卷,字灵舒。四灵里徐照和翁卷是布衣,徐玑和赵师秀作过小官。他们对于南宋中叶以后政治上的低气压好像并无反感,反而乐得清闲。"爱闲却道无官好,住僻如嫌有客多"(徐照《酬赠徐玑》),"有口不须谈世事,无机惟合卧山林"(翁卷《行药作》),他们对待现实的态度既是这样,他们的创作倾向就必然是"泊然安贫贱,心夷语自秀"(赵师秀《哭徐玑》),"楚辞休要学,易得怨伤和"(翁卷《送蒋德瞻节推》)。从这种创作倾向出发,他们选择了晚唐诗人贾岛、姚合的道路,要求以清新刻露之词写野逸清瘦之趣。他们认为"以浮声切响、单字只句计工拙"为"风骚之至精"(《宋诗钞·二薇亭诗钞》引徐玑语),因此专工近体,尤其是五律。下举二诗可略见他们的风格。

> 不作封侯念,悠然远世纷。惟应种瓜事,犹被读书分。野水多于地,春山半是云。吾生嫌己老,学圃未如君。
> ——赵师秀《薛氏瓜庐》

> 绿遍山原白满川,子规声里雨如烟。乡村四月闲人少,才了蚕桑又插田。
> ——翁卷《乡村四月》

这些诗从思想内容看,主要是继承了山水诗人、田园诗人的传统,它们在封建社会中小地主阶层里本来就拥有广大的读者。南宋中叶以后,社会表面上渐趋安定,这些诗对于那些在政治上找不到出路的文人也起了镇静剂的作用,使他们暂时满足于那啸傲田园、寄情泉石的闲逸生活。在艺术上,他们又能以精炼的语言刻画寻常景物,而不大显露斧凿的痕迹,在较大程度上纠正了江西诗人以学问为诗、专在书本上找材料的习气。因此他们的成就虽极有限,在当时诗坛却得到广泛的反应。"旧止四人为律体,今通天下话头行"(刘克庄《题蔡炷主簿诗卷》),正好说明这种情况。

所谓江湖诗人,大都是一些落第的文士,由于功名上不得意,只得流转江湖,靠献诗卖艺来维持生活。他们的流品很杂,但大致可以分为两类:一类是生活接触面比较狭,对政治不甚关心,只希望在文艺上有所专精,以赢得时人的赏识,近于所谓"狷者"。我们在前节里叙述的姜夔是这类人物的代表。一类是生活接触面比较广,对当时政治形势比较关心,爱好高谈阔论以博时名,近于所谓"狂者"。戴复古、刘克庄就是这类人物。

江湖诗人的得名是因南宋中叶后杭州书商陈起陆续刻了许多同时诗人的集子、合称为《江湖集》而来的。由于当时南宋王朝的措施愈来愈不得人心,他们以江湖相标榜,多少表示了和朝廷当权者不同的在野身分,而他们在个别作品里也的确刺痛了当权派,陈起就因此得罪,《江湖集》的板也被劈了[①]。

---

① 当时史弥远立理宗,杀济王。以为陈起的"秋雨梧桐皇子府,春风杨柳相公桥",及刘克庄的"东君谬掌花权柄,却忌孤高不主张"等诗句为有意讥刺。起因此坐罪流配。

后来《江湖集》里有些诗人已经作了官,还被看作江湖诗人,那是因为他们曾经以在野的诗人面貌出现。

戴复古(1167—1250?),字式之,号石屏,浙江黄岩人。他是个布衣,长期游历江湖,除四川以外,足迹几遍及当时南中国各重要地区。他在《论诗十绝》里推尊伤时的陈子昂,忧国的杜甫,而不满当时诗人流连光景或以文章为戏谑的作风。他曾从陆游学诗,他的《石屏诗集》里有些抒发爱国情思和反映民生疾苦的作品,一定程度上继承了陆游爱国主义的精神。

饿走抛家舍,纵横死路歧。有天不雨粟,无地可埋尸。劫数惨如此,吾曹忍见之!官司行赈恤,不过是文移。

——《庚子荐饥》

昨报西师奏凯还,近闻北顾一时宽。淮西勋业归裴度,江右声名属谢安。夜雨忽晴看月好,春风渐老惜花残。事关气数君知否?麦到秋时天又寒。

——《闻时事》

作者把人民的灾难、国家的危机都看作"劫数""气数",流露了他的宿命论思想。但前诗描写了饥荒的惨象,揭露官司赈济的欺骗性;后诗写在南宋联合蒙古灭金之后,统治集团方论功行赏,为这虚假的胜利所陶醉,他独指出这一时胜利的不可靠,跟着来的将像麦秋寒雨一样,是国家更大的危机,那是真实反映了南宋后期的政治形势的。

在南宋后期,刘克庄不仅是成就最高的辛派词人,也是继承陆游爱国主义传统的重要诗人。他少年时曾参加军队生活,平生足迹遍及江淮、两湖、岭南等处,而仕途上屡受挫折,经历也和陆游相似。他早期诗歌也沾染江湖诗人习气,后来转而倾向陆游。"晚节初寮集,中年务观诗"(《前辈》),"忧时原是诗人职,莫怪吟中感慨多"(《八十吟十绝》),正是他的自白。他有《后村居士诗集》。在他的《苦寒行》、《军中乐》、《国殇行》里,一面是京师贵官"朱门日高未启关,重重帷箔施屏山",边城守将"更阑酒醒山月落,彩缣百段支女乐";一面是寒风中的兵士"夜长甲冷睡难着",甚至作战受伤也"无钱得合金疮药",在战场牺牲了,埋葬时连身上一层衣甲也被剥去,更不用说对他们家属的抚恤了。在他的《筑城行》、《开壕行》里,一面是"白棒诃责如风雨","役兵大半化为鬼",一面是那些开工监工的官吏一个个记功升官,那是一幅幅鲜明的南宋后期的社会画面。他还有不少直写时事的作品,如《书事》。

  人道山东入职方,书生胆小虑空长。遗民如蚁饥难给,侠士如鹰饱易扬。未见驰车修寝庙,先闻铸印拜侯王。青齐父老应垂涕,何日鸾旗驻路旁?

又如《赠防江卒》:

  陌上行人甲在身,营中少妇泪痕新。边城柳色连天碧,何必家山始有春?
  壮士如驹出渥洼,死眠牖下等虫沙。老儒细为儿郎说,名将皆因战起家。
  战地春来血尚流,残烽缺堠满淮头。明时颇牧居深禁,若见关山也自愁。

> 一炬曹瞒仅脱身,谢郎棋畔走苻秦。年年拈起防江字,地下诸贤会笑人。

这些诗都写在金亡以后,南宋所面临的是一个更其强大的对手。作者在诗里一面谴责了统治集团的腐朽与失策,表示他对时事的忧虑;一面仍安慰营中的少妇,鼓励沙场的壮士,希望他们为国立功。流露在这些作品中的思想感情是和广大人民息息相通的。此外作者在登临、游历、咏史、咏物的诗篇中,如"书生空抱闻鸡志,故老能言饮马年"(《瓜洲城》),"神州只在阑干北,度度来时怕上楼"(《冶城》),"穴蚁能防患,常于未雨移;……谁为谋国者,见事反伤迟"(《穴蚁》)等句,也往往托物寓意或借古讽今。从这些作品看,他的确不愧为南宋后期陆游的最好继承者。

然而刘克庄与戴复古又都生在程朱理学已成为统治思想的时期,他们又都出理学家真德秀之门,对朱熹崇拜得五体投地,因此在他们的作品里又不时流露"头巾气"。他们都喜欢在诗里发议论,这些议论有时极其迂腐可笑,如戴复古批评白居易《琵琶行》诗的"不寻黄菊伴渊明,忍泣青衫对商妇",刘克庄看海棠诗的"莫将花与杨妃比,能与三郎作祸胎"等句。至如"万事尽从忙里错,一心须向静中安"(戴复古《处世》),"讲学有时明太极,吟诗无路学熏风"(刘克庄《示儿》)等句,更像三家村老学究说教,表现了宋诗末流的一种坏倾向。

在艺术表现上,他们往往十首八首,三和四和,摇笔即来,漫不经心。除刘克庄诗喜用本朝故事,表示诗人对当代政治形势的关心,值得一提外,一般流于浮浅,缺乏创新的精神。

当时江湖诗人还有赵汝鐩、方岳等,他们的诗在内容与艺术上就更少特色了。

第三节　朱熹、严羽的文学批评

我国诗歌散文到宋代已经有了进一步的发展。作家积累了丰富的创作经验,文学批评的专著相继出现。诗话文评之作,北宋已渐多,到了南宋,更蓬勃发展,如姜夔《白石道人诗说》、张戒《岁寒堂诗话》、吕本中《吕氏童蒙训》、陈骙《文则》等。而以朱熹、严羽的文学批评影响为更大。

朱熹(1130—1200),字元晦,婺源(江西婺源县)人。侨居建州(福建建瓯县)。登绍兴进士第,历官转运副使、秘阁修撰、宝文阁待制。朱熹写了大量讲解儒家经传的著作,成为明清两代的官方哲学,影响深远,起了消极作用。但他的《诗集传》、《楚辞集注》及其他诗文杂著中有些评论文学的见解,放在当时的历史环境来看,有一定的代表性。

朱熹的文学批评主要是继承并发展了北宋道学家的主张,表现了道学家和古文家文学思想斗争的继续发展。北宋初期,不少古文家、道学家对于文与道的关系的看法,基本上还是和韩柳一致的。自周敦颐倡"文以载道"之说,开始打破了文与道的平衡,体现了道学家重道轻文的倾向。他说:"文,所以载道也;轮辕饰而人弗庸,徒饰也;况虚车乎?文辞艺也;道德实也。……不知务道德而第以文辞为能者,艺焉而已。"(《通书·文辞》)于是程颐更进一步断言作文害道,作文是"玩物丧志"(《二程遗书》十八)。他把文与道看成互相对立、互相排斥的东西,真是道学家的偏见。朱熹的理学是继承二程的,他的文学观点基本上也和程颐相近。他对李汉"文者贯道之器"的说法表示异议,认为"文皆是从道中流出,岂有文反能贯道之理?文是文,道是道,文只如吃饭时下饭耳。若以文贯道,却是把本为末,以末为本"(《朱子语类》一三九)。又《答徐载叔书》说:"所谕学者之害莫大于时文,此亦救弊之言。然论其极,则古文之与时文,其使学者弃本逐末,为害等尔"(《朱文公文集》五十六)。道是本,文是末,舍本逐末,或本末倒置,在他看来,不管什么文章都是有害的。这就和程颐作文害道的见解完全一致。但应该指出:理学家的所谓道与古文家的所谓道有所不同。古文家的道除了儒家一般的概念外,还包括较多的政治、历史内容;而理学家的道则几乎纯是道德心性的抽象概念。它和现实的距离更远了。不过朱熹虽然重道轻文,并不根本排斥文学,他只认为首先要明义理(道),义理既明,文章自然做得出色。所以又说:

> 道者文之根本,文者道之枝叶。惟其根本乎道,所以发之于文皆道也。三代圣贤文章皆从此心写出,文便是道。今东坡之言曰:"吾所谓文,必与道俱",则是文自文而道自道;待作文时,旋去讨个"道"来,入放里面。
>
> ——《语类》一三九

他前面说"文是文,道是道",把文同道对立起来;现在又说"文便是道",又把文和道统一起来,好像自相矛盾。其实这还是重道轻文的意思,轻文,所以说文是文,道是道,文不能贯道;

重道,所以说文便是道,文自道中流出,反对文自文而道自道。在他看来,只是一个问题的两面。正因从此出发,他评论唐宋诸家的文章虽然多所肯定,却不满他们不务先明义理,只去"学古人说话声响",浪费许多时间精力,去"作好文章,令人称赏"(《文集》七十四《沧洲精舍谕学者》)。其实韩愈何尝不说"根之茂者其实遂,膏之沃者其光晔",柳宗元何尝不主张文以明道呢?依照朱熹这种观点,必然会得出这样一个结论,那就是文章只能要求抽象地谈论有关道德心性的问题,不要现实内容,更不必讲求艺术技巧。这对文学的发展是极为有害的。

但朱熹本是颇有文学修养的学者,他的诗文创作都有一定的成就,评论古今作家利病亦颇多中肯。他教人学诗要从《三百篇》、《离骚》学起,论古诗则重汉魏而薄齐梁,说:"齐梁间之诗,读之使人四肢皆懒慢不收拾"。说李白诗"清水出芙蓉,天然去雕饰"是"自然之好"。他论诗又多从全面来考查,认为陶渊明诗平淡中有豪放,但豪放得使人不觉。《咏荆轲》一篇便露出本相。李太白诗不专是豪放,亦有雍容和缓的,如《古风》头一篇。他生平最不满江西派诗拘泥"出处"和"嵌字"、"使难字"等作风(以上《语类》一百四十),而独推陆游,说"近代唯见此人为有诗人风致"(《答徐载叔》)。又说"古乐府及杜子美诗意思好,可取者多"(《答刘子澄》):像这样很好的见解还是不少的。总之,朱熹以道学家的眼光看待文学创作,以义理为根本,文章为末务,自然是周、程以来道学家唯心主义的文艺观点。他不懂得文学的源泉是生活,在获得丰富生活的基础上还要刻苦学习艺术技巧,才能把作品写好,所以论文就强调心性修养而任其自然,反对下工夫,费力气。

严羽,字仪卿,邵武(福建邵武县)人。宋末隐居不仕,自号沧浪逋客。为人"粹温中有奇气,好结江湖间名士"。事迹及生卒年不详。据他的《庚寅纪乱》诗和黄公绍《沧浪吟卷序》,严羽大概生于孝宗淳熙中,卒于理宗末年[1]。他有《沧浪诗话》,最为后世说诗者所称道。

《沧浪诗话》是一部全面而有系统的诗论,其中分为"诗辨"、"诗体"、"诗法"、"诗评"、"考证"(一作"诗证")五部分,卷末附《与吴景仙论诗书》。"诗评"、"诗法"、"考证"多有可取,而"诗辨"最为重要。

"诗辨"的内容是阐述古今诗的艺术风格及诗歌的学习和创作等问题,而归结于以盛唐为法。在这里,严羽提出一个学诗的方法,那就是"妙悟"。他以禅喻诗,认为"禅道惟在妙悟,诗道亦在妙悟",只有悟才是"当行"、"本色",不过悟的程度"有浅深,有分限,有透彻之悟,有但得一知半解之悟"而已。所谓"妙悟",照字面讲,它是心领神会、彻头彻尾的理解的意思。就"诗辨"的全部理论看来,悟是包括认识和实践这两方面的问题,也就是诗歌的阅读和写作的问题。前者严羽主张取法乎上,"以汉魏晋盛唐为师,不作开元天宝以下人物"。而入手的具体步骤是:"工夫须从上做下,不可从下做上,先须熟读楚辞,朝夕讽咏",以次及于汉魏古诗、乐府,再沈潜玩索李

---

[1] 《庚寅纪乱》诗作于理宗绍定三年(1230),其结语有云:"感时须发白,忧国空拳拳。"假定严羽这时年已五十,则当生于孝宗淳熙年间。《沧浪吟卷》乃羽没后李南叔所辑录,而黄公绍序自署咸淳四年(1268)进士,则其卒年当在是年以前或理宗末年。

杜二集,"然后博取盛唐名家,酝酿胸中,久之自然悟入"。这就是平日学习的悟入法。至于后者,也就是诗的艺术实践问题,关于这,他有以下一段话:

> 夫诗有别材,非关书也;诗有别趣,非关理也。而古人未尝不读书,不穷理①。所谓不涉理路、不落言筌者,上也。诗者,吟咏情性也。盛唐诸人惟在兴趣,羚羊挂角,无迹可求。故其妙处透彻玲珑,不可凑泊,如空中之音,相中之色,水中之月,镜中之像,言有尽而意无穷。

他认为诗的艺术必须达到这种境界,才能算"透彻之悟",才是"妙悟"。只有盛唐诸家能够达到这样的高度。以上就是严羽《沧浪诗话》的主要论点。

  严羽教人学诗,必须熟读楚辞以至盛唐名家的诗,作为写作准备的一个重要环节来说,借鉴前人的创作经验还是必要的。但是文学艺术的来源是现实生活,单从诗中去学诗,显然是不够的;所以陆放翁教子学诗,有"工夫在诗外"之说。诗的特征是形象思维,作者必须通过艺术想象,创造一种艺术境界,运用优美的语言表达出来,才能感动读者,引起读者的审美趣味,这的确不是单靠掉书袋、讲道理所能济事的。严羽似乎意识到这一点,所以说诗有别材别趣,非关书理。然而读书并不妨碍作诗,有时反有帮助;理亦不碍诗之妙,有时还可以加深对事物的观察,所以他又说古人并不排斥读书穷理。问

---

① 此句通行本作"然非多读书,多穷理,则不能极其至";今据《诗人玉屑》转引。

题在于书如何用,理如何说,要用书而不为书所用,说理而不堕于理障。在他看来,如果含蓄深远,不即不离,理在情景之中,言超迹象之外,如所谓"羚羊挂角,无迹可求","透彻玲珑,不可凑泊"的境界,才是最好的作品。所以又说"不涉理路、不落言筌者,上也"。我们不否认盛唐诸家的某些诗具有上述艺术境界。但这是否就能算最高的成就,那可不一定。因为诗的本质首先在于反映现实,同时抒发诗人对客观现实的感受;而严羽所极力推崇的仅仅是表现方法和艺术风格问题,这是有极大的片面性的。何况他所谓"兴趣",所谓"妙处",只是王孟家数为然,其他盛唐作家并不尽然。就是王孟诗风也不完全一致,更不能夸大为诗歌艺术的永恒标准,事实上也不可能存在这种标准。严羽表面推尊李杜,而实有偏好,所以又说孟浩然的诗出韩愈之上,以其"一味妙悟而已"。严羽论诗虽不为无见,但只从印象出发,不能具体分析,因此,他的判断既不全符实际,又说得异常玄妙,使人感到神秘。

严羽的诗论是为反对苏轼、黄庭坚的诗风而发的。他在论盛唐诗之后就紧接着指出他们"以文字为诗,以才学为诗,以议论为诗",认为诗虽工,"终非古人之诗也。盖于一唱三叹之音有所歉焉"。接着又指出其诗"多务使事,不问兴致;用字必有来历,押韵必有出处",以及末流叫嚣怒骂之弊,为诗之一厄。下面更说东坡、山谷"始自出己意以为诗,唐人之风变矣"。最后连带批评了一下"四灵"和江湖派,但主要矛头则是指着苏黄二大诗人,而尤侧重于江西诗派的末流的。的确,苏黄一出,"沧海横流",唐风尽变,唐宋诗的界限判然始分。严羽抉摘江西派的病根是中肯的,企图以盛唐挽救一时之弊也是好的;但不从那时诗歌最根本的思想内容上的缺点,也就是严重脱离政治、脱离现实生活的缺点来针砭它,而只强调艺术风格等次要问题,又引导作者以模拟复古为事,那就走到另一个错误的方向去了。

《沧浪诗话》的影响是很大的。明胡应麟认为明诗所以能"上追唐汉",就是靠严羽的提倡。其实明代前后七子的复古,以"诗必盛唐"相号召,模仿剽窃,优孟衣冠,貌合而神离,久为诗坛所反对,而目之为"瞎盛唐诗",这无疑是《沧浪诗话》带来的后果。后来钱谦益、冯班竭力诋毁严羽,至骂他为"热病"、"呓语",未免太过。而不久王士禛复大倡"神韵"之说,选《唐贤三昧集》,以王维为宗。其诗亦努力追求盛唐韵味,成为一时风气,又把诗歌创作引向另一条空虚狭窄的道路,显然仍是严羽"妙悟"说的影响。

第四节 文天祥和宋末爱国诗人

南宋的覆亡是一段极为惨痛的历史,统治集团为了保持苟安享乐的生活,不惜对金称臣割地,步步退让,最后更把锦绣河山俯首贴耳地送给元人。但是,民族英雄文天祥为了挽回覆亡的命运,寸土血战,百折不挠,直到战败被俘,仍然誓死不屈,却表现了极为光辉的爱国主义精神。他的诗歌是他战斗生活的纪录,爱国精神的自然流露。受他精神感召的许多南宋遗民的诗歌,也表现了不和元统治者妥协的精神。

文天祥(1236—1282),字履善,又字宋瑞,自号文山。江西吉水人。二十岁举进士第一。历官至江西安抚使。德祐二年,元军围临安,除右丞相兼枢密使,赴元军议和被拘留,解送北方。至镇江得脱走,回温州拥立端宗,图谋恢复,转战东南。景炎三年兵败被俘,拘囚燕京四年,终以不屈被害。有《文山全集》。

他诗歌中动人的作品,是德祐二年以后所作的《指南录》、《指南后录》和《吟啸集》。这些诗不仅记录了他后期种种生活经历,更重要的是表现了他的爱国精神和民族气节。

"臣心一片磁针石,不指南方不肯休",这是他《指南录》命名的由来,也表现了他力图恢复,念念不忘宋室的不屈不挠的意志。他赴北营议和,不仅敢于和气势汹汹的元丞相伯颜作面对面的斗争,"若使无人折狂虏,东南那个是男儿!"(《纪事》)而且在敌营里痛骂了投降元人的南宋大臣贾馀庆、刘岊等。他说:"呜呼,予之及于死者,不知其几矣!诋大酋,当死;骂逆贼,当死;与贵酋处二十馀日,争曲直,屡当死;去京口,挟匕首,以备不测,几自到死;……"(《指南录后序》)在这出生入死的斗争中,他随时想到的是"但令身未死,随力报乾坤"(《即事》)。他毅然地负起了"存亡国,继绝世"的艰难责任,用他的诗来说,就是"祖逖关河志,程婴社稷功"(《自叹》)。

他再度被执以后所写的诗,表现了国破家亡后的身世悲凉:"田园荒吉水,妻子老幽州"(《生朝》),"遗老犹应愧蜂蚁,故交久已化豺狼"(《赣州》),心情的悲痛是难以言喻的。而他著名的《金陵驿》诗,更表现了一种永离故国乡土的沉痛心情:

草合离宫转夕晖,孤云飘泊复何依。山河风景元无异,城郭人民半已非。满地芦花和我老,旧家燕子傍谁飞?从今别却江南路,化作啼鹃带血归!

这种沉痛心情是动人的,但更为重要的是他的另一些诗。在这些诗里表现了他在敌人面前至死不屈,坚持民族气节的光辉品质。"人生自古谁无死,留取丹心照汗青",这首《过零丁洋》诗是众所周知的。他在北上燕京途上还写了《怀孔明》、《刘琨》、《祖逖》、《颜杲卿》、《许远》等等诗篇,通过对这些忠肝义胆的历史人物的歌颂,表达了他爱国的志节。在《白沟河》怀张叔夜的诗里,他更说:"天地垂日月,斯人未云亡。文武道不坠,我辈终堂堂。"既表现了坚持民族气节的自豪感,也表现了他对民族光明前途的坚定信念。上面所说的这些宝贵的思想信念,在他的杰作《正气歌》里表现得尤为集中、鲜明、强烈:

> 天地有正气,杂然赋流形。下则为河岳,上则为日星。于人曰浩然,沛乎塞苍冥。皇路当清夷,含和吐明庭。时穷节乃见,一一垂丹青:在齐太史简,在晋董狐笔。在秦张良椎,在汉苏武节。为严将军头,为嵇侍中血。为张睢阳齿,为颜常山舌。或为辽东帽,清操厉冰雪。或为出师表,鬼神泣壮烈。或为渡江楫,慷慨吞胡羯。或为击贼笏,逆竖头破裂。是气所磅礴,凛冽万古存。当其贯日月,生死安足论?地维赖以立,天柱赖以尊。三纲实系命,道义为之根。……

诗的后段,写他在这些浩然正气鼓舞下,不怕牢狱中种种污秽腐臭气息的侵袭,生活安然无恙,精神怡然自得。这篇诗很少雕饰,却很从容自然地展示了他崇高的精神面貌。

他前期的诗受江湖诗人影响较深,后期则主要学杜甫,除著名的《集杜诗》二百首外,他的《读杜诗》中所说的"耳想杜鹃心事苦,眼看胡马泪痕多",可以说明他特别热爱杜诗的原因。他怀念亲人的《六歌》是仿杜甫《同谷七歌》而作,其他如"长江还有险,中国自无人"(《安庆府》)、"箧破书犹在,炉残火复燃"(《初六日纪事》)、"春事暗随流水去,潮声空逐暮天回"(《越王台》)、"眼里游从惊死别,梦中儿女慰生离"(《早秋》)等诗句,都有杜诗悲凉沉郁的风貌。

汪元量(生卒不详),字大有,号水云,钱塘人。他本是宫廷的琴师,南宋亡后随六宫到燕京,晚年请为黄冠道士,归老南方。有《水云集》、《湖山类稿》。

他的诗中最著名的是《醉歌》、《湖州歌》、《越州歌》。这些诗用七绝联章的形式,纪实的手法,把他所目击的南宋覆亡、六宫北迁的情景淋漓尽致地描绘出来,心情十分辛酸沉痛。当时刘辰翁等人称他为"诗史"。例如:

淮襄州郡尽归降,鞞鼓喧天入古杭。国母已无心听政,书生空有泪千行。

乱点连声杀六更,荧荧庭燎待天明。侍臣已写归降表,臣妾签名谢道清。

——《醉歌》

谢了天恩出内门,驾前喝道上将军。白旄黄钺分行立,一点猩红似幼君。

北望燕云不尽头,大江东去水悠悠。夕阳一片寒鸦外,目断东西四百州。

——《湖州歌》

诗中太后签署降表、幼主向元人谢恩的情景,是令人深刻难忘的。当时文天祥等许多爱国志士正出生入死为挽救危亡而奋斗,小朝廷却双手捧上降表。他诗中涉及人民的地方虽然很少,但是像"兵马渡江人走尽,民船拘敛作官船",也展示了战乱的荒凉;"宫女不眠开眼坐,更听人唱哭襄阳",更反映了人民对统治者昏庸无能的痛恨。

他在燕京曾和文天祥狱中唱和,他的《生挽文丞相》,和王炎午《生祭文丞相文》一样,是勉励天祥尽节的作品。《浮丘道人招魂歌》九首也是仿文天祥《六歌》为天祥招魂之作。此外,如《杭州杂诗和林石田》中"蠋也吞声哭"一篇,《题王导像》,感慨很深沉。《夷山醉歌》二首,则在故作豪宕放逸中透露了国破家亡的深痛。

他的诗受江湖派影响较深,绝句尤近晚唐。但有些沉郁悲痛之作颇似杜诗,他在《草地寒甚毡帐中读杜诗》中自述经忧患以后对杜诗的看法有很大转变。

谢翱(1249—1295),字皋羽,号晞发子,长溪(福建霞浦)人。曾率乡兵投文天祥军,后变姓名逃亡,有《晞发集》。他为了纪念文天祥,曾写了一篇著名的《登西台恸哭记》,此外,还有一篇《西台哭所思》的诗:

> 残年哭知己,白日下荒台。泪落吴江水,随潮到海回。故衣犹染碧,后土不怜才。未老山中客,唯应赋八哀。

这首诗和《哭所知》、《书文山卷后》、《哭广信谢公》等篇,都是悲哀沉痛,泣血吞声之作。他的诗重苦思锤炼,受孟郊、李贺影响较深。

林景熙(1241—1310),字德旸,号霁山,浙江平阳人。宋咸淳七年进士,官至从政郎,宋亡隐居故乡。有《白石樵唱》。他的诗写南宋遗臣的悲痛心情,深沉感人。如《闻家则堂大参归自北寄呈》:

> 滨死孤臣雪满颠,冰毡啮尽偶生全。衣冠万里风尘老,名节千年日月悬。清唳秋荒辽海鹤,古魂春冷蜀山鹃。归来亲旧惊相问,禾黍离离夕照边。

家铉翁被元人拘留了十九年,守志不仕,以八十二岁的患难馀生回到江南。诗中对他表示了无限敬仰和同情。他的《读文山集》、《题陆大参秀夫广陵牡丹诗卷后》也洋溢着爱国的深情。此外,《秦吉了》、《孙供奉》等讽刺降元将相不如禽兽,也充满了义愤。

郑思肖(1241—1318),字忆翁,号所南,福建连江人。兼长诗画,他画兰不画土根的故事早已流传人口。他的《寒菊》诗"宁可枝头抱香死,何曾吹落北风中",表现了坚强不屈的傲骨。又如《送友人归》:

> 年高雪满簪,唤渡浙江浔。花落一杯酒,月明千里心。凤凰

身宇宙,麋鹿性山林。别后空回首,冥冥烟树深。

五六两句,见出他隐迹山林,心系天下的抱负和性格。

宋末爱国诗文在元代诗人中留下相当深的影响,他们的生平事迹和作品往往借元代诗文作家的记载得以流传下来。明末清初及清末诗人在表达爱国思想的时候,也往往提到他们。相传在明末苏州承天寺古井里发现的郑思肖《心史》,虽不一定可靠,但在当时爱国诗人中确起了积极的影响,顾炎武就为此写了《井中心史歌》。

第九章 话本和宋代民间歌谣

第一节 话本的产生

话本原是"说话"艺人的底本,是随着民间"说话"伎艺发展起来的一种文学形式。从敦煌发现的资料看,唐代已出现话本;但到宋元时代才渐趋成熟。在宋代汴京、杭州等工商业繁盛的都市里,为了市民的娱乐,各种瓦肆伎艺应运而生。"瓦肆"即"瓦子"或"瓦舍"①,它的出现,说明各种民间伎艺已长期集中在固定地点演出,这就有利于各种伎艺的交流和它们艺术水平的不断提高。《东京梦华录》记北宋汴京的瓦子说:"街南桑家瓦子,近北则中瓦,次里瓦,其中大小勾栏五十馀座。内中瓦子莲花棚、牡丹棚,里瓦子夜叉棚、象棚最大,可容纳数千人。"《武林旧事》记南宋杭州演出的伎艺有五十多种,瓦子二十三处,每个瓦子又包含若干座"勾栏"。当时北瓦内的勾栏有二十三座。在这许多瓦肆伎艺中,属于说话范围

---

① 《都城纪胜》:"瓦者,野合易散之意。"《梦梁录》:"瓦舍者,谓其来时瓦合、去时瓦解之义,易聚易散也。"这有助于我们对瓦舍中各种伎艺演出时情况的了解。又《通鉴》二五五卷:"朱全忠击黄巢瓦子寨,拔之。"胡三省注:"黄巢撤民居以为寨屋,谓之瓦子寨。"疑瓦子即指瓦棚,以别于临时演出的草棚或露台的。

的有四家。一、"小说",二、讲史,三、讲经,四、合生或说诨话。其中以"小说"、讲史两家为最重要,影响也最大。宋罗烨编纂《醉翁谈录·小说开辟》曰:

> 说国贼怀奸从佞,遣愚夫等辈生嗔;说忠臣负屈衔冤,铁心肠也须下泪。讲鬼怪,令羽士心寒胆战;论闺怨,遣佳人绿惨红愁。说人头厮挺,令羽(当作武)士快心;言两阵对圆,使雄夫壮志。谈吕相青云得路,遣才人着意群书;演霜林白日升天,教隐士如初学道。噇发迹话,使寒门发愤;讲负心底,令奸汉包羞。

可想见说话内容的丰富和艺术上所达到的水平。宋代说话艺人还有书会、"雄辩社"等组织,用以出版书籍、切磋伎艺。《东京梦华录》说北宋汴京有霍四究专说三国故事,尹常卖专说五代故事。《武林旧事》说南宋杭州讲史有乔万卷、许贡士等二十三人;说经、诨经有长啸和尚、彭道士等十七人;"小说"有蔡和、李公佐、张小四郎等五十二人。说话人数比任何其他技艺为多,而其中说"小说"的又比讲史、说经的多出一倍以上,这说明它是最受听众欢迎的。

说话这一民间伎艺至迟在中唐就有了。从元稹《寄白乐天代书一百韵》诗中"翰墨题名尽,光阴听话移"两句下的自注和段成式《酉阳杂俎》中关于"市人小说"的片段记载看,唐代的说话艺术已渐趋成熟。而从《庐山远公话》、《韩擒虎话本》和《叶净能话》等几篇现存的唐话本看,尽管情节还不够集中,语言还不够通俗,但无疑是宋元话本的先驱。变文除人物故事的描绘外,它的散文韵文交错的体裁也为部分话本所吸收。

《清平山堂话本》中《快嘴李翠莲》通篇以韵语说唱为主,《刎颈鸳鸯会》中也夹唱十首〔商调·醋葫芦〕,其他如《京本通俗小说》中的《碾玉观音》、《菩萨蛮》也杂有很多韵语,都可以看出变文的影响。

比之唐传奇和变文,话本的体裁有它的特色。说话人为延迟正文开讲时间,等候听众,并稳定早到听众的情绪,因此汲取变文里押座文的经验,在正文之前吟诵几首诗词或讲一两个小故事,叫做"入话"。这些诗词、小故事大都和正文意思相关,可以互相引发。说话人为渲染故事场景或人物风貌,往往在话本中穿插骈文或诗词。话本结尾又常用诗句总结全篇,劝戒听众。这些地方还残留着说唱文学的遗迹。"小说"原名银字儿,最初也用乐器伴奏,后来才逐渐减少了音乐歌唱的成分而独立发展。说话人为吸引听众再来听讲,往往选择故事引人入胜处突然中止,这是后来章回小说分回的起源。

第二节 话本的思想内容和艺术成就

话本小说的流行正当印刷事业普遍发展的宋元时期,当时说话篇目仅"小说"一项,据《醉翁谈录》所记已达百种以上,实际当不止此数。为什么流传下来的却这样少呢?这主要由于封建统治阶级对通俗文学的歧视,近代帝国主义的侵略也给它带来重大损失。据《四库全书》杂史类存目《平播始末》提要说,《永乐大典》有平话一门,所收平话极多,其中当有不少宋元旧编。一九〇〇年,英法联军入京,《永乐大典》散佚,这部分平话就无法再见到了。

"小说"是说话中影响最大的一家。由于"小说"多就现实生活汲取题材,形式短小精悍,内容新鲜活泼,因此最为群众所欢迎。《都城纪胜》说当时讲史的"最畏小说人,盖小说者能以一朝一代故事,顷刻间提破"。就说明了这情况。现存宋元话本的"小说",包括《京本通俗小说》的全部,《清平山堂话本》中的大部和《喻世明言》、《警世通言》、《醒世恒言》中的小部分,约四十篇左右。宋元话本与明代拟话本有时不易区分。大抵以宋元民间故事传说为题材,反映宋元社会生活面貌,而在若干细节上(如风俗习惯、地名、官名)又符合宋元社会情况的,即使其中有经过后人改动的地方,依然可看作宋元话本。

　　从现存的"小说"话本看,无论在思想和艺术方面都呈现出许多新的特色,在这些作品中,我们看到了市民阶层已意气昂扬地登上了文艺舞台,以新的文学形式和新的语言来表现自己、提高自己。"小说"话本以爱情、公案两类作品为最多,成就也最高。在以爱情为主题的作品中,已有较多的市井细民成为故事中的主人翁,并表现他们对封建势力的反抗,尤其突出了妇女斗争的坚决和勇敢。《碾玉观音》和《闹樊楼多情周胜仙》是这类小说中成就较高的作品。《碾玉观音》中的璩秀秀是裱褙铺璩公的女儿,被咸安郡王买作"养娘"后爱上了碾玉匠崔宁,就趁王府失火,双双逃至潭州安家立业。后因郭排军告密,郡王抓回秀秀处死,她的鬼魂又和崔宁在建康府同居,最后并惩处了郭排军。作品中秀秀为争取爱情而斗争的精神表现得非常突出;同时通过对咸安郡王的刻画,揭示了封建统治者的凶残本性。《闹樊楼多情周胜仙》中的周胜仙在金明池畔遇上了青年范二郎,她借和卖水人吵架,主动向范二郎介绍了自己的身世,表示了对他的爱慕。她父亲因对方门第太低,不准他们结婚,她始终没有屈服。为了范二郎,她曾死过两次,甚至做了鬼还要和他相会,最后又通过五道将军,救他出了监狱。璩秀秀、周胜仙对爱情的追求和执著,反映了当时妇女民主意识的觉醒。其他如《志诚张主管》写一个白发老人张员外的小夫人,突破礼教的束缚,主动追求员外店里的主管张胜。《乐小舍拚生觅偶》中突出了乐和同顺娘之间的深挚爱情。顺娘看潮落水,乐和不顾危险赴水去救,后两人都被救起,终成夫妇。

公案类的作品反映了当时复杂的阶级矛盾,有的还表现了人民对统治阶级的直接斗争。《错斩崔宁》和《宋四公大闹禁魂张》是这类小说中较有特色的作品。《错斩崔宁》写崔宁和陈二姐,被卷入因十五贯钱而引起的谋杀案中,结果在昏官的严刑拷打之下,招供诬服,被判处死刑。作品揭露了封建官府的草菅人命,还直接加以批判说:"这段冤枉,细细可以推详出来,谁想问官糊涂,只图了事,不想捶楚之下,何求不得!"并告诫这些官吏:"做官切不可率意断狱、任情用刑,也要求公平明允,道不得个死者不可复生,断者不可复续。"《宋四公大闹禁魂张》中出现的一伙侠盗赵正、宋四公、侯兴等,不仅惩罚了为富不仁、视钱如命的财主张富;而且偷走了钱大王的玉带,当面剪走京师府尹的腰带挞尾和马观察的一半衫襟,闹得整个京师惶惶不安。其他如《简帖和尚》中通过一个还俗的和尚写假信骗取皇甫殿直妻子的故事,反映了封建社会中善良妇女任人摆布的惨状;批判了官吏的昏聩残酷,动辄严刑逼供,置他人死活于不顾,同样有它的现实意义。

此外，如《郑意娘传》写郑意娘被金人掳去，不甘屈辱，自刎而死，表现了坚贞的气节和爱国主义思想。后来写她的鬼魂把负心的丈夫摔投江中，为作者的迷信思想所左右，有些描写相当恐怖，但仍曲折表达了妇女的反抗精神。《快嘴李翠莲》写李翠莲在出嫁前后，以锋利的辩才，回击了封建教条加于她的种种束缚，从而维护了自己的尊严。《万秀娘仇报山亭儿》中的尹宗母子，为万秀娘的不幸遭遇所感动，挺身而出，把她从恶霸手里救出。为了替她报仇，尹宗还牺牲了自己的生命，表现了下层人民舍己救人的高贵品质。

由于话本作者思想的复杂，各篇作品所表现的思想很不一致。在少数作品中还存在着较多的消极落后的成分。如《菩萨蛮》中，宣扬了"只因我前生欠宿债，今生转来还"的报应思想。《西山一窟鬼》、《西湖三塔记》、《定州三怪》等篇中，弥漫着一股迷信和恐怖的气氛。在《冯玉梅团圆》中，美化了一个农民起义军的叛徒和官家小姐之间的爱情。这些消极落后的因素，甚至在那些优秀的"小说"中，也不能完全避免，如《宋四公大闹禁魂张》中一些无谓的插科打诨，以及某些爱情作品中作鬼还要团圆的描绘，虽然也表达了美好的愿望，究竟是在作者迷信有鬼的思想基础上设想出来的。

在艺术上话本比之它以前的小说已有很多新的发展。说话人为了吸引听众，很注意故事情节的动人。如《简帖和尚》的开头，读者只见枣巷口的小茶坊中来了个"浓眉毛，大眼睛"的官人。当皇甫殿直在家时，这"官人"派人送简帖与礼品给皇甫妻杨氏，引起皇甫的怀疑，把妻子休了。杨氏含冤莫白，准备跳水自尽，却遇上一个自称是她姑姑的老太婆，把她带回家,逼着她嫁给那个"浓眉毛,大眼睛"的官人。后来这"官人"向杨氏泄漏真相,说他本是个和尚,因见杨氏貌美,就设计买通老太婆诱骗她。杨氏听了之后,"捽住那汉,叫声屈"。这一"屈",喊出了杨氏内心的冤愤,也激起了读者的共鸣。作者就以这样巧妙的布局步步引人入胜。其次在"小说"中已开始运用具有典型意义的细节来刻画人物性格,而且还出现了人物内心活动的描写。《错斩崔宁》中当刘贵借钱回来,因陈二姐开门迟了,就骗她说已经把她卖了。到夜间刘贵睡后,作者这样描写陈二姐:

> 那小娘子好生摆脱不下:"不知他卖我与甚色样人家?我须先去爷娘家里说知。就是他明日有人来要我,寻道(到)我家,也须有个下落。"沉吟了一会,却把这十五贯钱,一垛儿堆在刘官人脚后边。趁他酒醉,轻轻的收拾了随身衣服,款款的开了门出去,拽上了门,却去左边一个相熟的邻舍叫做朱三老儿家里,与朱三妈借宿了一夜,说道:"丈夫今日无端卖我,我须先去与爹娘说知。须你明日对他说一声,既有了主顾,可同我丈夫到爹娘家中来讨个分晓,也须有个下落。"

通过这种人物内心活动和言行的细致描写,给我们留下了一个善良、驯顺而没有社会地位和人身自由的贫家女子的印象。此外"小说"的作者有时还通过富有戏剧性的对话,表现人物性格的特征。《碾玉观音》中秀秀、崔宁逃出王府后的一段对话,就是一个很好的例子:

> 秀秀道:"你记得也不记得?"崔宁叉着手,只应得喏。秀秀

道:"当日众人都替你喝采:'好对夫妻!'你怎地到(倒)忘了?"崔宁又则应得喏。秀秀道:"比似只管等待,何不今夜我和你先做夫妻?不知你意下何如?"崔宁道:"岂敢!"秀秀道:"你知道不敢,我叫将起来,教坏了你,你却如何将我到家中,我明日府里去说!"崔宁道:"告小娘子:要和崔宁做夫妻不妨;只一件,这里住不得了……"

在上述对话中,秀秀追求爱情时所表现的主动、泼辣的性格,和崔宁的憨厚、怯懦的个性都鲜明地呈现在读者的面前。这些不同性格特征又是和他们各自不同的身份、经历相吻合的。

话本小说在故事结构、人物刻画上的这些特点,表现了古典小说中的现实主义创作方法,比唐传奇又前进了一大步,开始趋向成熟。

在敦煌变文和唐话本中虽间有俗语,仍以浅近的文言为主,到宋元话本小说,才通篇用通俗、生动的语言叙述。后来我国小说、戏曲所普遍采用的白话文体,这时已经正式出现,开始了我国文学语言上一个新的阶段。

讲史大都是根据史书敷演成篇的,虽然也在一定程度上反映当时人民的爱憎感情,究竟受正史的影响比较大。从《醉翁谈录》看,当时讲史的艺术效果也是很强的,但就现存的作品看,结构散乱,人物性格模糊,故事、情节前后不连贯,语言文白夹杂,它们可能只是当时说话的提纲或是简单的记录,因此无论思想内容或艺术成就都无法和"小说"相比。

现存宋元讲史话本有《新编五代史平话》、《大宋宣和遗事》和《全相平话五种》。《新编五代史平话》,曹元忠的跋说是

"宋巾箱本"，但其中不避宋讳，大约是经元人翻刻时修改过的。作品叙述了梁、唐、晋、汉、周五代的兴亡，也在一定程度上反映了当时人民在封建暴政和长期战乱中的苦难；它歪曲了黄巢的起义，却比较生动地描写了刘知远、郭威等人的发迹。《大宋宣和遗事》以宋人口吻叙述，但其中也夹有元人的话，如"省元"、"南儒"，对南宋帝王名字也未尽避讳，因此鲁迅在《中国小说史略》中说："其书或出于元人，抑宋人旧本，而元时又有增益，皆不可知。"作品从历代帝王荒淫失政之事引起，接着叙述北宋的政治演变，重点写宋徽宗的昏淫及金人的入侵，表现了作者对黑暗政治的愤懑。全书由文言和白话拼凑而成，文言部分大抵抄袭旧籍、拉杂成篇；白话部分则是民间故事的记载，很像"小说"，因此有人怀疑它不是说话人的本子，而是由宋末愤世文人拟话本而作的。其中梁山泺故事已经具备《水浒传》的一些主要情节，可以看出《水浒传》的最初面貌。《全相平话五种》是元代至治年间刊行的，很可能就是元代的作品。它包括《武王伐纣平话》、《七国春秋平话》后集（又名《乐毅图齐》）、《秦并六国平话》、《前汉书评话》续集（又名《吕后斩韩信》）和《三国志平话》。这些作品大抵依据正史，但其中插进了不少民间流传的故事，刻画出一些封建统治者的嘴脸，如：纣王的荒淫残暴，秦始皇的兼并野心，刘邦的刻薄无赖，曹操的老奸巨猾。《三国志平话》的成就较高，已具备了《三国志演义》中的主要情节和基本倾向，书中张飞的形象相当生动。当然比起《三国志演义》来，它的内容和描写还是简单、粗陋的。《武王伐纣平话》在谴责纣王荒淫残暴的同时，肯定了武王伐纣的正义性，其中某些神奇怪异的因素，已看出了后来《封神演义》的苗头。

此外,《大唐三藏取经诗话》又名《大唐三藏法师取经记》。卷尾有《中瓦子张家印》六字,张家为南宋临安书铺,因此一般都认为是宋刊本。全书叙述高僧玄奘与白衣秀才猴行者,克服种种障碍,终于到达天竺取经的故事,为明代小说《西游记》的创作提供了最早的根据。

宋元话本是我国小说发展史上的一个崭新阶段,有承前启后的重要地位。讲史本身成就虽然不高,对后来《三国演义》、《水浒传》、《封神演义》、《列国志传》等历史小说却有很大的影响。至于"小说",不仅思想内容,在创作方法和语言的运用上都取得了很大成就,对后来的小说、戏曲有深远的影响。

在此还应提及的是,兴于唐代,以情节奇特、神异为特点的传奇小说至宋代仍有新作品产生,虽然数量不在少数,但在思想艺术上都缺乏新的东西,因此成就不高。只有《流红记》、《谭意歌传》、《王幼玉记》、《王榭传》等篇尚有一定意义。不过宋代传奇对后来的白话小说创作提供了不少有意义的资料。

第三节　宋代民间歌谣

宋代民间歌谣只是极少的一部分被保存在一些笔记小说里。就现存的民歌看,多数是思想健康、具有战斗意义的作品。

　　三千索,直秘阁;五百贯,擢通判。

　　　　　　　　　　　　　　　　——朱弁《曲洧旧闻》

> 城门闭,言路开;城门开,言路闭。
> ——《大宋宣和遗事》

两首歌谣虽都只十二个字,对北宋统治阶级的批判却是十分深刻的。《曲洧旧闻》说"王将明(王黼)当国时,公然受贿赂,卖官鬻爵,至有定价"。前一首就一针见血地揭示了这种黑暗的现实。《宣和遗事》载:"靖康初,金人犯边,求言之诏凡几下,往往事缓则阻抑言者。"后一首就讽刺了北宋统治阶级所谓广开言路的实质。

> 月子弯弯照几州,几家欢乐几家愁,几家夫妇同罗帐,几家飘散在它州。
> ——《京本通俗小说》《冯玉梅团圆》

这首民歌成功地运用对比的手法,反映了金兵南下后中原人民流落他州外县的凄凉生活,几百年来,一直为人们所传诵。

有的民间歌谣还把斗争锋芒直接指向封建统治集团里的当权派。

> 打破筒(童),泼了菜(蔡),便是人间好世界。
> ——吴曾《能改斋漫录》

> 杀了穜蒿(童贯)割了菜(蔡京),吃了羔儿(高俅)荷叶(何执中)在。
> ——曾敏行《独醒杂志》

二蔡一惇,必定沙门①;籍没家财,禁锢子孙。大惇、小惇,入地无门;大蔡、小蔡,还他命债。

——《大宋宣和遗事》

这些歌谣通过暗喻、谐声等手法,表现了人们对于祸国殃民的蔡京、章惇、童贯、高俅等权奸的刻骨仇恨;同时也表达了人们对一个"好世界"的向往。

在反映民族斗争的歌谣中,体现了广大人民统一祖国的信念。如下面二首。

胡孙死,闹啾啾,也须还我一百州。

——马端临《文献通考》

天水归汴,复见太平。

——周辉《清波杂志》

前一首反映了后金葛五死而引起的内部紊乱。民歌的作者以轻蔑的口吻表达了广大人民对金朝统治者的愤慨和收复大好河山的愿望。后一首写南宋建炎初,黄河决口,洪水几至汴京。在金人统治下的汴京人民想导水入汴,他们将洪水比作天水②,渴望南宋能收复中原,"复见太平"。

人民对于抵御外敌、守边有功的将领作了热情的歌颂。如《边上谣》:

---

① 必定沙门:就是要充军沙门岛。
② 天水是宋皇室赵姓的郡望。

> 军中有一韩（韩琦），西贼闻之心骨寒；军中有一范（范仲淹），西贼闻之惊破胆。
>
> ——孔平仲《谈苑》

对于赵宋君臣的屈膝求和、苟且偷安，则予以辛辣的讽刺。如下面二首：

> 不管肃王，却管舒王；不管燕山，却管聂山；不管山东，却管陈东；不管东京，却管蔡京；不管河北界，却管秀才解。①
> ——石茂良《避戎夜话》
>
> 张家寨里没来由，使它花腿抬石头，二圣犹自救不得，行在盖起太平楼。
> ——庄季裕《鸡肋编》

前一首，写金人围汴京，由于北宋军民固守，引兵北归，这时本正好乘胜追击，但统治集团中的投降派，不顾东京（汴京）的危在旦夕，而一味苟且偷安，忙于镇压反对妥协投降的陈东等太学生，以及处理"复春秋科，太学生免解，改舒王从祀之类"的不急之务。后一首据《鸡肋编》载，当时张俊领军在杭州，怕士卒逃跑，"择卒少壮长大者，自臀而下文刺至足，谓之花腿"。又"营第宅房廊，作酒肆，名太平楼，般运花石，皆役军兵"。民

---

① 肃王，在金为质的徽宗儿子赵枢。舒王，王安石的封号。燕山，河北失地。聂山，聂昌原名，曾因抗敌有功，钦宗命他改名，以取吉利。蔡京，徽宗时宰相，已失势被贬。此时又提出他的贬黜问题。河北界，指宋金的边界。秀才解，秀才送往上一级的考试。界、解同音。

歌的作者正是表达了当时人民(包括士卒在内)对他的愤慨的。

由于词调的流行,在宋代民间歌谣里有部分是用词调表现的。《江湖记闻》中讽刺贾似道、刘良贵的〔一剪梅〕词,把当时官僚们在"公田法"和"经界推排法"的名义下,狼狈为奸,加紧搜刮人民的丑态揭露得很深刻。

> 宰相巍巍坐庙堂,说着经量,便是经量。那个臣僚上一章,头说经量,尾说经量。　轻狂太守在吾邦,闻说经量,星夜经量。山东河北又抛荒,好去经量,胡不经量?

民间词语言通俗,生活气息浓烈,和文人词明显不同。下面这首《行香子》在这方面表现得尤为突出。

> 浙右华亭,物价廉平,一道会① 买个三升,打开瓶后,滑辣光馨。教君霎时饮、霎时醉、霎时醒。　听得渊明,说与刘伶,这一瓶约迭三升,君还不信,把秤来秤,有一斤水,一斤瓶。②

词里巧妙地讽刺了酒商的作假。语言既通俗、生动,又非常俏皮,表现了民间词的特色。

---

① 会即会子,是当时的纸币。
② 根据《行香子》格调及词意推测,下片疑落"一斤酒"三字。

第十章 辽金文学

第一节 辽金文学的发展

辽是契丹族统治者建立的国家,它从五代后梁末帝贞明二年(916)建国,到宋徽宗宣和七年(1125)为金所灭,和北宋对峙了一六六年。金是女真族统治者建立的国家,它从宋徽宗政和五年(1115)建国,到宋理宗端平元年(1234)为蒙古所灭,和南宋对峙了一〇九年。辽、金定都于今北京地区(辽称南京、金称中都),它们同北宋、南宋的长期对立表现了我国各兄弟民族在融合过程中不可避免的矛盾斗争。其中有些重大的军事斗争,虽然是统治阶级挑起的,但仍不能阻止南北之间和民族之间的文化交流。

契丹贵族建国初期,崇尚武勇,连妇女都会骑射,对文学并不重视,跟中原地区的重文轻武,形成各自不同的习俗。但到了它在燕京建都时,疆域扩张到现在河北、山西的北部,跟早在这一带定居的汉族人民杂居,他们一面接受了汉族的封建文化,刻印、翻译唐宋作家的一些诗文集;一面也给汉族的封建文化注入了新的血液。辽兴宗在一次射猎之后以《日射三十六熊赋》试进士,辽道宗的皇后萧观音在随道宗到伏虎林射猎时写了一首七绝诗:"威风万里压南邦,东去能翻鸭录江。灵怪大千俱破胆,那教猛虎不投降。"都表现了契丹族以勇武立国的精神。

萧观音在对道宗的宠爱感到绝望时,写了十首《回心院词》,抒写她宫廷生活的苦闷。她把这十首词交给宫廷艺人赵惟一制曲,在共同的文艺爱好中,他们发生了性爱,触怒了道宗,赵惟一被族诛,萧观音被迫自尽,在临终时写了绝命词:

……顾子女兮哀顿,对左右兮摧伤;共西耀(指夕阳)兮将坠,忽吾去乎椒房。呼天地兮惨悴,恨古今兮安极;知吾生兮必死,又何爱兮旦夕。

《回心院词》以及有关的故事的流传,在封建专制的宫廷里,投进一线光辉,照见那"见不得人的地方"的黑暗。从有关这故事的诗词作品看,又表现契丹民族在文艺上接受汉化的过程。

金建国初期,中原人民纷纷起来反抗,其统治很不稳定,因此一些辽宋旧臣在诗歌里也较多流露故君故国之思和仕金后的内心矛盾与痛苦。像宇文虚中就是宋朝使臣,因负才名而被迫留金的。在诗歌中他以苏武自励,还表示自己的决不屈节:"人生一死浑闲事,裂眥穿胸不汝忘。"(《在金日作》)"莫邪利剑今安在,不斩奸邪恨最深!"(同上)此外,吴激、高士谈等也有一些忆国怀乡的作品。比较有名的则是吴激的《人月圆》词:

南朝千古伤心事,犹唱后庭花。旧时王谢、堂前燕子,飞向谁家。恍然一梦,仙肌胜雪,宫髻堆鸦。江州司马、青衫泪湿,同是天涯。

在与南宋和局已定的数十年间,北方各族人民生活上逐步融洽,文化上互相吸收,金世宗、金章宗等更进一步接受汉族文化来巩固他们的统治,这时金国也出现不少文学侍从之臣,如蔡珪、党怀英、赵秉文、王庭筠等。他们的诗歌偏于雕琢模拟,内容比较贫乏。只有刘迎写黄河缺口的"传闻一百五十村,荡尽田园及庐舍"(《河防行》),赵秉文写金贵族生活日渐豪华腐化的"至今甲第多属籍,时清毬马争驰突,锦韂貂帽猎春风,五陵豪气何飘忽"(《长白山行》)等诗,还能反映出一点现实。这时期出现了一些风格豪迈雄壮的词,如邓千江的〔望海潮〕《献张六太尉》,折元礼的〔望海潮〕《从军舟中作》等,颇能代表金词的成就:

云雷天堑,金汤地险,名藩自古皋兰。营屯绣错,山形米聚,襟喉百二秦关。鏖战血犹殷,见阵云冷落,时有雕盘。静塞楼头,晓月依旧玉弓弯。　看看定远西还,有元戎阃令,上将斋坛。区脱昼空,兜鍪夕解,甘泉又报平安。吹笛虎牙闲,且宴陪珠履,歌按云鬟。招取英灵毅魄,长绕贺兰山。

——邓千江〔望海潮〕《献张六太尉》

这词反映了金与西夏军事斗争的历史事实。对名藩兰州的险要形势和两军鏖战后战场景象的描写,对战胜敌人、解除边境威胁的边将的歌颂,对为国献身的"英灵毅魄"的礼赞,构成了全词沉雄豪壮的基调。在文学批评方面,王若虚反对当时"雕琢太甚,经营过深"的文风,主张"文章自得","浑然天成"(见《滹南诗话》)。他反对江西派而推崇苏轼,这反映了金代一般诗人的观点。

金代后期,北方的蒙古族崛起,其军事力量压倒了金。一二一四年,金宣宗被迫南渡,河北尽失,此后阶级矛盾、民族矛盾日益尖锐,社会动荡不安,人民生活更加痛苦。这时文风开始转变,忧时伤乱逐渐成为诗歌的主调。除杰出作家元好问外,赵元、宋九嘉等都写出一些反映现实的诗篇。赵元的《修城去》写蒙古军攻陷忻城后,幸存的老百姓又被金统治者鞭打驱赶去修城:"修城去,劳复劳,途中哀叹声嗷嗷";"修城去,相对泣,一身赴役家无食。"《邻妇哭》写蒙军侵扰带来的灾难:"邻妇哭,哭声苦,一家十口今存五。我亲问之亡者谁,儿郎被杀夫遭虏。"这两首诗都写得十分悲惨动人。宋九嘉的《途中出事》则勾画出一幅兵荒马乱时期的流民图:

　　幼稚扶轮妇挽辕,连颠翁媪抱诸孙。饥民羸卒如流水,掘尽原头野荞根。

　　老稚扶携访熟乡,驿尘满路殣相望。终朝拾穗不盈把,只有流民如麦芒。

金国接近人民的作家和民间艺人在北宋杂剧的基础上发展了院本,并把说唱文学推进了一大步。元杂剧就是在他们的直接影响下产生的。金院本都已失传,说唱文学现传有董解元《西厢记诸宫调》与无名氏《刘知远诸宫调》,前者成就更高,对后来戏曲文学有很大影响。

第二节 元好问

元好问(1190—1257),字裕之,号遗山,太原秀容(山西忻县)人。父亲元德明以诗知名,老师郝天挺又是著名的学者,所以他在少年时代就受到较好的文化教养。二十七岁时,蒙古军南下,他从家乡流亡到河南。三十二岁中进士,做过南阳及内乡的县令。蒙古灭金前后,他和北方人民共同遭受到空前的灾难,激起了强烈的爱国思想。金亡不仕,回故乡从事著述,编纂了《中州集》和《壬辰杂编》等书,为后来修金史者提供了许多可靠材料,也保存了金代许多作家的作品。元好问的诗歌继承了我国古典诗歌现实主义的传统,反映了金元之际的社会矛盾和人民的痛苦生活,不仅在当时负有声誉,也是我国文学史上一个杰出的诗人。

金亡前后,元好问写了不少直接反映现实的诗篇。宋理宗绍定五年(1232),蒙古军攻陷洛阳,次年,包围汴京,元好问身困重围,目击时艰,因而沉痛悲歌:"高原水出山河改,战地风来草木腥。"(《壬辰十二月车驾东狩后即事》)汴京陷落后,他被蒙古军驱遣至聊城,沿途见闻更使诗人悲愤填膺,写出了更其激动人心的诗篇。

> 道旁僵卧满累囚,过去骈车似水流。红粉哭随回鹘马,为谁一步一回头。
>
> 白骨纵横似乱麻,几年桑梓变龙沙。只知河朔生灵尽,破屋

疏烟却数家。

——《癸巳五月三日北渡》其一、其三

山无洞穴水无船,单骑驱人动数千。直使今年留得在,更教何处过明年。

太平婚嫁不离乡,楚楚儿郎小小娘。三百年来涵养出,却将沙漠换牛羊。

——《续小娘歌》其三、其八

金亡后,他感叹"家亡国破此身留"(《送仲希兼简大方》)的痛苦,并以沉重的心情写了《雁门道中书所见》等诗为人民呼吁。

金城留旬浃,兀兀醉歌舞。出门览民风,惨惨愁肺腑。去年夏秋旱,七月黍穗吐。一昔营幕来,天明但平土。调度急星火,逋负追捶楚。网罗方高悬,乐国果何所?食禾有百螣,择肉非一虎。呼天天不闻,感讽复何补?单衣者谁子,贩粜就南府。倾身营一饱,岂乐远服贾。盘盘雁门道,雪涧深以阻。半岭逢驱车,人牛亦何苦!

——《雁门道中书所见》

这是一篇沉痛的控诉,它反映了北方中国人民对蒙古统治者的愤懑情绪。

此外,他的述怀、咏物等诗也多悲愤之作,甚至指出豪门甲第是建立在人民的白骨上面的,如《十二月六日》二首之一。

伥鬼跳梁久,群雄结构牢。天机不可料,世网若为逃?白骨丁男尽,黄金甲第高。阊门隔九虎,休续楚臣骚。

他曾勉励穷困中的友人说:"自古饥肠出奇策。"(《李长源归关中》)他的咏剑诗说:"世上元无倚天手,匣中谁解不平鸣?割城恨不逢相如,佐酒恨不逢朱虚。"(《蛟龙引》)由于经历过战争的磨炼,他在描写历史上的英雄人物和人民的反抗斗争时,都十分悲壮。他写赤壁之战是:"孙郎矫矫人中龙,顾盼叱咤生云风,疾雷破山出大火,旗帜北卷天为红。"(《赤壁图》)他写北汉时太原人民的守城战是:"君不见系舟山头龙角秃,白塔一摧城覆没。薛王出降民不降,屋瓦乱飞如箭镞。"(《过晋阳故城书事》)前人说他的"歌谣跌宕,挟幽并之气"(郝经《遗山先生墓铭》),又说他"赋到沧桑句便工"(赵翼《题遗山诗》),是符合他诗歌这一方面的特点的。

晚年他隐居故乡,仍不时发出怀念故国的感叹,如"十年几度山河改,空指遗台是赵家","川原落落曙光开,四顾河山亦壮哉"(《过邯郸四绝》)等句。但他这时的诗歌已出现更多的题画、应酬之作,并经常流露叹老嗟穷的思想,反映现实的深度和广度均不及金亡前后的作品。

他的不少写景诗,构思奇特,气势开阔,而描绘生动。如写台山的云雾:"山云吞吐翠微中,淡绿深青一万重。"(《台山杂咏》)又如描写黄华山水帘:"湍声汹汹转绝壑,雪气凛凛随阴风。悬流千丈忽当眼,芥蒂一洗平生胸。雷公怒击散飞雹,日脚倒射垂长虹。骊珠百斛供一泻,海藏翻倒愁龙公。"(《游黄华山》)读了使人宛如身临其境。

金人诗文的成就远不及南宋诸家,元好问却是例外。这首先因为他生在金元交替之际,和人民共同受过灾难,感受深切;同时也是他在创作实践中善于继承前人成就的结果。他继承了自建安至李白、杜甫等诗人的优良传统,形成了自己独特的风格。他的诗歌以七古、七律的成就为最高,七律尤见工力,显然受杜甫影响。他的诗歌不仅内容丰富,气势豪迈,而且都经过精心的锤炼,但又不见雕琢痕迹,正如郝经所说"巧缛而不见斧凿,新丽而绝去浮靡"(《遗山先生墓铭》),在艺术表现上成就也较高。

他的《论诗绝句三十首》,受杜甫《戏为六绝句》的启发,对建安以来的诗歌作了较系统的论述,表明了他的文学主张。他论诗喜爱淳朴自然,反对雕琢华艳。因此他说陶渊明"一语天然万古新",而不满沈、宋的追步齐梁。他认为好的诗歌应该是清新豪放,能够表达诗人悲壮的情怀与远大的抱负,所以他激赏《敕勒歌》中所表现的"中州万古英雄气",李白的"笔底银河落九天",韩愈的"江山万古潮阳笔",而不满孟郊的穷愁苦吟。推崇曹氏父子及刘琨等人,而看不起温、李新声的柔靡。

> 曹刘坐啸虎生风,四海无人角两雄,可惜并州刘越石,不教横槊建安中。
>
> 邺下风流在晋多,壮怀犹见缺壶歌,风云若恨张华少,温李新声奈尔何?

正因为这样,他称道陈子昂扫荡齐梁诗风的功绩,以为"论功若准平吴例,合着黄金铸子昂",而不满西昆体及江西诗派,说"诗家总爱西昆好,独恨无人作郑笺","论诗宁下涪翁拜,未作江西社里人"。对苏轼、黄庭坚的作意好奇,百态争新,也有所讥讽。他以为杜甫的"画图临出秦川景",是由于"眼处心生句自神",即广阔的视野激发了诗人的创作,而陈师道的闭门觅句,却是"可怜无补费精神"。元好问这些意见是针对文坛时弊而发,具有重大的现实意义。同时,他这种以诗论诗的形式对后代影响也很大,清代王士禛就有《戏仿元遗山论诗绝句三十六首》。

元好问的词取法苏、辛,大都是针对国家多难、人民不幸来抒发其悲壮胸怀,在金词中成就最高。如〔木兰花慢〕《游三台》:

> 拥岿岿双阙,龙虎气郁峥嵘。想暮雨珠帘,秋香桂树,指顾台城。台城为谁西望?但哀弦凄断似平生。只道江山如画,争教天地无情。　风云奔走十年兵,惨淡入经营。问对酒当歌,曹侯墓上,何用虚名?青青故都乔木,怅西陵遗恨几时平。安得参军健笔,为君重赋芜城?

吊古伤时,声情激壮。他如〔水龙吟〕、〔水调歌头〕等阕也都是同样的基调。

第三节　董解元西厢记诸宫调

诸宫调是一种有说有唱而以唱为主的文艺样式,因为它用多种宫调的曲子联套演唱,所以称为诸宫调。它在北宋时期已经出现,据王灼的《碧鸡漫志》和吴自牧的《梦粱录》等书记载,知道当时已有创作和表演诸宫调的民间艺人,可惜没有作品流传①。

董解元的生平事迹无可考。据《录鬼簿》和《辍耕录》的记载,知道他主要活动于金章宗时期(1190—1208)。"解元"是当时对读书人的泛称,不是他的名字②。他的《西厢记诸宫调》,又被称为《弦索西厢》或《西厢挡弹词》,是今存宋金时期惟一完整而又标志了当时说唱文学水平的作品,也是王实甫《西厢记》以前写崔莺莺与张生爱情故事的最完美的作品。

唐元稹写《莺莺传》以后,北宋时秦观、毛滂用〔调笑令〕,赵令畤用〔商调·蝶恋花〕鼓子词歌咏过莺莺与张生的故事,但都比较简单,在内容上没有什么发展。《西厢记诸宫调》是在崔张故事经过了民间长期流传的基础上写成的。它根本上改变了原作的主题。以崔张出走和最终团圆代替了张生抛弃莺莺的悲剧结局;纠正了原作认为莺莺是"尤物"和称许张生始乱终弃的行径为"善补过"的封建观点。作品描写了崔莺莺、张生为争取自由结合同封建势力的斗争,并且成功地塑造了两组对立的人物形象,因而深刻地表现了新的主题。

在《西厢记诸宫调》里,莺莺已不再是受尽委屈而只能寄哀婉于尺牍诗柬的柔弱人物,作者着力表现了她对封建礼教的反抗和对爱情的大胆追求。张生也被改写成有情有义、始终忠实于爱情的正面人物,他和莺莺一起为自由结合而斗争。老夫人一意阻挠莺莺与张生自由结合,是典型的封建势力的

---

① 《碧鸡漫志》卷二:"熙丰元祐间……泽州孔三传者首创诸宫调古传,士大夫皆能诵之。"《梦粱录》卷二十"妓乐"条:"说唱诸宫调,昨汴京有孔三传编成传奇灵怪,入曲说唱。"

② 明汤显祖评本董西厢,说他名朗。

代表,作者把她和郑恒等放在同莺莺等相对立的地位加以讽刺和揭露。对于这两组人物,作者表现了明显的爱憎,从而第一次赋予了崔张故事以鲜明的反抗精神,使故事获得了新的生命。更可贵的是作者塑造了红娘和法聪的形象。红娘在《莺莺传》里原不重要,而在《西厢记诸宫调》里这个下层奴婢却成为活跃的人物。她热心为崔张奔走,勇敢机智地向老夫人展开斗争。法聪是个不怕强暴,见义勇为的和尚,他"不会看经,不会礼忏,不清不净,只有天来大胆"。在"白马解围"中他表现得最英勇,在老夫人第二次赖婚后,对张生也很同情支持。在这些人物形象上表现了作者的进步倾向,并为此后戏曲小说里这类人物的塑造提供了先例。

作品展开了张君瑞闹道场、崔张月下联吟等场面,增加了张生害相思、莺莺探病、长亭送别、出奔团圆等许多情节,描写崔张争取美满爱情的过程,不仅丰富了故事内容,也突出了作品反封建的主题。

《西厢记诸宫调》在艺术上也取得了卓越的成就。首先是结构的宏伟和情节的曲折变化。作者把三千字的《莺莺传》扩大为五万字的说唱文学作品。在用曲词吟唱的同时,间以说白复述情节,使故事脉络分明,情文相生,发挥了说唱文学的特长。在故事紧要关头,又故意盘马弯弓,迟回不发,惯用"忽来红娘"、"蓦地出聪"的转换写法,在山穷水尽之际,别出一段烟波。

其次,董词最善于叙述,无论景物点染,气氛酝酿和人物事件的进展,都能挥洒自如地运用曲词说白加以表现。而且擅长人物内心的刻画,如莺莺与张生在长亭分别后,作者用

〔黄钟宫〕一套九支曲子来刻画莺莺的心绪十分成功。

第三,作者提炼了民间生动活泼的口语,也吸收了古典诗词里的句法与词汇,写成朴素而流畅的曲词。如写莺莺相思:

> 〔黄钟宫·出队子〕滴滴风流,做为娇更柔,见人无语便回眸。料得娘行不自由,眉上新愁压旧愁。天天闷得人来觳,把深恩都变做仇,比及相见待追求,见了依前还又休,是背面相思对面羞。

再如《长亭送别》:

> 〔黄钟宫·尾〕马儿登程,车儿归舍,马儿往西行,坐车儿往东拽,两口儿一步离得远如一步也。

语言字字本色,可以明显地看出长短句歌词在民间艺人手里是沿着和词家不同的道路发展的。

《西厢记诸宫调》也存在一些缺点,主要是情节不够集中和有的人物性格不够完整。前者如兵围普救寺一场,用了很多篇幅叙述对阵厮杀,处理有失轻重。后者如张生听说老夫人已把莺莺许了郑恒,他没有据理力争,反而退缩避让地说:"郑公,贤相也,稍蒙见知,吾与其子争一妇人,似涉非礼。"其后还要与莺莺一同自杀。此外,作品中还有部分庸俗色情的描写,也是它的缺陷。但这些并不能掩盖它的卓越成就和它对戏曲、说唱文学所起的深远影响。

小　结

　　宋代的散文、诗、词,继承唐五代的成就,继续有所发展。话本、戏曲、说唱文学更为元明以来小说、戏曲的繁荣准备了条件。

　　北宋的诗文革新运动是以复古为号召的文学革新运动。古文方面,在欧阳修、王安石和苏氏父子的大力倡导之下,继承了韩愈、柳宗元等的成就,进一步摆脱汉魏以来辞赋家的习气,一直影响到明清的许多古文家。明代的唐顺之、归有光等,清代的方苞、姚鼐等,标榜唐宋古文,实际上受宋欧、曾诸家的影响更大。诗歌方面,王禹偁是最早继承了杜甫、白居易的现实主义传统的诗人。欧阳修、梅尧臣、苏舜钦等继起,创作了不少富有人民性和爱国思想的诗篇,进一步把宋诗引向现实主义的道路。后来的王安石、苏轼、黄庭坚、陆游、杨万里、范成大等,或反映人民疾苦,或抒发个人感慨,或表现爱国热情,或吟咏田园山水,从不同方面丰富了宋诗的题材内容和艺术风格,使从晚唐五代以来日见黯淡的诗坛,再一次放射出新异的光辉。两宋诗人继承唐人反对齐梁、力求创新的精神,更自由恣肆地驰骋他们的笔力和才情,值得我们借鉴;但是他们过于在用事造语上作意好奇,未能深入人民生活,汲取丰富的创作源泉,也为后人留下了历史的教训。以黄庭坚为首的江西诗派以及步趋贾岛、姚合的四灵诗,更明显表现了这种脱离现实的倾向。

金末元好问的诗深刻反映金亡前后北方人民所遭受的苦难,成为金国最杰出的诗人。宋末民族英雄文天祥和其他爱国诗人的作品更成为鼓舞人民热爱祖国、反抗侵略的精神力量。每当民族危机深重的时期,他们的诗歌就特别赢得人们的爱好。

宋词的思想内容不及宋诗丰富,艺术上却表现了更多的创造性,对后来词家的影响也比唐五代词大。北宋初期词家如晏殊、欧阳修,主要还是沿南唐词人的道路发展,写的多半是个人的离愁别绪。同时的柳永开始大量写慢词,表现比较浓厚的市民阶层的思想意识,对后来的通俗文学的影响比较显著。到苏轼才把向来局限于写儿女柔情的曲子词改变为可以多方面表情达意的新诗体,创立了豪放词派。南宋辛弃疾继承了苏词的革新精神和豪迈气概,用词来表现他的爱国热情,并在他的创作影响之下形成了南宋爱国词派,把宋词的思想水平和艺术成就都提到了空前的高度。然而词从晚唐五代以来一直带有比较浓厚的脂粉气味和感伤情调。这种传统在新的历史条件下还有所发展,这就是适应北宋没落王朝大晟府的设置而出现的周邦彦等大晟词人,以及南宋中叶以后为这偏安小朝廷点缀升平的姜夔、吴文英等格律词派的形成。他们的影响远及清初的浙西词派和清末民初的封建遗老。从艺术表现看,北宋前期多即景抒情,情辞相称,即间有铺叙,也层次分明,气局浑成。到了后期,显然出现两种不同倾向。一种是走清超豪迈一路，往往信笔挥洒，直写胸臆，即偶有比兴，也辞意显豁。一种是走典雅工丽一路，一般是雕章琢句，音律谐协，还讲求左右盘旋，回环吞吐，好像有什么深衷密意，欲言难言，实际不过个人名场或情场上的失意。南渡以后，前者由清超豪迈转到悲愤激昂，有时还通过奇情幻想表现作者热爱祖国的深心；其末流不免于粗犷叫嚣，架空高论。后者更选调研辞，摹声揣色，以消遣闲情，粉饰现实。但也有个别作者运用这种手法，迂回曲折地表现他对现实的观感，王沂孙在宋亡以后写的咏物词就是如此。

随着创作的繁荣，文学的理论批评也有所发展。宋人诗论文论，散见各重要作家诗文中的，如梅尧臣之论情景，苏轼之论辞达，陆游之论"躬行"，都是他们长期创作实践中的经验总结，对我们今天还有启发。专门著作如严羽《沧浪诗话》，虽偏于风格、体制的探讨，仍往往有独到之见，其影响下及明代前后七子的诗创作和清王士禛的诗论。诗话这种文学评论的形式，元明以来继作尤多，而且在词、曲、骈文、小说等领域也出现它的支流别派。

宋代出现的各种话本及讲唱文学，它们面对广泛的中下层人民，运用通俗的语言和人民群众喜闻乐见的形式，直接反映了都市生活和市民的思想感情。从《碾玉观音》、《错斩崔宁》等话本小说及董解元《西厢记诸宫调》看，作者运用白话这种新的文学语言，塑造小商人、手工业工人等新的人物形象，表达他们争取婚姻自由、反对封建压迫的斗争，已达到相当成熟的阶段，对后世戏曲、小说有深远的影响。此外，金院本和宋南戏也在体制和题材等方面为元杂剧、明传奇的产生准备了条件。这些新的文学现象的出现，不但使宋代文学呈现出一种新面目，并且使中国文学开始向小说、戏曲的繁荣阶段过渡。

第 六 编
元 代 文 学

（公元 1234—1368 年）

概　　说

宋金对立时期,蒙古各部落随着游牧经济的发展,已出现了私有财产,开始由氏族社会进入奴隶社会的变革过程。蒙古孛儿只斤部落的贵族铁木真,就是在这个变革过程中出现的杰出人物。宋宁宗开禧二年、金泰和六年、夏应天元年、西辽天禧二十九年(1206),铁木真在斡难河(今称鄂嫩河)源头召开各部落首领会议,创立了大蒙古国,结束了蒙古长期分裂的局面,并被尊称为成吉思汗。成吉思汗在蒙古地区建立千户制,分封制,设置护卫军,颁布"大扎撒"(意为大法令)法典,并任命"札鲁忽赤"(意为判决,汉译断事官),创制文字。这一系列措施,加强了大汗对各部落的控制,巩固了蒙古族内部的统一。大蒙古国在迫使西夏臣服后,便南下攻金。1215年五月,占领中都。1234年春,成吉思汗的儿子窝阔台(元太宗)灭了金国,占有淮河以北地区。成吉思汗的孙子忽必烈(元世祖)于至元八年(1271),取《易经》乾元之义,改国号为大元。1279年,又灭了宋朝,统一了全中国。

元朝的统一结束了三百多年来国内几个政权并立的局面。当时中国的疆域比汉唐时代更为广阔,西藏正式成为我国行政区划的一部分,直接归宣政院管辖;云南被建为行省;台湾、澎湖也归入中国版图。这个大一统局面的出现,扩大了国内各地区经济相互调剂的范围,促进了国内各民族文化的相互交流。

蒙古灭金初期,除劫掠财货、牲畜外,又到处掳掠人口,用作贵族的工匠或诸王将校的奴隶;并把一些州县分封给蒙古贵族,封地内的人民不得任意迁移。蒙古、色目贵族通过强占、赐田,以及兼并手段,成为封建地主。汉人和南人的官僚、军阀,也依附新朝政治势力维护扩大自己的封建权益。在蒙古统治者和汉族豪强地主的双重压迫下,人民负担极为沉重。蒙古统治者分全国人民为蒙古人、色目人、汉人、南人四等①。元朝规定各级地方行政长官由蒙古人或色目人担任。当时处在社会底层的是以汉族农民为主的各族劳动人民,而压迫在他们头上的是以蒙古贵族为主的各族上层分子。元杂剧中对于权豪势要的横行霸道和官府的贪暴腐朽的描绘,正是当时现实的反映。元世祖一方面加强军事的统治,在全国普遍驻军队,"命宗王将兵镇边徼襟喉之地,而以蒙古军屯河洛、山东,据天下腹心;汉军、探马赤戍淮江之南,以尽南海,而新附军亦间厕焉"(《元文类》卷四一《经世大典·政典·军制·屯戍》);一方面也采取了一些缓和矛盾的措施,并力图恢复农业生产。元成宗即位以后,按世祖遗规实施"持盈守成"(张伯淳《大德四年贺正表》,《养蒙集》卷一)的国策,又内外都强调宽宥"惟和"(张伯淳《大德改元贺表》,《养蒙集》卷一)。局势比

---

① 蒙古包括蒙古氏族诸部,色目包括西域和西夏氏族诸部,汉人包括原金朝辖区汉族及契丹、高丽、女真等,南人包括原宋朝辖区各族。其地位以附元先后而定,所以云南、四川居民算在北人之内,汉族分划在汉人、南人两个等级内。

较稳定。此后，诸帝都标榜遵行世祖成宪，但保守与改革之争始终很激烈，皇位之争屡屡引发危机，社会日益动荡。到元顺帝时，面对积重难返的政治局面，虽力图推行新政，仍不能挽救颓势。边疆少数民族地区人民的起义仍在持续与扩大，内地人民的反抗斗争也渐趋活跃，加以全国灾荒的严重，终于在至正十一年(1351)，爆发了全国性的人民大起义。最后由朱元璋建立了明王朝，代替了元朝的统治。

蒙古贵族在侵入中原的初期，由于他们还不知道农业经济的重要性，曾占领一部分农田为牧场，蒙古大臣别迭等人甚至提出了"汉人无补于国，可悉空其人以为牧地"的主张。但在元世祖统一中国的过程中，在中原和江南地区高度发展的农业经济影响下，蒙古贵族不得不放弃落后的游牧经济和剥削方式，开始重视农业，采取了一些恢复农业生产的措施。由于农民的辛勤劳动，南方的农业在原来比较发达的基础上继续有所发展，北方的农业也逐渐获得恢复。"民间垦辟种艺之业，增前数倍。"(《农桑辑要》王磐序)棉花种植也有了进一步的发展。元代出现了十多种农业科学专著，其中王祯的《农书》总结了从《齐民要术》以来我国人民在农业生产上取得的成就，介绍了三百多种农具的构造和使用方法，对元代及以后的农业生产起了促进作用。

元朝建立初期，为了满足蒙古贵族的消费和供应官府的需要，曾在大都等地设置了各种官营的手工业作坊和管理手工业的机构，拘略全国工匠达数十万人，在工场进行半奴隶式的劳动。民间手工业生产一度受到破坏。到元成宗元贞大德(1295—1307)年间，随着农业生产的恢复和发展，民间手工业也在前代的基础上有所发展。松江人黄道婆从海南岛黎族人民那里学习到纺织棉布的新技术,带回上海,很快就在江浙一带推广。丝织业是江南农民的主要副业,这时杭州城内已开始出现小型的丝织业手工作坊。瓷器在宋代的基础上继续发展,产品远销国内外。

由于农业和手工业的恢复和发展,海运和漕运的沟通,中西交通的扩大,促进了大城市经济的繁荣。《马哥孛罗行纪》记载当时大都(今北京)的状况说:"外国巨价异物及百物之输入此城者,世界诸城无能与比。盖各人自各地携物而至,或以献君主,或以献宫廷,或以供此广大之城市,或以献众多之男爵骑尉,或以供屯驻附近之大军。百物输入之众,有如川流不息。"又说:"娼妓为数亦伙,计有二万有馀。"南宋灭亡之后不久,杭州的繁华也很快恢复,据关汉卿在当时所见到的景象是"满城中绣幕风帘,一哄地人烟辏集","百十里街衢整齐,万馀家楼阁参差"(〔南吕一枝花〕《杭州景》)。此外,如中定(今济南)、太原、平阳(今临汾)、京兆(今西安)、彰德、涿州、汴梁(今开封)、泉州、温州、苏州、广州等地,工商业都很繁盛,为杂剧和南戏的发展准备了物质条件。

蒙古统治者在侵入长城以南的初期,还未能接受长期在中国封建社会建立的一套文化制度,对汉族的儒士也同样杀戮或用作奴隶,但在灭金、灭宋统一中国的过程中,逐渐注意到利用封建文人巩固统治的重要意义。窝阔台灭金后三年(1237),就曾采纳耶律楚材的建议考试儒生,《元史·耶律楚材传》载:

> 楚材奏曰:"制器者必用良工,守成者必用儒臣,儒臣之事业非积数十年,殆未易成也。"帝曰:"果尔,可官其人。"楚材曰:"请校试之。"乃命宣德州宣课使刘中随郡考试,以经义、词赋、论分为三科。儒人被俘为奴者令就试,其主匿弗遣者,死。得士凡四千三十人,免为奴者四之一。

元世祖于1251年受命治理大漠以南军政庶事,中统元年(1260)即位,他积极标榜文治,设学校,建官制,征召著名儒士。至元(1264—1294)初年,又"命丞相史天泽条具当行大事,尝及科举"(《元史·选举志》);此后又多次拟立制度,但都没有正式施行。这一方面由于军事活动的频繁,无暇兼顾;另一方面也由于蒙古贵族的阻力。直到元仁宗延祐二年(1315)才重开科举。虽然元代有儒户制度,一些儒生受到优遇,但一部分儒士仍没有摆脱奴隶的命运或贫寒的困境;一些走上仕途的文人,也因受统治者的歧视,思想仍多苦闷。正如明胡侍所说:"中州人每每沉抑下僚,志不获展……于是以其有用之才,而一寓之乎声歌之末,以舒其怫郁感慨之怀,盖所谓不得其平而鸣焉者也。"(《真珠船》)

为了加强思想方面的统治,蒙古统治者在侵入长城后也逐渐崇尚儒学,提倡程朱理学。窝阔台在灭金战争激烈进行的同时,就命修孔庙,并"诏以孔子五十一世孙元措袭衍圣公"(《元史》卷二《太宗本纪》)。武宗即位,加封孔子为"大成至圣文宣王",仁宗时全国文庙制度统一起来。理学确立其官学地位,但并未定于一尊,朱陆并存,思想界还比较活跃。邓牧在《伯牙琴》的《君道》、《吏道》篇中,尖锐地抨击了暴君和酷吏。

他还指出:"夺其食,不得不怒;竭其力,不得不怨。人之乱也,由夺其食;人之危也,由竭其力。而号为理民者,竭之而使危,夺之而使乱!"因此他认为:"得才且贤者用之,若犹未也;废有司,去县令,听其自为治乱安危,不犹愈乎!"谢应芳《辨惑篇》中宣扬无神论,都是难能可贵的。锺嗣成的《录鬼簿》有意识提高"门第卑微,职位不振,高才博识"的杂剧作家的地位,并把他们的活动和"高尚之士、性理之学"区分开来。当时进步的杂剧、散曲和说唱文学的作家,也都在不同程度上摆脱封建思想的束缚,表现了大胆创造精神。

元代宗教兴盛,佛教、道教、回教、基督教、犹太教都得到传播,而佛教、道教的影响尤为深远。佛教徒公开参预政治活动,八思巴被封为国师,"其弟子之号司空司徒、封国公者,前后相望。怙势恣睢、气焰熏灼,为害不可胜言"(《新元史·释老传》)。据至元二十八年(1291)宣政院的统计共有寺宇四万二千三百一十八区,僧尼二十一万三千一百四十八人。道教有全真教、真大道教、太一教和传统的正乙天师道。在北方以全真教的势力为最大,他们提倡"忍耻含垢,苦己利人","坚忍人之所不能堪,力行人之所不能守",主要反映了汉族地主阶级的思想要求。道教和佛教思想对杂剧创作也有着直接的影响,马致远等的神仙度人剧和郑廷玉的《看钱奴》、《忍字记》等宣扬佛教宿命论的作品,就是在这种思想影响下产生的。

和群众有着密切联系的话本、说唱、戏曲等文艺形式,在北宋时期本已得到长足的发展,这时则占有文坛主位。在北方戏曲的基础上发展起来的元杂剧,成就尤为突出。元杂剧作家可以分为前后二期①。前期作家创作活动最兴盛的年代是元世祖至元到元成宗元贞、大德时期。这时期产生了伟大的戏曲家关汉卿,他的杂剧《窦娥冤》《单刀会》等,都反映了时代的声音,同时的王实甫、康进之、纪君祥、石君宝、马致远、白朴等作家也为我们遗留下许多优秀的作品,从不同方面反映当时社会现实。后期从大德以后到元顺帝时期。这时期杂剧中心逐渐南移,虽然也产生郑光祖、宫天挺等著名剧作家,但杂剧创作活动日益衰微。南戏是宋南渡以后在温州杂剧的基础上发展起来的戏曲,到元末,产生了高明、施惠等优秀作家和《琵琶记》《拜月亭》等影响深远的作品,为明清传奇的艺术形式奠定了基础。从辽金以来传入中国的音乐,"饶有马上杀伐之音"(见徐渭《南词叙录》),结合我国北方歌曲"慷慨悲歌"的传统,形成了新的乐曲体系——北曲。元人杂剧里所用的曲调和唱腔主要是继承北曲的传统发展起来的。从宋代开始形成的南曲,则是在词和南方民间歌曲的基础上形成的格调纡徐绵邈的乐曲体系。南戏里所用的曲调和唱腔主要是在南曲的基础上发展起来的。同时,一般说唱或戏剧大都由娼妓在都市的勾栏行院里演出。据我们今天所知,元人杂剧演出时的角色,除了净与副末二种名称沿自六朝以来的参军戏以外,其他如旦、孛老、卜儿、小俫,原来都是行院里各种人物的名称。元人杂剧作者如张国宾、花李郎、红字李二,也都是

---

① 王国维提出三期分法:一、蒙古时代(1234—1279);二、一统时代(1279—1340);三、至正时代(1341—1368)。参见王国维《宋元戏曲史》。郑振铎提出二期分法:第一期从关、王到1300年;第二期从1300年到元末。参见郑振铎《插图本中国文学史》。

勾栏行院中的人物。这些被压在社会最下层的人物在我国戏剧的发展史上起了重要的作用。

金元时期在北方民间流行起来的新的诗歌样式——散曲,对戏曲而言,它是一种不具备表演内容的歌曲;对诗词而言,它是一种新兴的诗体。它的小令和词调近似,它的套数又和剧曲的组织相同。散曲作家的成份既十分复杂,作品的风格也有很大的差异。一般杂剧作家,如关汉卿、马致远,往往兼擅散曲,他们的作品多具有本色豪放的风格。后期的散曲作家如乔吉、张可久等是清丽派的代表作家,他们对"情"的推重也值得重视。

元代文学诸体兼备。北方承继金末文坛盟主赵秉文所开风气,南方是对南宋末文风的接续和反拨。散文继续唐宋古文运动传统,元好问成为金亡后北方文坛盟主,戴表元为东南文章名家,此后姚燧、吴澄、虞集等名家继出,道统与文统并重,形成"道从伊洛"、"文擅韩欧"(王恽《挽(刘祁)诗》)的特点,对明清散文有着明显的影响。

元诗作家众多,清顾嗣立《元诗选》诸编共收作家二千六百多人。诗风"宗唐得古"(戴表元),古体宗汉魏两晋,近体宗唐,是明代诗歌复古潮流的源头。元初词,元好问推崇苏辛;张炎继姜夔倡言格律,追蹑清空骚雅,后形成有影响的词派。中后期萨都剌、张翥的词作均属上乘。

第一章 元杂剧的崛起和兴盛

第一节 戏曲的形成和宋金时期的民间戏曲

我国戏曲艺术经历了漫长的孕育过程,到宋金时期而渐趋成熟,为元人杂剧的产生准备了充分的条件。根据现存的文献记载来考查,上古时期巫风盛行,从《诗经》中有关祭祀的舞乐和《楚辞·九歌》来看,它们歌舞的内容主要是对于天帝、地祇、祖先的祝颂,但有些也包含了萌芽状态的戏剧因素。到春秋、战国之际,在专司祭祀的巫觋以外,又产生了专门供人娱乐的俳优。俳优虽然只是以滑稽的语言行动来替宫廷贵族制造笑料;然而他们的出现也有利于戏曲艺术中喜剧因素的积累。西汉统一帝国建立后,以竞技为主的角觝(即百戏)开始盛行,它广泛地汇集了民间的表演艺术,并且接受了西域文化的影响,其中包括《东海黄公》一类的戏剧性故事的演出。汉乐府吸收的"燕赵之讴,秦楚之风",以及汉魏以来在民间流行的平调、清调、杂舞、杂曲,也都辗转流传,给唐宋以来组成戏曲艺术的歌舞、音乐以影响。在南北朝对立时期,出现了"拨头"、"代面"、"踏摇娘"、"参军"等具有一定故事内容的表演艺术形式,在唐代继续流行,并有所发展。这些都体现了表演艺术的逐步成熟,为我国戏曲的形成准备了良好的条件。

但由于我国封建社会进展的迟缓和戏曲需要融合多种艺术因素的特点,民间歌舞和各项表演艺术中虽然都有一些戏剧性质的演出,却始终没有发展成为真正的戏曲。

从唐代到宋金时期,是我国戏曲的形成期。唐代各种艺术都获得了高度的发展,它们从多方面推动了戏曲的诞生。"燕乐"集中了隋唐时期民间和外来乐曲的成就,完成了中国音乐声律的大转变,宋元戏曲的乐调主要是按照燕乐的宫调来分配的。唐代舞蹈有"软舞"、"健舞"之分,而且产生《樊哙排君难》一类故事性相当强的演出,对后来杂剧的表演艺术有直接的影响;参军戏更为盛行,而且已有歌唱和音乐伴奏。唐代中叶以后,伴随着城市经济的繁荣,城市中开始出现集中的游艺场所,如首都长安的慈恩、青龙、荐福、永寿等大寺院。与此同时,变文、市人小说、以及文人传奇小说的产生和流行,为后来的戏曲提供了丰富的题材。

北宋时在唐参军戏的基础上发展起来的杂剧和后来的金院本都是戏剧的雏形。杂剧分艳段、正杂剧、杂扮三部分演出。艳段类似话本的"入话";正杂剧共有两段,演出完整的故事;杂扮则多为调笑性质的段子。演员也由参军戏的两个角色扩充到四人或五人为一场。演员有属于官方的"教坊钧容直"、"诸军缴队"和"露台子弟"[①]。《东京梦华录》记载中元节演出《目连救母》杂剧的情况时说:"构肆乐人,自过七夕,便搬《目连救母》杂剧,直至十五日止,观者增倍。"可以推知杂剧盛

---

① 《东京梦华录》"元宵"条:"(宣德)楼下用枋木垒成露台一所,彩结栏槛……。教坊钧容直、露台子弟,更互杂剧。"同书"驾登宝津楼诸军呈百戏"条:"其村夫者以杖背村妇出场毕,后部乐作,诸军缴队杂剧一段,继而露台子弟杂剧一段……。"

行的状况。金代院本的文献较少,从现存资料看来,它与杂剧有很多相似之处。《辍耕录》载有院本名目六百九十种,从其中如《杜甫游春》、《陈桥兵变》、《张生煮海》等剧目和人物"家门"分别的细致看,可见当时表演艺术的进展。而解放后山西侯马金墓出土的舞台演出砖俑也证明了《辍耕录》院本演出由五人扮演的说法。

宋金说唱文学主要有鼓子词、词话和诸宫调等。当时创作和表演诸宫调的民间艺人很多,在市井瓦舍中独成一家。从现存的《西厢记诸宫调》和《刘知远诸宫调》残本来考查,诸宫调的故事内容比唐变文更丰富,乐曲组织也更多样,而且初步注意了说白和歌曲的分工,直接导致以曲白结合表演故事的元杂剧的产生。北宋的傀儡戏有杖头傀儡、悬线傀儡、药发傀儡、肉傀儡等;影戏也有乔影戏和大影戏之分。它们能够表演完整的故事,艺人以解说者的身分演唱,或间用代言体,以增强人物故事的生动性,而且已有演唱的底本。影戏和傀儡戏不仅在表演中模拟真人,而且反转来影响艺人的表演艺术。

总之,传奇小说、话本小说等为戏曲准备了故事内容,并且提供了为人民所熟知的人物形象;说唱诸宫调的乐曲组织和曲白结合形式直接影响了戏曲的体制;各种队舞使戏曲的舞蹈身段和扮相更加美化;傀儡戏、影戏也给戏曲的舞蹈动作和脸谱以影响。它们的发展使戏曲表演艺术渐趋成熟,同时也为产生优秀的文学剧本准备了条件。从《西厢记诸宫调》、《刘知远诸宫调》和话本小说《碾玉观音》、《错斩崔宁》等看来,这些新兴的文学形式在刻画人物、描写环境、结构布局、曲白结合诸方面,都达到了相当高的水平,使元杂剧和南戏的产生有了坚实的艺术基础。

第二节　元杂剧兴盛的原因和元前期剧坛

元杂剧是在金院本和诸宫调的直接影响之下,融合各种表演艺术形式而成的一种完整的戏剧形式。并在唐宋以来话本、词曲、讲唱文学的基础上创造了成熟的文学剧本。这比之以滑稽取笑为主的参军戏或宋杂剧可说已起了质的变化。作为一种成熟的戏剧,元杂剧在内容上不仅丰富了久已在民间传唱的故事,而且广泛地反映了当时的社会现实,成为广大人民群众最喜爱的文艺形式之一。

元杂剧的形成是我国历史上各种表演艺术发展的结果,同时也是时代的产物。元灭金的过程中,文人社会地位改变,一些从事俗文学创作的作家在利用杂剧形式表现其内心忧愤的同时,也明显提高了杂剧剧作的文学水平。而构成戏曲艺术的各种因素到这时已经过长期的酝酿而融为一体。这样,元杂剧就在金院本和说唱诸宫调的基础上,由于现实的要求、群众的爱好,大大扩大了题材和内容,展开了我国戏曲史上辉煌灿烂的一页。

元初中下层文人的仕进道路大大缩小了,大多数文人和广大人民同样经受战争的动乱和朝代的更易,因此,他们和人民的关系比较密切。部分文人和民间艺人结合,组成书会。书会的组织,民间艺人和文人的合作对元杂剧的兴盛起了推进的作用。

宋金元城市经济的发展为杂剧的兴盛准备了充裕的物质条件。适应统治阶级宴乐和广大市民的文化要求，南北各大城市都出现了各种伎艺集中演出的勾栏瓦肆，特别是作为都城的开封、大都、杭州等地更为繁盛。同时，在农村也常常开展戏曲活动，晋南地区现存的舞台、壁画便是很好的证明①。节日、庙会是农村的演出日，一些著名演员也经常到各地作场。这样就保持了戏曲在发展过程中同广大人民群众的密切联系。

此外，元朝的疆域广大，交通发达，密切了国际和国内各民族之间的关系。各民族之间的文化交流，特别是北方诸民族乐曲的传播，对杂剧的兴盛也有一定的作用。

元代是我国戏曲史上的黄金时代，当时有姓名可考的杂剧作家，有八十馀人，见于书面记载的作品，约有五百馀种。从现存的一百多种元杂剧②和锺嗣成的《录鬼簿》、夏庭芝的《青楼集》等等有关资料看来，元杂剧最兴盛的时期是在前期。在南方还是以诗词为主要文学样式的时候，北方就出现了关汉卿、王实甫等杂剧作家，涌现了许多优秀的文学剧本。当时杂剧活跃的地域是在北方政治、文化的中心大都和有悠久文化传统的平阳，以及东平、彰德等地。

《录鬼簿》所载"前辈名公才人"五十六人，都是北方人，这是由于南宋以来南北在政治上长期对立的结果。元代前期的

---

① 元代戏台在晋南普遍存在，现已初步鉴定了晋南的襄汾、临汾、洪洞、新绛、翼城等地的元代戏台八处。又山西洪赵县明应王庙内的元代杂剧演出壁画，帐额上端题作"大行散乐忠都秀在此作场"。
② 臧晋叔《元曲选》和隋树森《元曲选外编》共收剧本一百六十二种。

杂剧作家和人民群众保持着不同程度的联系,比较熟悉人民的生活。他们的作品大都具有深刻的思想内容和强烈的生活气息,真实地反映了当时的社会现实,并且塑造了一系列下层被压迫者的形象,歌颂了他们勇敢不屈的反抗斗争。少数作品闪耀着作者和人民的美好愿望,充满乐观主义精神。杂剧的语言是以北方民间口语为基础写成的,并且吸收了民间文艺的营养,具有质朴自然、生动泼辣的特点。部分作家还吸收了诗词里富有表现力的词汇与句法,使语言更加优美。同时,元杂剧的创作和舞台演出结合得十分紧密,杂剧作家充分掌握了舞台艺术的特点,集中概括了生活中的各种矛盾,构成了动人的戏剧冲突。元杂剧作家的这些成就不仅直接丰富了当时的戏曲表演,而且影响了后来的戏曲创作。

第三节　元杂剧的形式

元杂剧把歌曲、宾白、舞蹈、表演等有机地结合起来,开始形成了具有独特民族风格的戏曲艺术形式,并且产生了韵文和散文结合的结构完整的文学剧本。它的组织形式有它一定的惯例。在结构上一般是一本四折演一完整的故事,只有个别的是一本五折、六折(如《赵氏孤儿》、《秋千记》),或多本连演(如《西厢记》)。折是音乐组织的单元,也是故事情节发展的自然段落,它不受时间、地点的限制,每一折大都包括了较多的场次,为演员的活动留下了广阔的天地,也给观众提供了想象的馀地。这是我国戏曲表演艺术的特点,同时构成了戏曲文学的特色。有的杂剧还有"楔子",它的篇幅比较短小,位置也不固定,一般在第一折的前面演出,对故事由来作简单的介绍,也有在折与折之间演出的,作用和后来的过场戏相似。

杂剧每折限用同一宫调的曲牌组成的一套曲子。演出时一本四折都由正末或正旦独唱,其他角色只有说白,分别称为"末本"或"旦本"。这些乐曲不只吸收了宋金词、大曲、诸宫调的成果,而且也吸收了其他民族流传来的曲调。如《虎头牌》杂剧中的〔双调〕套曲就是当时女真族流行的乐曲。

随着戏曲内容的充实和发展,杂剧角色的分工更趋细密,借以表现各种不同类型的人物。由于杂剧以正色为主角,形成"一角众脚"。正末、正旦就分别成了末本或旦本的主角。此外,视剧情的需要,还有净、副末、贴旦、搽旦、孤、卜儿、孛老、俫儿等。

杂剧的剧本主要由曲词和宾白组成。歌曲的作用主要在抒情,但是它不只限于主人公的心情抒发和咏叹,同时也在重要的场景和关目之中起渲染和贯串的作用。曲词一般都本色自然而又有着强烈的感情色彩,是在诗、词和民间说唱文学的基础上形成的新诗体。它一面有严格的韵律,以符合演唱的要求;一面又可以增句或加衬字,有利于比较自由地表情达意。宾白包括人物的对白和独白,由白话和部分韵语组成。对白与话剧的对话相似,独白兼有叙述的性质,在情节的发展和人物的塑造上起着重要的作用。剧本还规定了主要动作表情和舞台效果,叫做科范,简称为"科",如"把盏科"、"做掩泪科"、"调阵子科"、"内作起风科"等。

元杂剧在形式上也存在着一些缺点和不够完善的地方,

如全剧只由主要演员独唱和一本限定四折等。它的种种局限在戏曲发展的过程中逐渐被突破,它的某些优点也为南戏所吸收,从而形成了明清的传奇戏。

第二章 伟大的戏剧家关汉卿

第一节 关汉卿的生平和作品

关汉卿是我国戏剧史上最早也最伟大的戏剧作家。《录鬼簿》说他是大都人,号已斋叟,曾任太医院尹①。朱经《青楼集序》:"我皇元初并海宇,而金之遗民若杜散人、白兰谷、关已斋辈,皆不屑仕进。"白兰谷即白朴,金亡时才八岁,估计关汉卿的年代同他相去不远,他在太医院任官当在元灭南宋,即朱经说的"初并海宇"以前。又清乾隆时修的《祁州志》说他是祁州伍仁村人。祁州即今河北省安国县,地方上一直还流传着有关关汉卿的传说,可能他的原籍在祁州,因为在太医院任职和从事戏剧活动,才长期定居大都的。他晚年到过杭州,写了一套散曲歌咏杭州的景物。他还写过十首〔大德歌〕,可能是大德年间(1297—1307)流行的。从这种种迹象推断,他的生年同白朴相去不远,约在金宣宗贞祐、元光之间(1213—

---

① 有的《录鬼簿》作"太医院户",那是误刻。因为《录鬼簿》一般只记载作家的官职,而元末熊自得的《析津志》(析津即元大都)也把关汉卿列入《名宦传》。

1222），卒于元成宗大德年间①。

关汉卿在一套带有自叙性质的散曲〔南吕·一枝花〕《不伏老》里，一面夸说他擅长围棋、蹴鞠、打围、歌舞、吹弹、篆籀、吟诗、双陆等各种技艺；一面强调"便是落了我牙,歪了我口,瘸了我腿,折了我手"，还要"向烟花路儿上走"。这所谓"烟花路儿"实际就是"躬践排场、面敷粉墨……偶倡优而不辞"（臧懋循《元曲选序》）的书会才人的生活。贾仲名《书录鬼簿后》说锺嗣成"载其前辈玉京书会燕赵才人……自金之解元董先生，并元初关汉卿已斋叟以下,前后凡百五十一人"。就关汉卿杂剧创作的卓绝成就和深远影响看，他无疑是书会里具有代表性的人物。《析津志》还说他"生而倜傥,博学能文,滑稽多智,蕴藉风流,为一时之冠"。这与他在散曲和杂剧里所表现的才能和性格是符合的。

根据《录鬼簿》和《辍耕录》的记载，他和著名杂剧作家杨显之，散曲作家王和卿是挚友，还和杂剧著名演员朱帘秀有交往。当时北方青年杂剧作家高文秀有"小汉卿"之称，而南方戏剧作家沈和甫被称为"蛮子汉卿"，可以想见他在当时戏剧界的地位和影响。

关汉卿写了六十多种杂剧，现传《感天动地窦娥冤》、《赵盼儿风月救风尘》、《包待制三勘蝴蝶梦》、《杜蕊娘智赏金线池》、《望江亭中秋切鲙旦》、《温太真玉镜台》、《钱大尹智宠谢

---

① 有人根据王和卿卒于延祐七年推断，认为关汉卿卒年当在延祐七年（1320）以后，那是不可靠的。因为卒于延祐七年的王和卿是汴人，这同关汉卿交好的大名王和卿不是一个人。

天香》和《包待制智斩鲁斋郎》等八种见《元曲选》,是臧懋循根据当时民间流传的"坊本"选录的。在传刻过程中虽可能经过改动,但基本上保持关剧的精神面目。《关大王单刀会》、《关张双赴西蜀梦》、《闺怨佳人拜月亭》和《诈妮子调风月》四种见《元刻古今杂剧三十种》,是现传关剧最早的刻本,保存了元人杂剧的最初面目,可惜曲白都不全①。《山神庙裴度还带》、《邓夫人苦痛哭存孝》、《刘夫人庆赏五侯宴》、《状元堂陈母教子》、《王闰香夜月四春园》五种见明赵琦美钞校《元明杂剧》,除《哭存孝》、《四春园》外,其馀三种同其他现传关剧风格相去较远,有的还和《录鬼簿》的记载不符,是否关剧是可疑的。此外还有人根据作品的内容和《录鬼簿》的记载,怀疑《鲁斋郎》不是关汉卿的作品,怀疑尚仲贤的《单鞭夺槊》就是关汉卿的《敬德投唐》。明人以《鲁斋郎》为关汉卿作,是否别有文献根据,已不可知,但从《鲁斋郎》艺术风格、关目安排和曲白的本色生动看,和关汉卿的作品更接近。《单鞭夺槊》里虽有敬德投唐的情节,但不是全剧中心内容,因此我们仍以《鲁斋郎》为关作,同时也不取《单鞭夺槊》即《敬德投唐》的说法。

关汉卿除杂剧外,还有部分散曲流传。他的散曲更多的流露他的消极思想,成就远不如杂剧。

第二节 关汉卿杂剧的思想内容

关汉卿杂剧不论是取材于现实生活还是取材于历史故

---

① 现传明钞本《单刀会》曲白俱全。

事,都积极地关心人民的命运,多方面揭露了封建社会的黑暗和残酷,使他成为我国戏剧史上伟大的作家。

关汉卿现存的杂剧,从思想内容看,大致可分为三类。第一类是公案剧。著名的代表作是《窦娥冤》,还有《蝴蝶梦》、《鲁斋郎》等。《窦娥冤》原本汉代东海孝妇的故事。这故事在民间长期流传,内容愈来愈丰富。《搜神记》里的孝妇周青已具有反抗性格。在元代,王实甫、梁进之都有《于公高门》的杂剧(见《录鬼簿》),就是歌颂为东海孝妇平反冤狱的于公的。关汉卿是在民间传说和当时有关的戏曲创作的基础上,结合元代的现实生活,写出了这样一部激动人心的悲剧的。《窦娥冤》在"楔子"里就写窦娥在高利贷的残酷剥削下被卖给蔡婆作童养媳,这是她一生悲剧的开始,接着写赛卢医的阴谋害命,张驴儿父子的恃强霸占以及桃杌太守的严刑逼供、草菅人命,一步步把窦娥推向悲剧的结局,也一步步地突出了窦娥善良而坚强的性格,为我国的悲剧艺术提供了典型的范例。窦娥性格的善良主要表现在对共同处在受迫害地位的人的深切关怀上:她对蔡婆的轻易答应张驴儿父子的婚事是十分不满的,但当桃杌要严刑拷打蔡婆时,就宁愿自己承认死罪,也不让她受刑;她在被押赴法场斩首时,首先想到的不是她自己的不幸,而是怕蔡婆看见她披枷带锁而伤心。尽管蔡婆这人物并不那么值得同情,窦娥对待蔡婆的态度也不可能摆脱封建社会的道德观念——孝道;但突出在她性格上的善良一面,仍十分值得我们珍视。窦娥性格的坚强,主要表现在对敌人的刻骨仇恨和至死不屈的斗争上。窦娥在法场上的对天誓愿,集中表现了这一点,而前面一连串戏剧矛盾更充分说明它是人物性格发展的必然结果。窦娥三岁丧母,七岁离父,十七岁成了寡妇,这样孤苦无依的人物,她受的迫害越多,对封建社会的罪恶认识越清楚,反抗也就越强烈。起初,窦娥对官府存有幻想,宁可"官休"。但遭到桃杌太守的一顿毒打之后,幻想消失了,就有力地揭露了"衙门自古向南开,就中无个不冤哉"这个封建社会里的普遍情况。这时她对上层统治者的幻想仍然存在,以为上司可能会复审,自己也许还有昭雪的机会。直到她被押上法场斩首的时候,连这点最后希望也破灭了,这才对天地鬼神都提出震撼人心的控诉:

有日月朝暮悬,有鬼神掌着生死权。天地也只合把清浊分辨,可怎生糊突了盗跖、颜渊! 为善的受贫穷更命短,造恶的享富贵又寿延。天地也做得个怕硬欺软,却原来也这般顺水推船。地也,你不分好歹何为地,天也,你错勘贤愚枉做天! 哎,只落得两泪涟涟。

——第三折〔滚绣球〕

《蝴蝶梦》同样歌颂了人民的反抗斗争,而《鲁斋郎》在揭露封建社会的黑暗和统治者的残暴上显得更深刻。《蝴蝶梦》里主角王婆婆的三个儿子为了替父报仇,打死了皇亲葛彪,在必须要一个儿子抵命的情况下,王婆婆宁可牺牲亲生的儿子来保全前妻的两个儿子。她为了要求官府凭公判案,敢于当面骂包待制"胡芦提"、"官官相为",而当包拯判决要王三抵命时,还分付王三和他父亲的鬼魂同心合力,"把那杀人贼(即葛彪)推下望乡台"。体现在王婆婆身上的自我牺牲精神和至死不屈的斗争性,和窦娥有类似之处,但不及窦娥性格的那么集中而深刻。《鲁斋郎》里的鲁斋郎是个"为臣不守法,将官府敢欺压"的权豪势要。他抢走银匠李四的妻子,还告诉李四说:"你的浑家我要带往郑州去也,你不拣那个大衙门里告我去。"他见到六案孔目张珪的妻子有几分颜色,就公然命令他:"把你媳妇明日送到我宅子里来。"作者除通过鲁斋郎的形象,揭露了权豪势要的凶恶嘴脸外,还在张珪这个形象身上,艺术地概括了那些依附统治阶级当权派的下层吏目的性格特征。张珪在银匠李四面前摆架子,耍威风,说"谁不知我张珪的名儿";但当他一听到鲁斋郎的名字,就胆小如鼠,原形毕露,鲁斋郎要他送妻子去时,他丝毫不敢反抗,结果只落得"一家儿瓦解星飞"。通过这个人物,不但让我们看到了一个和窦娥、王婆婆等截然不同的两面性格。

在上述这类作品中,凶狠、愚蠢的压迫者和善良、正直的被压迫者总是壁垒森严地对立着。作品不仅正面反映了他们之间的利害冲突;而且还写出了他们之间思想意识上的明显对立,对同一事物的看法他们往往截然不同。如在窦娥的眼里"人命关天关地",她的冤屈呼声可以惊天动地,但在昏官桃杌看来,"人是贱虫,不打不招"。又如《蝴蝶梦》里的王婆婆认为,不管谁,犯了法,打死了人,都要吃官司,"使不着国戚皇亲、玉叶金枝,便是他龙孙帝子,打杀人要吃官司"。可是在葛彪看来,他自己既是一个特权阶级的人物,就可以为所欲为,打死人"只当房檐上揭片瓦相似"。关汉卿的爱憎感情是非常鲜明的,他笔下的贪官污吏、流氓恶霸尽管在开始的时候,气焰不可一世,最后总逃不出正义的惩罚。但由于作者对清官还有幻想,剧中被压迫人民的冤屈,经常要靠他们的力量才能得以伸雪。

第二类是妇女剧,作品突出她们在社会险恶势力面前的勇敢和机智。那些貌似强大的坏蛋,在她们面前,一个个被簸弄得像泄了气的皮球,因此作品也带有更多的喜剧意味。其中以《救风尘》为最有代表性,此外还有《金线池》、《谢天香》、《诈妮子》、《望江亭》、《拜月亭》。《救风尘》是一部杰出的喜剧。剧中主角妓女赵盼儿,是个机智、老练而富有义气的妇女形象。她曾经有过幻想,憧憬着同一个知心的男人过自由、幸福的生活,终于在残酷的现实里一次又一次地破灭了。长期风尘生活使她看透了有钱的子弟们所惯用的那套伎俩,并对他们保持着高度的警惕。因此当她知道结拜妹妹宋引章要嫁给周舍时,便再三忠告她。

> 你道这子弟情肠甜似蜜,但娶到他家里,多无半载周年相弃掷。早努牙突嘴,拳椎脚踢,打得你哭啼啼。
>
> ——第一折〔胜葫芦〕
>
> 恁时节船到江心补漏迟,烦恼怨他谁?事要前思免后悔。我也劝你不得,有朝一日,准备着搭救你块望夫石。
>
> ——第一折〔幺篇〕

但宋引章没有接受劝告,落得一进门便吃五十杀威棒,只得写信向赵盼儿求救。赵盼儿接信后,也曾埋怨过宋引章的不听话,但当她想起了姊妹之间的长期患难关系,就很快消除了个人成见,挺身而出。赵盼儿所面临的敌人周舍是个十分狡猾的流氓。但赵盼儿抓住了他喜新厌旧、酷好女色的弱点,安排下周密的计划,使他不能不步步上了她的圈套。周舍曾用欺骗的手段娶到了宋引章,赵盼儿"即以其人之道,反治其人之身",用同样的手段救出了宋引章,并制服了这个流氓,从而收到了大快人心的喜剧效果。《望江亭》里的主角谭记儿是在潭州为官的白士中的妻子,身分和赵盼儿不一样,但由于她是寡妇改嫁,因此十分珍视她与白士中的爱情。当她听到杨衙内拿了皇帝的势剑金牌要来取她丈夫的首级时,她不但毫无惧色,而且胸有成竹地来对付这个恶霸:

你道他是花花太岁,要强迫我步步相随。我呵怕甚么天翻地覆,就顺着他雨约云期。这桩事你只睁眼儿觑着,看怎生的发付他赖骨顽皮。

——第二折〔十二月〕

呀,着那厮得便宜翻做了落便宜,着那厮满船空载月明归。你休得便乞留乞良捱跌自伤悲。你看我淡妆不用画蛾眉,今也波日,我亲身到那里,看那厮有备应无备。

——第二折〔尧民歌〕

她在中秋之夜,乔扮渔妇,以切鲙献新为名,在望江亭上尽情捉弄了杨衙内,赚得他的势剑金牌,从而粉碎了他的阴谋毒计。赵盼儿、谭记儿,不把强大的敌人放在眼里的胜利信心是建立在她们对敌斗争的有效策略上面的。她们充分掌握了敌人的弱点,事先作了周密的准备,然后针对他们的弱点进攻,取得最后胜利。剧中这些描绘,无疑地是当时人民对敌斗争的一面镜子。《金线池》里的妓女杜蕊娘，《谢天香》里的妓女谢天香，《诈妮子》里的婢女燕燕，都是聪明伶俐，为追求幸福生活而斗争的妇女形象，作者通过她们的悲惨命运，鞭挞了封建统治阶级的虚伪和残暴。《拜月亭》是富有抒情气息的爱情剧，作品歌颂了大家闺秀王瑞兰对爱情的坚贞，指责了阻碍他们婚姻自主的封建家长制。在这个风光旖旎的恋爱故事后面，也反映了乱离的时代气氛和侵略战争带给人民的灾难。

关汉卿与别的戏曲作家不同，他在那些处于封建社会最底层的妇女身上，看到她们的痛苦而美丽的灵魂，这是和他长期在"瓦舍"、"勾栏"与歌妓们朝夕相处的生活分不开的。不过在这一类戏里也存在着一些不健康的因素，这又是受到勾栏调笑文学的影响。如在《玉镜台》中，作者对士大夫的风流韵事很欣赏。女主角刘倩英被老头子温太真骗取成婚。婚后倩英不喜欢他，关汉卿却在剧里捏造出一个王府尹，设水墨宴，威胁她叫那老头子作丈夫，这就给一个本来富有悲剧意义的事件，抹上了一层无聊的喜剧色彩。

第三类是历史剧，以《单刀会》的成就为最突出。剧中主角关羽的出场在第三折，但第一、二折已通过乔国老和司马徽的口渲染了他的英雄业绩和盖世威风，造成了强烈的戏剧气氛。

> 他上阵处赤力力三绺美髯飘，雄赳赳一丈虎躯摇，恰便似六丁神簇捧定一个活神道。那敌军若是见了，諕的他七魄散，五魂消。（云）你若和他厮杀呵。（唱）你则索多披上几副甲，剩穿上几层袍，便有百万军当不住他不剌剌千里追风骑，你便有千员将，闪

不过明明偃月三停刀。
——第一折〔金盏儿〕

第三折当关羽一出场,就激昂慷慨地对关兴、关平唱出了四支曲子,谴责董卓与吕布的作乱,又回顾桃园结义、三顾草庐等情景。这实际是以祖宗创业的艰难教育下一代,深化了作品的主题思想。第四折是全剧的高潮,关羽单刀赴会,面对着滚滚东去的大江,抒发了他豪迈的胸怀。

大江东去浪千叠,引着这数十人,驾着这小舟一叶,又不比九重龙凤阙,可正是千丈虎狼穴。大丈夫心别,我觑这单刀会似赛村社。
——第四折〔双调·新水令〕

水涌山叠,年少周郎何处也?不觉的灰飞烟灭,可怜黄盖转伤嗟。破曹的樯橹一时绝,鏖兵的江水由(犹)然热,好教我情惨切!(云)这也不是江水。(唱)二十年流不尽的英雄血!
——第四折〔驻马听〕

单刀会上,关羽以自己的威武和正义慑服了鲁肃,保卫了蜀汉的利益。最后通过〔离亭宴带歇指煞〕这支曲文,表现了他胜利归来的喜悦心情并狠狠地嘲弄了鲁肃,收到了强烈的艺术效果。元朝称原在金人统治下的北中国人民为汉儿人,作者通过对历史英雄关羽维护汉家事业的歌颂,一定程度上流露了民族感情;同时描写了他对敌斗争的勇敢和智慧,鼓舞了人们向压迫者斗争的勇气和信心。

《西蜀梦》写关羽战死荆州,张飞又中途遇害。刘备遂尽起西蜀之师,为两人报仇雪恨的故事。《哭存孝》写五代南唐大将李存孝为康君立、李存信谗间致死的故事,是历史题材的作品。作者在歌颂历史英雄人物的同时,表现了他英雄史观的历史局限。与此相联系,他还在《哭存孝》中肯定李克用等以镇压黄巢农民军起家的历史人物,表现了他的阶级局限。

从上面三类作品看,关汉卿杂剧思想内容上的共同特点是对压迫者的深恶痛绝和对被迫害者的深切同情,并通过他们之间的矛盾斗争,突出了人物的坚强性格和战斗精神。这些优秀剧本七百年来一直鼓舞了人民的反抗斗争,使关汉卿成为我国文学史上最伟大的作家之一。

第三节 关汉卿杂剧的艺术成就

关汉卿卓越的艺术修养,使杂剧的战斗性和人民性得到了充分的发挥。

关汉卿的杂剧反映了广阔的社会生活,揭示了社会各方面的矛盾、冲突,对当时社会生活中带有本质意义的一些问题,反映得尤为深刻、集中。他不以写出当时广大人民所受的苦难为满足;同时还要表现他们身上固有的反抗精神。他笔下的主人翁不只是在苦难中呻吟,而且敢于和恶势力斗争,并终于取得最后胜利。这种战斗的现实主义精神,使他的创作闪烁着理想的光辉。在《窦娥冤》、《救风尘》、《望江亭》、《单刀会》等杂剧的正面人物身上,集中了人民的智慧,寄托了作者的理想。赵盼儿、谭记儿在制服敌人过程中所表现的机智,是当时人民群众斗争智慧的集中和合理的夸张。《单刀会》中的关羽豪气四溢,也是个被作者理想化了的英雄。特别是《窦娥冤》的第三折,通过浪漫主义的情节,把窦娥的反抗精神写得那么惊天动地,而代表当时皇家执法的监斩官,相形之下是那么渺小。就这样,作者通过鲜明的舞台艺术形象,对受迫害的人民寄予热情和希望,对迫害人民的人表现了无比的蔑视。

关汉卿塑造典型人物的成就是非常突出的。在我国古典戏剧作家中还没有一个人能像他那样塑造出如此众多而鲜明的人物形象。他笔下的人物大多数是个性鲜明,血肉饱满的。银匠李四和六案孔目张珪的妻子都被鲁斋郎夺去了,可是两人的态度是那样地不同。李四敢于去郑州告状,而张珪这个为虎作伥的胥吏在鲁斋郎煊赫的权势面前,却只能忍气吞声,俯首听命。赵盼儿、宋引章、谢天香和杜蕊娘都是妓女,可是体现在赵盼儿身上的泼辣性格,既不同于上厅行首谢天香的软弱;而久历风尘的杜蕊娘同缺乏社会经验的宋引章也有显著的区别。这里,我们看到关汉卿已经开始注意表现出人物的阶级属性,而且还能写出由于具体生活环境和遭遇的不同而形成的不同性格特征,即使他们是属于同一阶级和阶层的人物。

关汉卿善于把人物放在强烈的戏剧冲突中去揭示出他们的性格特征。如窦娥的反抗性格和复仇意志是通过对她一连串的迫害愈来愈清楚地显示出来的。赵盼儿的机智和老练是通过她和狡猾的流氓周舍之间面对面的斗争表现出来的。谭记儿的过人胆识也是在她亲去望江亭窃取杨衙内的势剑金牌这一惊险的情节中呈现出来的。作者还通过细致、深入的心理描写来揭示出人物的内心世界。当张珪迫于鲁斋郎的淫威,只得瞒着妻子把她送给鲁斋郎的时候,一路上所唱的几支曲子,无疑是我国古典戏曲中最精彩的内心独白之一。

  全失了人伦天地心,倚仗着恶党凶徒势。活支剌娘儿双拆散,生各札夫妇两分离。从来有日月交蚀,几曾见夫主婚妻招婿。今日个妻嫁人夫做媒。自取些奁房断送陪随,那里也羊酒花红段匹!
        ——第二折〔南吕·一枝花〕

曲子把张珪内心的痛苦、羞愧、愤怒而又无可奈何的复杂感情表现得淋漓尽致。这种出色的内心描写在关剧中不是个别的。《拜月亭》里,当王瑞兰父亲迫着女儿撇下病困客店的丈夫时,作者通过《哭皇天》以下几支曲文,把瑞兰内心的哀怨、愤怒以及和丈夫难舍难分的痛苦心情,作了深刻的剖析。

  作为一个曾"躬践排场、面敷粉墨"的"当行"的戏剧家,关汉卿在杂剧的场面安排和关目处理上都是很有特点的。在场面安排上是紧凑、集中、富有典型性。一切和主题思想无大关系的描写都被略去了,而突出那些和主题思想密切相关、具有典型意义的事件。因此关剧通过二三个主要人物,几个重要场面,就能展示出元代社会的重要侧面。如在《窦娥冤》的"楔子"中写到窦娥被送去蔡家做童养媳;但以后窦娥的结婚、丈夫的去世、守寡等一系列情节,作者都没有让它在场面上出现,而只在第一折开始时由蔡婆作了简要交代。这就可以腾出一些重要场面,表现窦娥和张驴儿、桃杌之间的冲突,从而突出了元代社会吏治的黑暗和广大人民的反抗斗争。在关目处理上,关汉卿一方面能从不同人物的处境出发,展开冲突,引向高潮;一方面又移步换形,变化多端,使人不能预测它的发展。如鲁斋郎强占了张珪妻子并把玩厌了的李四妻子转送给张珪之后,李四去郑州探望张珪,张珪在向他倾诉自身不幸遭遇的同时,介绍他和自己的新妻子相见,这就很自然地使李四夫妇重新会面,出现了悲喜交集的感人场面,同时在张珪与李四之间引起了新的戏剧矛盾。在《哭存孝》里刘夫人正要领李存孝去向李克用说明真相,解除误会,观众眼看李存孝的冤屈就要得到昭雪了,突然李存信报告刘夫人,她的亲子亚子打围落了马。刘夫人急忙去看,李存信就乘机向李克用再进谗言,终于把存孝车裂了。这种关目处理变化多端,令人莫测,同时又和人物的性格、剧本的主题完全吻合。此外如《拜月亭》、《救风尘》、《望江亭》的第三折也都充分表现了作者在关目处理上的这种特点。关汉卿在剧情发展中还善于埋伏下一定的"悬念",以增强戏剧效果。《蝴蝶梦》中包待制听了王母的诉说后,就向张千耳语,要偷马贼赵顽驴为王三替死。这一带有关键性的情节,观众事先并不知道,因此总认为王三难免一死,最后突然把他放了,观众才恍然大悟。这种关目处理不仅能紧紧吸引观众的注意力;而且和前面把偷马贼下在死牢这一情节遥相呼应,因此也显得很合理、很自然。

关汉卿驾驭语言的能力是惊人的。由于他深入生活,掌握了各种丰富的生活素材,这就使他有可能根据生活本身所提供的语言来反映现实,充分为剧情和人物性格服务,需要雄壮时就雄壮,需要妩媚时就妩媚,需要通俗时就通俗,需要文雅时就文雅。而本色是关汉卿戏剧语言的基本风格。关汉卿是元代杂剧作家中本色派的代表人物,真正做到了"人习其方言,事肖其本色,境无旁溢,语无外假"(见臧懋循《元曲选序》)的地步。试看他《金线池》第一折的〔混江龙〕曲。

> 无钱的可要亲近,则除是驴生戟角瓮生根。佛留下四百八门衣饭,俺占着七十二位凶神。才定脚谢馆接迎新子弟,转回头霸陵谁识旧将军。投奔我的都是那矜爷害娘、冻妻饿子、折屋卖田、提瓦罐爻槌运。那些个慈悲为本,多则是板障为门。

上述曲文,生动泼辣,毕肖妓女杜蕊娘的身分和口角。我们再来看看《窦娥冤》中一段很普通的说白:

> (正旦云)婆婆,那张驴儿把毒药放在羊肚儿汤里,实指望药死了你,要霸占我为妻,不想婆婆让与他老子吃,倒把他老子药死了。我怕连累婆婆,屈招了药死公公,今日赴法场典刑。婆婆,此后遇着冬时年节,月一十五,有瀽不了的浆水饭,瀽半碗儿与我吃,烧不了的纸钱,与窦娥烧一陌儿,则是看你死的孩儿面上。

这些语言出自窦娥这个封建社会小媳妇的口里是那样的贴切!它使我们感觉不到有半点加工的痕迹,只觉得它像生活本身所表现的那样自然、生动。

关剧词汇的丰富和语法的变化,在元人杂剧里也是首屈一指的,这主要由于作者善于从生活中汲取语言素材,同时也和他善于向古典文学名著学习有关。《单刀会》剧里,作者用了孔子的话,杜牧的诗,苏轼的散文和词,把这些和人民口头语言融合在一起,从而形成了他"文而不文,俗而不俗"的语言风格,收到了雅俗共赏的演出效果。

第四节 关汉卿的地位和影响

关汉卿是我国文学史上伟大的作家之一,是中国戏曲的奠基人。元周德清《中原音韵自序》认为元曲"其备则自关、郑、白、马,一新制作,韵共守自然之音,字能通天下之语,字畅语俊,韵促音调,观其所述,曰忠曰孝,有补于世。"元末明初的贾仲名就说他是"驱梨园领袖,总编修帅首,捻杂剧班头"(〔凌波仙〕《吊关汉卿》)。明清研究者也给予高度评价。明朱权《太和正音谱》说:"关汉卿之词,如琼筵醉客。观其词语,乃可上可下之才。盖所以取者,初为杂剧之始,故卓以前列。"清黄宗羲说:"王实甫、关汉卿之院本,皆其一生精神所寓也。"(《南雷文定》卷一《靳熊封诗序》)王国维说:"关汉卿一空倚傍,自铸伟词,而其言曲尽人情,字字本色,故当为元人第一。"(《宋元戏曲史》)他的部分作品如《窦娥冤》、《拜月亭》、《单刀会》等七百年来一直上演不衰,并为我国戏曲里的悲剧、喜剧的关目处理,各种人物的舞台形象的塑造,提供了典范。

关汉卿是一个伟大的戏剧家。他在中国戏剧史上的位置,以及他剧作的戏剧性、语言艺术,得到历代研究者的重视,但他那种鲜明的爱憎感情,以及和人民群众紧密联系的精神,则只有在今天才能得到正确的继承和发扬。

第三章 西厢记

第一节 西厢记的作者——王实甫

《西厢记》是我国较早的一部以多本杂剧连演一个故事的剧本。《录鬼簿》及明初朱权《太和正音谱》都记录在王实甫的剧目里;而且从元周德清《中原音韵》和《太和正音谱》的引文看来,文字同今本《西厢记》基本相同。有关王实甫生平的资料很少[①],《录鬼簿》说他"名德信,大都人",并记录了他十三种杂剧。从他在《破窑记》中流露的"世间人休把儒相弃,守寒窗终有峥嵘日"的思想和在《丽春堂》中抒发的宦海升沉的感叹看来,他可能是一个在仕途失意的文人。明初贾仲名吊王实甫的〔凌波仙〕词说:"风月营密匝匝列旌旗,莺花寨明飏飏排剑戟,翠红乡雄赳赳施谋智。"显然他也是一个熟悉当时勾栏生活的剧作家。王实甫的戏剧除《西厢记》外,现在流传的

---

① 孙楷第《元曲家考略》引苏天爵《元故资政大夫中书左丞相知经筵事王公行状》中所记元顺帝时中书左丞相王结父亲王德信事迹:"公易州定兴人。……父德信,治县有声。擢拜陕西行台监察御史。与台臣议不合,年四十馀,即弃官不复仕。"所记不能肯定是否杂剧作家王德信。待考。

还有《丽春堂》、《破窑记》两种,以及《芙蓉亭》、《贩茶船》的各一折曲文。《丽春堂》写金代右丞相乐善和右副统军使李圭的事迹。《破窑记》写宋代吕蒙正与刘月娥的爱情故事。《西厢记》是王实甫的代表作,当时就深受读者欢迎。因此,贾仲名的〔凌波仙〕词又说他"作词章,风韵美,士林中等辈伏低。新杂剧,旧传奇,《西厢记》天下夺魁"。

宋金时期,说唱崔、张故事的作品,有赵令畤〔商调·蝶恋花〕鼓子词和董解元《西厢记诸宫调》等。戏曲方面有宋官本杂剧的《莺莺六么》、金院本的《红娘子》、南戏的《张珙西厢记》等。到了元代,这些各自在南北流行的唱本、剧本,又重新在大都、杭州等戏剧发展的中心都市汇合,南北戏曲得到交流。王实甫的《西厢记》杂剧正是在这种情况下产生的。

王实甫把董解元《西厢记诸宫调》改写为戏曲,虽故事基本相同,题材却更集中,反封建的思想倾向也更鲜明了;又改写了曲文,增加了宾白,剔除了一些不合理的情节,艺术上也有所提高。《西厢记》第五本的情节在董解元《西厢记诸宫调》里就是一个有机组成部分,在《西厢记》里更明确地体现了"愿普天下有情的都成了眷属"的主题思想。第五本没有前四本写得好,主要由于当时的历史条件还没有为剧中提出的问题提供合理的解决办法;当时的现实社会还没有为剧中人物的美满结局提供丰富的素材,而并非由于它们出于不同作家的手笔。在《西厢记》的长期传刻过程中,文字上又经过后人的修改,因而出现了许多不同的版本,即在同一个版本里,也存在一些前后不一致的地方,但不能根据上述情况得出第五本不是王实甫的作品的结论①。

第二节　西厢记的思想内容

董解元《西厢记诸宫调》根本改变了《莺莺传》的主题思想,歌颂了莺莺和张生为自由结合而反对封建势力的斗争,并明确提出"从今至古,自是佳人,合配才子"(〔南吕宫·瑶台月〕)的要求,以反对从封建家族利益出发要求门当户对的婚姻。王实甫《西厢记》更以同情封建叛逆者的态度,写崔、张的爱情多次遭到老夫人的阻挠和破坏,从而揭露了封建礼教对青年自由幸福的摧残,并通过他们的美满结合,歌颂了青年男女对爱情的要求以及他们的斗争和胜利。莺莺与张生的故事在长期流传过程中,传唱者突出了他们的热情、勇敢等等新的品格,并在他们的美满结合中寄托了自己的希望。王实甫的《西厢记》正是充分体现了这种思想感情和愿望,使它成为数百年来封建礼教束缚下的青年男女追求爱情幸福的赞歌。

崔莺莺是个深沉、幽静的少女,她有着美丽的容貌,又"针黹女工、诗词书算"无所不能,却被深深地闭锁在寂寞的闺中,

---

① 《西厢记》第五本,明人便有关汉卿补作说,如王世贞《题画〈会真记〉卷》:"撰《会真》者,元微之;演曲为《西厢记》者,王实甫;续草桥梦以后者,关汉卿。"王骥德等也有此说。近人陈中凡《关于〈西厢记〉杂剧的作者问题》(《光明日报》1961年1月29日),蒋星煜《从明刊本〈西厢记〉考证其原作者》(《明刊本〈西厢记〉研究》,中国戏剧出版社1982),均持此说。

并由于"父母之命、媒妁之言"终身早就许给了"花花公子"郑恒。她无法驱遣自己青春的苦闷,因此在遇到青年书生张珙时,就一见锺情。到"隔墙酬韵"和"佛寺闹斋"之后,她对张生的感情更深了一层。随着她身上爱情萌芽的滋长,她越来越不满于老夫人的约束,并迁怒于红娘的跟随,她说:"俺娘也没意思,这些时直恁般提防着人;小梅香伏侍的勤,老夫人拘系的紧,则怕俺女孩儿折了气分。"在孙飞虎兵围普救寺、张生下书、老夫人许婚之后,莺莺满心欢喜,以为幸福在望;哪知老夫人食言,一场喜事化成无穷苦恼,从而激起了她对母亲的不满:

>……俺娘呵,将颤巍巍双头花蕊搓,香馥馥同心缕带割,长搀搀连理琼枝挫。白头娘不负荷,青春女成担搁,将俺那锦片也似前程蹬脱。俺娘把甜句儿落空了他,虚名儿误赚了我。
>——第二本第四折〔离亭宴带歇指煞〕

在老夫人赖婚之后,莺莺一方面由于老夫人拆散他们的姻缘而开始了内心的反抗,一方面又怕老夫人的威严而不敢行动。作者细致地描绘了她的心理矛盾。她请求红娘为她去张生那里问病,但当她看到张生的回信时,又忽地向红娘发起脾气来:"小贱人,这东西那里将来的?我是相国的小姐,谁敢将这简帖来戏弄我?我几曾惯看这等东西?告过夫人,打下你个小贱人下截来!"她要红娘带信,口说是叫张生"下次休是这般",但寄去的却是约张生月夜私会的诗简。当张生应约而来时,她又翻脸不认帐,把张生教训了一顿。经过几次波折之后,她终于与张生私下成亲。莺莺是个相国小姐,她的家庭教育和贵族身分,使她在热烈追求爱情幸福的时候,不能不产生一些怀疑与顾虑,从而不断加深了她内心的矛盾和精神的苦闷。同时由于封建家庭防范的严密,一个少女在封建社会轻易向人表示爱情时所可能遇到的风险,使她不能不采取隐蔽曲折的方式来达到目的。作者通过一连串的戏剧冲突,既善意地嘲笑她与封建礼教斗争中所流露的弱点,同时细致地描绘了她性格里深沉、谨慎的一面,显示了作者对生活观察的细致、深刻,体现了作者创作的高度艺术技巧。

剧中男主人公张生,在作品里实际是以一个穷书生的身分出现。作者洗刷了董解元《西厢记诸宫调》里过多的轻狂、庸俗的表现,突出了他对爱情的执著和专一。他一见莺莺便深深地爱上了她,并通过联吟、请兵、琴挑等多种方式的真诚努力以获得莺莺的爱情。他为了莺莺而宁愿抛弃功名、废寝忘餐,甚至身染沉疴,对莺莺的爱情一直没有改变。

作为一个书生,作者也写出了他软弱的一面。老夫人赖婚之后,他竟要"解下腰间之带,寻个自尽";莺莺赖简之后,他也说:"此一念小生再不敢举……眼见休也。"但作者更主要的是突出了他对爱情的大胆追求,让他和莺莺在红娘的帮助下取得了爱情的胜利。另外,张生身上某些近于轻狂的表现,是为了迎合市民的低级趣味而加以渲染的,并不符合人物性格发展的主要倾向。

红娘是剧中另一主要人物。她是崔家的婢女,有着一种受压迫受奴役者的是非标准和从这种是非标准出发的正义感。她性格爽朗、乐观、聪明而勇敢,并熟悉这封建家庭内各个人物的性格和弱点,因此不论和莺莺或和老夫人、郑恒的冲突,都显得特别机警和老练。她是帮助崔、张克服自身弱点,并取得爱情美满结局的关键人物,是作品里很有性格特点的人物形象。

红娘最初对崔张的结合并不想有什么帮助。张生第一次遇见她并作一番自我介绍时,她以"得问的问,不得问的休胡说"抢白了他。对于崔张的隔墙酬韵,红娘的态度也是比较冷淡的。但在逐渐看到崔张间的真挚爱情和老夫人的背信弃义之后,便由对崔张的同情进而积极帮助他们,为他们出谋划策、递简传书,并率直而善意地嘲讽他们的弱点,促进他们的结合。她常常不满张生的书呆子气,俏皮地说他是"傻角",是"文魔秀士,风欠酸丁",有时"酸溜溜螫得人牙疼"。在莺莺赖简之后,张生不知所措,红娘就责备他"没人处则会闲磕牙",在《拷红》一折里①,还说他是个"银样蜡枪头"。对莺莺也是这样。莺莺看到红娘带来的张生的简帖,假意发怒,红娘立即指责她"不肯搜自己狂为,则待要觅别人破绽",并进一步揭露她内心的秘密:"对人前巧语花言,没人处便想张生,背地里愁眉泪眼。"红娘对她的批评是如此尖锐:

> 把似你休倚着拢门儿待月,依着韵脚儿联诗,侧着耳朵儿听琴。(白)见了他撇假偌多话:"张生!我与你兄妹之礼,甚么勾当!"(唱)怒时节把一个书生来迭噀。欢时节——(白)"红娘,好

---

① 明清人依照传奇的体裁,替《西厢记》每一折都安了个题目。《拷红》是第四本第二折的题目。

姐姐,去望他一遭!"将一个侍妾来逼临……

——第三本第四折〔紫花儿序〕

在老夫人发觉莺莺与张生的私情之后,莺莺与张生惊慌失措,她从容镇静,勇敢地在老夫人面前为他们辩理:

信者人之根本,……当日军围普救,夫人所许退军者,以女妻之。张生非慕小姐颜色,岂肯区区建退军之策?兵退身安,夫人悔却前言,岂得不为失信乎?……目下老夫人若不息其事,一来辱没相国家谱,……使至官司,夫人亦得治家不严之罪。官司若推其详,亦知老夫人背义而忘恩,岂得为贤哉?

——第四本第二折

她巧妙地应用"以子之矛,攻子之盾"的方法,搬出老夫人百般回护的"家谱"进行反击,说得老夫人无言可对,不得不应允了崔张的婚事。《拷红》一折实际上成了红娘对老夫人的审问和指责,集中地体现了正义对虚伪、爱情对礼教的胜利。

红娘是出于对崔张的同情来为他们奔走出力的。张生曾许她以金帛拜谢,她立即生气地责备了他,这就突出了她热心为人的高贵品质。作者把这种品质集中体现在一个婢女身上,为崔张故事增添了新的民主思想内容。

老夫人代表剧中主要矛盾的一个方面——封建礼教势力。她是治家严肃的相国夫人,一心守着"相国家谱"。当孙飞虎兵围普救寺,莺莺有被"贼汉"抢走的危险时,她曾将莺莺许嫁与任何能够退兵解围的人。但在张生献策,兵退身安之后,便马上变卦,著莺莺对张生以兄妹之礼相见,并打算以金帛来打发张生,充分表现了为了维护封建门第而不顾女儿幸福的严酷面目。

老夫人表面上是爱女儿的,但她爱的具体内容就是严厉的管教与防范,实际上爱的是"相国家谱"。因为她家"无犯法之男,再婚之女",怕辱没了家谱,才舍不得将莺莺献与"贼汉"。一当莺莺违背"相国夫人"的道路而追求真正的幸福时,却硬要拆散他们的姻缘。她好像处处为莺莺着想,却处处给莺莺带来痛苦,成功地塑造了以"慈母"面目出现的封建家长的典型。

作品中的惠明送书,表现了一个火头僧人的豪侠性格,讽刺了僧侣的"僧不僧、俗不俗、女不女、男不男",在基本主题之外反映了更广泛的社会生活,同时塑造了一个佛门叛逆者的形象。

作品最后让张生听老夫人安排上京应试,并一举及第,回来与莺莺团圆,一方面表达了作者"愿普天下有情的都成了眷属"的美好愿望,有它的积极意义,但也在一定程度上表现了对封建势力的让步。

第三节 西厢记的艺术成就和影响

《西厢记》在艺术上也取得了卓越的成就,使它成为我国古典戏剧的现实主义杰作,为明清以来的戏剧创作提供了宝贵的经验。

《西厢记》在艺术上最突出的成就是根据人物的性格特

征,展开了错综复杂的戏剧冲突,完成了莺莺、张生、红娘等艺术形象的塑造。崔张故事里的人物虽不多,但揭示的比较深刻。不仅在老夫人与莺莺、张生、红娘之间存在着根本性的矛盾,而且由于阶级地位、社会环境、生活经历的不同,莺莺、张生、红娘之间也不时引起误会性的冲突。张生一见倾心地爱上了莺莺,但在封建礼教壁垒森严的社会里,一个青年书生要和相国小姐接近是非常困难的,作为相国小姐自然也不容易突破封建礼教的藩篱自由地处理自己的爱情,所以他们只能用"酬韵"、"听琴"等隐蔽的方式来相互倾吐彼此的爱恋;而在遭到重大阻力彼此隔绝时,便只有各自抒发自己的苦闷和相思。作者在这些描绘里充分表现了封建社会青年男女对爱情的共同愿望和追求。但由于封建社会中男女的社会地位不同,他们对待爱情的态度也不可能一样。张生是个缺乏社会经验的青年书生,在追求莺莺时不时流露出狂热的态度,他的深情和弱点都呈露在外面;而莺莺却尽可能地把追求幸福的热情埋藏在内心的深处,表面上显得十分矜持。张生和红娘间也不是没有矛盾的,张生在红娘面前可以更坦率地表示自己的爱情,要求红娘的帮助;但红娘开始并不了解他,而张生身上某些软弱、轻狂等书生气,红娘又看不惯,因此在他第一次遇到红娘时就招致了她的抢白,以后还时常被她嘲弄,张生的那些弱点就在红娘面前表现得更加突出。老夫人是张生获得爱情的主要障碍,在和老夫人的冲突中表现了他对爱情的执著,也表现了他的软弱。张生的形象就在这些人物关系中完整而丰满地表现出来。作者也用同样的方法塑造了莺莺的形象。莺莺热恋着张生,但张生某些近乎轻狂的表现又不能不使她谨慎自己的行动;红娘是莺莺身边惟一可以替她传书递简的人,但在莺莺还没有了解红娘的态度之前,也不能不提防三分。作品的第三本就以红娘为中心,展开她与张生、莺莺之间一连串的戏剧冲突,充分揭示了作为相国小姐的莺莺如何克服封建礼教加在她身上的枷锁的过程。作者用这样的方法描写人物,既可以使人物的性格特征更加鲜明,而且加强了作品的戏剧性,适合舞台演出的要求。

其次,人物性格和情节开展得到了高度的结合,成功地表现了事件曲折复杂的过程。在情节上,就全部剧情发展看,一方面是波澜壮阔,一波未平,一波又起;一方面五本二十一折,一气呵成,结构相当完整。崔张的爱情故事实际上有两条互相关联的情节线索,一是崔、张、红对老夫人的矛盾斗争;一是崔、张、红三人之间的误会性冲突。崔张爱情的产生不能不冲击着封建礼教的壁垒,随着崔张爱情的发展,不但崔、张、红与老夫人的矛盾进一步尖锐起来,同时也引起了他们三人之间的误会性冲突。作者掌握了现实生活中人物的不同性格,合理地安排了事件的主次矛盾,展开故事情节;同时又在故事情节发展过程中突出了各种人物的不同性格。第一本写崔张爱情的发生;第二本写崔张爱情的趋向成熟,并由于老夫人的赖婚,展开了他们和以老夫人为代表的封建势力的第一次激烈的冲突;第三本写崔、张、红三人之间的误会性冲突,并在冲突的展开中克服崔张性格上的弱点,进一步突破封建礼教的束缚;第四本写莺莺和张生最后获得了自由的爱情,并在和老夫人第二次激烈的斗争中取得了胜利;第五本写崔张的最后团圆。第一本、第三本里所描写的是崔张爱情的主线,它们的展开又为第二本、第四本的情节发展作了准备,从而进一步完成崔张的爱情故事。另外,在全剧主要矛盾斗争的前前后后又交织着不同性质、时起时伏的矛盾冲突,例如在老夫人赖婚之后,莺莺和张生几遭扼杀的爱情由于红娘的帮助又进一步成熟。莺莺主动请红娘去问张生的病,送去了约张生月夜相会的简帖,张生满心欢喜,但又意外地出现了莺莺的"赖简"。作品就这样根据人物的不同性格展开戏剧冲突,展现了崔张争取爱情自由的曲折复杂的过程,使《赖简》《拷红》等场面,具有很强的舞台生命力,获得观众的长期喜爱。

第三,作者善于描摹景物、酝酿气氛,衬托人物的内心活动,多数场次饶有诗情画意,形成作品独特的优美风格。

> 对着盏碧荧荧短檠灯,倚着扇冷清清旧帏屏。灯儿又不明,梦儿又不成;窗儿外淅零零的风儿透疏棂,忒楞楞的纸条儿鸣;枕头儿上孤另,被窝儿里寂静。你便是铁石人,铁石人也动情。
> ——第一本第三折〔拙鲁速〕
>
> 人间看波,玉容深锁绣帏中,怕有人搬弄。想嫦娥,西没东生有谁共?怨天公,裴航不作游仙梦。这云似我罗帏数重,只恐怕嫦娥心动,因此上围住广寒宫。
> ——第二本第五折〔小桃红〕

前一支曲子很好地衬托了张生"坐不安,睡不宁"的初恋心情。后一支曲子写赖婚之后,莺莺看月时的情景。作品在许多与此类似的描写里,为全剧酝酿了爱情剧的气氛,增强了作品的艺术感染力量。

第四,选择和融化古代诗词里优美的词句和提炼民间生动活泼的口语,熔铸成自然而华美的曲词。《长亭送别》一折里莺莺的一段唱词最能集中体现《西厢记》在这方面的成就:

> 碧云天,黄花地,西风紧,北雁南飞。晓来谁染霜林醉?总是离人泪。
>
> ——〔正宫·端正好〕
>
> 恨相见的迟,怨归去的疾。柳丝长玉骢难系,恨不倩疏林挂住斜晖。马儿迍迍的行,车儿快快的随,却告了相思回避,破题儿又早别离。听得一声去也松了金钏,遥望见十里长亭减了玉肌:此恨谁知?
>
> ——〔滚绣球〕
>
> 见安排着车儿、马儿,不由人熬熬煎煎的气;有甚么心情花儿、靥儿,打扮的娇娇滴滴的媚;准备着被儿、枕儿,则索昏昏沉沉的睡;从今后衫儿、袖儿,都揾做重重叠叠的泪。兀的不闷杀人也么哥?兀的不闷杀人也么哥?久已后书儿、信儿,索与我恓恓惶惶的寄。
>
> ——〔叨叨令〕

在〔端正好〕一曲里,作者用几个带有季节性特征的景物,衬托出离人的情绪,把读者引向那富有诗情画意的情境里。〔滚绣球〕和〔叨叨令〕两支曲子是朴素自然而具有浓厚生活气息的口语,但一经排比、重叠,又显得流转如珠,倾泻出莺莺与张生分别时的复杂心情。

另外,《西厢记》在主唱脚色的分配和结构的扩大上,对杂剧体制也有所革新和创造。元杂剧的通例是一本四折,每折由一人独唱到底。《西厢记》共五本二十一折,而且部分地打破了一折由一人主唱的限制。

元明以来,《西厢记》一直是最受群众欢迎、流传最广的剧本。从陆天池以及李日华的《南西厢》以来,还不断地出现各种改编本。它在戏剧创作上的影响很大,与它同时的作品如《东墙记》、《㑇梅香》等,都从多方面向它学习。明清以来以爱情为主题的小说戏剧也很少没有受到它的影响的。不仅《牡丹亭》里的杜丽娘曾为崔张的"前以密约偷期,后皆得成秦晋"(见《牡丹亭·惊梦》)所感动,就是《红楼梦》里的林黛玉也极口称赞它的"词句警人,馀香满口"(见《红楼梦》第二十三回),这实际表现了曹雪芹本身对它的感受。

第四章 白仁甫 马致远

第一节 白仁甫

白仁甫,原名恒,以字行,后改名朴,字太素,号兰谷。祖籍隩州(今山西河曲)。他的祖辈没有什么声名,父辈却出了几位有文名的人,这也从侧面反映金章宗时儒学、文学发展的状况。他的伯父白贲,金章宗泰和三年(1202)进士,官至岐山令,精于禅学道书、岐黄之说,是个享名的诗人。叔父宝玺是个和尚,也是诗人。父亲白华,字文举,金宣宗贞祐三年(1215)进士,官至枢密院判官,是金朝著名的文士。

白仁甫于金哀宗正大三年(1226)出生于汴梁(今河南开封),汴梁是金朝的南京。金朝原来的都城是中都(今北京)。中都被蒙古军占领后,迁都于汴梁。白仁甫诞生于金王朝走向灭亡、蒙古帝国兴起的时候。金末文化兴盛,但政治上却矛盾丛生。由于金统治集团内部的斗争,女真族和汉族的矛盾,以及军事指挥的错误,不能抵抗新兴的蒙古帝国军队,终于天兴三年(1234)被蒙古所灭。金首都南京于天兴二年(1233)初,因将领崔立降蒙古而陷落。白华于天兴元年(1232)底随哀帝外出就兵。元好问于正大八年(1231)八月,移家京城。王博文《天籁集序》说:"元、白为中州世契,两家子弟每举长庆故事,以诗文相来往。"白仁甫幼年时值金国覆亡,饱经兵乱,赖诗人元好问多方扶持,并教他读书。国破家亡的悲惨遭遇以及元好问潜移默化的影响,都对他日后的成长有着重要的作用。

他父亲白华天兴二年(1233)在邓州降宋。但宋朝不敢重用金朝抗蒙势力,对金朝降将不予信任;加之在蒙古军队的强大攻势下,南宋边防军中,南、北人的矛盾很激烈。元太宗七年(1235)十月,白华在均州和范用吉(即孛术鲁久住)又一起投降蒙古。白华回到北方后,经过一段漂泊,便带着儿子卜居真定,依附于万户史天泽。真定地区从元太宗十二年(1240)步入恢复发展时期。史氏家族注意延揽文士、振兴文教,所以十三世纪五十年代至七十年代,真定地区文士荟萃,也出现杂剧创作活动的兴盛局面。杂剧作家侯正卿、李文蔚,以及王仲常等,都是白仁甫在真定时期的好友。在这段时间里,白仁甫还曾来往于河南、江淮、燕京等地。中统二年(1261)四月,元世祖忽必烈诏十路宣抚使,要求"举文学才识可以从政及茂才、异等,列名上闻,以听擢用"(《元史·世祖本纪》)。王博文《天籁集·序》记载:"中统初,开府史公将以所业力荐之于朝,再三逊谢,栖迟衡门,视荣利蔑如也。"白仁甫放浪形骸,拒绝出仕,把自己的主要力量用于创作。

至元十三年(1276),白朴五十岁,他随元军南下至九江。次年冬又至岳阳,后又经隆兴再回九江。在这一带飘泊三年。后来因为他弟弟白敬甫在江南诸道行御史台任职,便到维扬(今江苏扬州)。至元十七年(1280),徙居建康(今江苏南京)。至元二十三年(1286),江南诸道行御史台徙治建康,他的朋友王博文任行御史台丞,这两位三十年前结识的朋友又重新会面。到南方以后,他与著名散曲作家胡祇遹、王恽、卢疏斋等都有唱和之作。

至元二十四年(1287),白敬甫改任浙西提刑按察使,他家又迁至平江(今江苏苏州)。白仁甫在至元二十八年(1291)春,同李景安提举游杭州西湖,所写《永遇乐》可能是其现存有事绩可考的最晚的一首词作①。他的后裔直到明初仍住在苏州。

白朴的作品,现存有词一百零五首,词集名《天籁集》,清初始刊刻流传。散曲有小令三十三支,套曲四组,著杂剧十五种:《秋江风月凤凰船》、《唐明皇秋夜梧桐雨》、《鸳鸯简墙头马上》、《韩翠蘋御水流红叶》、《唐明皇游月宫》、《董秀英花月东墙记》、《汉高祖斩白蛇》、《祝英台死嫁梁山伯》、《阎师道赶江江》、《楚庄王夜宴绝缨会》、《萧翼智赚兰亭记》、《泗上亭长》、《崔护谒浆》、《苏小小月夜钱塘梦》、《薛琼琼月夜银筝怨》。今存《唐明皇秋夜梧桐雨》、《鸳鸯简墙头马上》两种,及《韩翠蘋御水流红叶》残文。

《梧桐雨》写李隆基和杨贵妃的爱情故事。杂剧前三折写李隆基自以为太平无事,宠幸杨贵妃,朝歌暮宴,无有虚日,导致"渔阳鼙鼓动地来,惊破霓裳羽衣曲"的安史之乱和"六军不发无奈何,宛转蛾眉马前死"的马嵬兵变,是通过舞台艺术形象表现封建王朝盛极而衰的历史过程的。第四折根据《长恨

---

① 他的词集中有《水龙吟》"丙午秋到维扬"一首。丙午当为大德十年(1306),是否纪年有误,或系混入其弟白敬甫作品,待考。

歌》"春风桃李花开日,秋雨梧桐叶落时"诗意,写安史叛乱平定后,李隆基从西蜀回京,退居西宫,梦见杨贵妃在长生殿设宴,请他赴席,梨园子弟正准备演出,被窗外一阵阵梧桐上的雨声惊醒。他说:"当初妃子舞翠盘时在此树下,寡人与妃子盟誓时亦对此树,今日梦境相寻,又被他惊醒了。"接唱〔滚绣球〕曲:

> 长生殿那一宵,转回廊说誓约,不合对梧桐并肩斜靠,尽言词絮絮叨叨。沉香亭那一朝,按霓裳舞六幺,红牙箸击成腔调,乱宫商闹闹吵吵。是兀那当时欢会栽排下,今日凄凉厮凑着。暗地量度。

当时的欢会带来今日的凄凉,这是白朴从李隆基一生历史中总结出的主题思想,同时带有金亡国的时代特征。然而作者不可能从封建王朝的阶级本质指出它盛极必衰、乐极生悲的必然性,更不可能为这些亡国帝王找到一条摆脱败亡的道路,结果就只能以半是诅咒半是哀挽的大段悲歌结束全剧。

由于白朴重视史实,有以史为鉴的目的;同时又受白居易《长恨歌》的影响,对李杨爱情持肯定的态度。这样就出现一些矛盾。不少人对《梧桐雨》中写到安禄山和杨贵妃的关系持否定态度。我们对照元代王伯成《天宝遗事诸宫调》,便可以看到白朴处理史料的审慎态度。《天宝遗事》用很大篇幅描绘李隆基、安禄山、杨贵妃的"污乱事",写杨妃体态有《杨妃出浴》、《杨妃病酒》、《杨妃梳妆》、《杨妃剪足》、《杨妃绣鞋》等,写李杨的有《玄宗扪乳》、《媾欢杨妃》等,写安杨的有《禄山偷杨妃》、《禄山戏杨妃》等。这在《天宝遗事诸宫调》中占有很大比重,也是俗文学发展中必然出现的倾向。两相比较,可以看出白朴不仅没有有意渲染,而且是有意淡化。

《梧桐雨》的人物形象塑造,由于受白朴的重视史实和借古人酒杯浇自己块垒的影响,对杨贵妃形象的完整性有失当之处。然而,由于剧本集中写长生殿密誓、小宴惊变、马嵬兵变和秋夜梧桐雨,人物形象与戏剧冲突的发展紧密结合,人物的内心世界得到有力的凸现,特别是唐明皇的形象基本确立,此后的戏曲和说唱文学大都以此剧为母本。杨贵妃的形象至洪昇《长生殿》又有进一步的发展。

《墙头马上》是反映封建社会男女爱情问题的优秀作品之一。作品受白居易《新乐府·井底引银瓶》一诗的启发,正面歌颂青年男女对自由婚姻的合理要求和斗争,塑造了李千金的光辉形象。

白居易诗立意是"止淫奔也"。篇之结语也说"寄言痴小人家女,慎勿将身轻许人"。白仁甫则在剧中通过主人公李千金的口说明这姻缘也是天赐的! 一再直白地表露真情,并将古比今说明这姻缘的合理性。如第二折:

> 是这墙头掷果裙钗,马上摇鞭狂客;说与你个聪明的奶奶,送春情是这眉去眼来。则这女娘家直恁性儿乖,我待舍残生还却鸳鸯债。也谋成不谋败,是今日且停嗔过后改,怎做的奸盗拿获。
>
> ——〔菩萨梁州〕

龙虎也招了儒士,神仙也聘与秀才;何况咱是浊骨凡胎。一个刘向题倒西岳灵祠,一个张生煮滚东洋大海。却待要宴瑶池七夕会,便银汉水两分开;委实这乌鹊桥边女,舍不得斗牛星畔客。

——〔牧羊关〕

第四折:

告爹爹奶奶你听分诉,不是我家丑事,将今喻古。只一个卓王孙气量卷江湖,卓文君美貌无如。他一时窃听求凰曲,异日同乘驷马车,也是他前生福。怎将我墙头马上,偏输却沽酒当垆。

——〔耍孩儿〕

作品正面歌颂了青年男女争取自由婚姻的合理要求;塑造了大胆追求爱情,勇敢同封建礼教作斗争的李千金的光辉形象。她和崔莺莺的性格迥然不同,当她初见裴少俊以后,就明白地表示了自己的爱慕感情:"既待要暗偷期,咱先有意,爱别人可舍了自己。"她央着梅香为她传送简帖。当他们的约会被嬷嬷发现时,她便理直气壮地为自己的行为辩解。嬷嬷放她和裴少俊私奔,在裴家后花园住了七年,后来被裴少俊的父亲发觉。当裴少俊被迫将她休弃时,她表现得非常坚强。她说:"是与非须辨别","这姻缘也是天赐的"。她还批评了丈夫裴少俊的软弱:

休把似残花败柳冤仇结,我与你生男长女填还彻,指望生则同衾,死则共穴。唱道题柱胸襟,当垆的志节,也是前世前缘,今生今业,少俊呵,与你乾驾了会香车,把这个没气性的文君送了也。

——〔鸳鸯煞〕

裴少俊考中状元,要求与李千金重作夫妇,她先是毅然拒绝了这个要求,表现出李千金刚强的性格;后来由于儿女求情她才答应。她坚定地认为自己的行为正确。"怎将我墙头马上,偏输却沽酒当垆",这就把李千金的形象,进一步提到了新的高度。李千金的形象大胆、泼辣,但并不流于轻浮。作品充分表现了她对裴少俊和儿女的深挚感情,写得真切动人。

第二节 马 致 远

马致远,号东篱,大都(今北京)人。生卒年不详。他的年辈晚于著名杂剧作家白朴、关汉卿,而声名与之相颉颃;又早于张可久,张可久散曲〔双调·庆东原〕《次马致远先辈韵九篇》,称马致远为先辈。这些作家中,已知白朴生于1226年,张可久至正初七十馀岁,约生于1270年左右。据此推算,马致远约生于1250年(元海迷失后称制二年)左右。马致远有散曲〔中吕粉蝶儿〕《至治华夷》,一般认为是元英宗至治改元(1321)时的作品;周德清于元泰定帝泰定元年(1324)所写的《中原音韵序》则说马致远等名公已死,因而我们又可推定马致远约卒于1321年或稍后。他活动于元朝元世祖、成宗、武宗、仁宗、英宗时期。

马致远的先辈可能是随金室南迁,在蒙古灭金,北方政局逐渐稳定后,又迁回大都地区的文士。他青年时代曾经追求功名,"且念鲰生自年幼,写诗曾献上龙楼"(〔黄钟·女冠子〕套),但仕路却很不顺利。他在大都先后生活了大约二十年,他自己说:"九重天,二十年,龙楼凤阁都曾见"(〔双调·拨不断〕);又经历了"二十年飘泊生涯"(〔大石调·青杏子〕《悟迷》)。但他的行踪还是不易考察清楚。元成宗元贞初,仍在大都,后曾任江浙行省务官,任职的时间可能在大德(1297—1307)时期。他晚年可能隐居江南。

马致远的交游范围以文人为主,但与艺人也有密切交往。可考者有卢疏斋、刘致、王伯成、李时中、红字李二、花李郎等。贾仲明〔凌波仙〕吊词称:"万花丛里马神仙,百世集中说致远,四方海内皆谈羡。战文场,曲状元,姓名香贯满梨园。"

马致远著有杂剧十五种:《刘阮误入桃源洞》、《吕太后人彘戚夫人》、《江州司马青衫泪》、《风雪骑驴孟浩然》、《吕洞宾三醉岳阳楼》、《王祖师三度马丹阳》、《太华山陈抟高卧》、《孟朝云风雪岁寒亭》、《冻吟诗踏雪寻梅》、《吕蒙正风雪斋后钟》、《大人先生酒德颂》、《孤雁汉宫秋》、《半夜雷轰荐福碑》、《马丹阳三度任风子》、《开坛阐教黄粱梦》。现存七种:《半夜雷轰荐福碑》、《江州司马青衫泪》、《吕洞宾三醉岳阳楼》、《孤雁汉宫秋》、《开坛阐教黄粱梦》、《太华山陈抟高卧》、《马丹阳三度任风子》。

《汉宫秋》是元人杂剧中优秀作品之一。据《汉书·匈奴传》、《后汉书·南匈奴传》载:汉元帝竟宁年间,匈奴呼韩邪单于来朝,请求和亲,昭君自愿出塞,以增强汉、匈民族团结。马致远写《汉宫秋》,把故事改为汉元帝时国势衰弱,奸臣毛延寿因求贿不遂,丑化王昭君的画像,事发叛国,勾引匈奴兵犯境,满朝文武束手无策,昭君被迫出塞和番,行至汉匈交界的黑江,投江自杀。它暗示读者,一个招权纳贿的权奸,一旦罪恶败露,就有可能叛国投敌;而一个真正热爱祖国的志士,在面临国家民族的危难时,应挺身而出,不惜牺牲自己的生命,以捍卫国家民族的尊严。从这个思想内容来看,《汉宫秋》杂剧的产生和流传,是元灭金、灭宋的历史转折时期统治集团内部矛盾与民族矛盾在戏曲舞台上的集中反映,表现了爱国主义的思想倾向。第四折写汉元帝在秋夜雁声中对昭君的思念,也渗入了作者对民族矛盾中许多人家破人亡的感慨。决定于作者的历史和阶级局限,他不可能理解历史上王昭君出塞和亲的积极意义,对汉元帝过于同情和美化,感伤情调也较浓。

《汉宫秋》在艺术上有较高的成就。第三折通过深秋的萧瑟和深宫的冷落衬托离情别绪。第四折借长空孤雁的悲鸣,抒发元帝对王嫱(昭君)的怀念,都写得很动人。如第三折里元帝送别昭君后唱的曲词:

说什么大王不当恋王嫱,兀良!怎禁他临去也回头望。那堪这散风雪旌节影悠扬,动关山鼓角声悲壮。

——〔七弟兄〕

呀!俺向这迥野悲凉,草已添黄,兔早迎霜①。犬褪得毛苍,人拥起缨枪,马负着行装,车运着糇粮,打猎起围场。他、他、他伤心辞汉主,我、我、我携手上河梁。他部从入穷荒,我銮舆返咸阳。返咸阳,过宫墙;过宫墙,绕回廊;绕回廊,近椒房;近椒房,月昏黄;月昏黄,夜生凉;夜生凉,泣寒螀;泣寒螀,绿纱窗;绿纱窗,不思量。

——〔梅花酒〕

---

① 《元曲选》作"色早迎霜",此处据《雍熙乐府》改。"迎霜兔"为元人常用语,睢景臣《高祖还乡》:"一面旗白胡阑套住个迎霜兔。"

>呀,不思量除是铁心肠,铁心肠也愁泪滴千行。美人图今夜挂昭阳,我那里供养,便是我高烧银烛照红妆。
>
>——〔收江南〕

这里的一景一物都深深染上了悲凉的色彩,缠绵往复地写出了元帝内心的忧伤。

《岳阳楼》写吕洞宾度脱柳树精的故事。吕洞宾,唐末、五代著名道士。河中府永乐(今山西永济)人。少习儒、墨,举进士不第,遂浪迹江湖。吕洞宾是中国人最尊崇的道教神仙,元至大三年(1310),元武宗封吕洞宾为纯阳演正警化孚佑帝君。山西永济永乐宫壁画有吕洞宾在岳州巴陵县白鹤山度老松精和再度老松精后身郭上灶的故事。与剧中情节相类似,剧中所度为柳树精。作品描写吕洞宾初上岳阳楼,眺望江山,抒发自己的胸怀:

>自隋唐,数兴亡。料看这一片青旗,能有的几日秋光。对四面江山浩荡,怎消到我几行儿醉墨淋浪。
>
>——〔鹊踏枝〕

描写他再次登上岳阳楼,哭了又笑,笑了又哭:

>你看那龙争虎斗的旧江山!我笑那曹操奸雄,我哭呵哀哉霸王好汉。为兴亡笑罢还悲叹,不觉到斜阳又晚。想咱这百年人,则在这捻指中间。空听到楼前茶客闹,争似江上野鸥闲,百年人光景皆虚幻。我觑你一株金线柳,犹兀自闲凭着十二玉阑干。
>
>——〔贺新郎〕

其间都寄寓着作者对兴亡变化的慨叹。

"雷轰荐福碑"是当时社会上普遍流传的故事,俗语有"时来风送滕王阁,运去雷轰荐福碑"的说法。本事见宋释惠洪《冷斋夜话》载范仲淹镇守饶州时,助一穷书生拓荐福寺内欧阳询书碑文出售,碑却夜为雷所毁。剧本通过主人公的贫困遭遇,反映了元代儒士的生活面貌,如第一折:

我本是那一介寒儒,半生埋没红尘路。则我这七尺身躯,可怎生无一个安身处?

——〔仙吕·点绛唇〕

常言道七贫七富,我便似阮籍般依旧哭穷途。我住着半间儿草舍;再谁承望三顾茅庐?则我这饭甑有尘生计拙,越越的门庭无径旧游疏。(带云)常言道:三寸舌为安国剑,五言诗作上天梯。(唱)既有这上天梯,可怎生不着我这青霄步?我可便望兰堂画阁,划地着我瓮牖桑枢。

——〔混江龙〕

元代儒生的仕进道路与前代相比有不少变化。元初科举停顿,一直到元仁宗延祐时期,才开始恢复。那已是马致远暮年的事情。元世祖时将业儒人家列为儒户,与僧道等宗教人士同等对待。儒户规定免除地税、商税之外的一切杂泛差徭,儒生还可以得到一定的廪给膏火之资。当时要想出仕,若不是权势之家,多靠大臣举荐,或充任吏员。但享有儒户待遇,或充当吏员的只是部分儒士,得到举荐更是少数。有的在朝代变移之际沦为奴隶,没有得到解脱;很多下层文人生活十分困苦。《荐福碑》使读者可以看到他们的处境和心态。作品还直接抨击了现实社会中贤愚不分、是非颠倒的现象。又如第一折：

> 这壁拦去贤路，那壁又拦住仕途。如今这越聪明越受聪明苦，越痴呆越享了痴呆福，越糊涂越有了糊涂富，则这有银的陶令不休官，无钱的子张学干禄。
>
> ——〔幺篇〕

〔醉扶归〕中所说"这厮蠢则蠢家豪富，富则富腹中虚"，这些话都抒发了元代知识阶层的愤懑。

《青衫泪》是依据白居易的《琵琶行》敷衍而成的。但情节纯属虚构，与史实距离甚远。剧写：唐宪宗时白居易为吏部侍郎，与元稹、贾岛、孟浩然交好。长安名妓裴兴奴，善弹琵琶，白居易、贾岛、孟浩然往访。裴兴奴与白居易相恋。宪宗不尚浮华，贬谪文臣。白居易被贬江州后，商人刘一郎伪造书信，诈称白居易亡故，然后强娶裴兴奴而去。白居易在江州送别元稹，巧遇裴兴奴。元稹奏明圣上，白居易官复原职，终得团圆。

这部作品写士子、妓女与商人的婚姻纠葛，赞扬士子与妓女的恋情，批判以利取色的商人，同情士子与妓女沦落失时的共同命运。

《黄粱梦》故事，在唐代有沈既济所著传奇小说《枕中记》，写吕翁与卢生事，至金元时，则附会为锺离权度脱吕洞宾，并已成为全真教教祖神圣事迹，流传极广。马致远的《黄粱梦》

是末本戏,正末在第一折扮太极真人锺离权,第三、四折扮院公、由锺离权幻化的樵夫、邦老。剧写:东华帝君命太极真人锺离权度化吕洞宾。在邯郸道黄化店,锺劝吕修道,吕坚决不肯,一心追求功名。吕洞宾困倦,锺使他在梦中经历了人世间的酒色财气。梦醒后,临睡时店婆所烧黄粱饭尚未煮熟,于是悟道成仙。

马致远等人的《黄粱梦》与《枕中记》相较,《枕中记》只是表现"富贵如过眼烟云"的虚幻思想,而《黄粱梦》则揭示了统治阶级的丑恶,表现了作者对现实的否定。《黄粱梦》是元杂剧中"神仙道化"剧的代表作之一。马致远执笔的第一折〔仙吕点绛唇〕套曲中叙说神仙之乐的几支曲子的曲辞被誉为绝唱(见青木正儿《元人杂剧概说》):

〔金盏儿〕上昆仑,摘星辰,觑东洋海则是一掬寒泉滚,泰山一捻细微尘。天高三二寸,地厚一鱼鳞。抬头天外觑,无我一般人。

〔后庭花〕我驱的是六丁六甲神,七星七曜君。食紫芝草千年寿,看碧桃花几度春。常则是醉醺醺,高谈阔论,来往的尽是天上人。

〔醉中天〕俺那里自泼村醪嫩,自折野花新。独对青山酒一尊,闲将那朱顶仙鹤引。醉归去松阴满身,泠然风韵,铁笛声吹断云根。

〔金盏儿〕俺那里地无尘,草长春,四时花发常娇嫩,更那翠屏般山色对柴门。雨滋棕叶润,露养药苗新。听野猿啼古树,看流水绕孤村。

马致远所追求的生活境界,虽然具有宗教色彩,但更主要表现了"真人"心性清净,使自己在精神上与大自然融为一体。

马致远所写的宗教剧多是演述全真教的事迹。全真教,道教流派。该教汲取儒、释思想,声称三教同流,主张三教合一。以《道德经》、《般若波罗蜜多心经》、《孝经》为主要经典。全真教在动乱时期,倡导"以识心见性,除情去欲,忍耻含垢,苦己利人为宗"(元李道谦《甘水仙源录》)。是当时部分知识分子隐身避世的一个归宿。马致远的神仙道化剧,表现出他的思想与全真教完全合拍,以及他遵奉全真教的态度。

第五章　元前期杂剧其他作家和作品

元前期除白仁甫、关汉卿、马致远、王实甫外，还出现了康进之、高文秀、纪君祥、尚仲贤、杨显之、石君宝、郑廷玉、武汉臣等著名杂剧作家，创作了《李逵负荆》、《赵氏孤儿》、《赚蒯通》、《潇湘雨》、《秋胡戏妻》、《看钱奴》等优秀作品，共同形成了元前期剧坛的繁荣景象。

第一节　康进之　高文秀

元代，北宋宋江等起义的故事传说成为杂剧的重要题材之一。元代水浒戏存目有三十馀种，现传有《李逵负荆》、《双献功》等六、七种。康进之和高文秀是这方面有代表性的作家。

康进之，棣州（山东惠民）人。他的《李逵负荆》是现传元人水浒戏里优秀的作品。《李逵负荆》写在梁山附近杏花庄开酒店的老王林，被冒称宋江、鲁智深的恶棍抢去了女儿满堂娇。正逢李逵来店饮酒，王林向他哭诉。李逵听了大怒，回山斥责宋江。宋江为辨明事实，同他下山质对。李逵在认识了错误之后，回山向宋江负荆请罪。恰好两个恶棍又送满堂娇回门,王林上山报信,宋江即指派李逵下山捉拿,"将功折罪"。最后,全剧在庆功声中结束。

李逵是元代水浒戏中最重要的角色,半数的水浒戏是以他为主人公的。《李逵负荆》充分表现了李逵扶困济危和勇于改过的精神。当他听到王林说女儿被宋江、鲁智深抢走,并拿出红绢褡膊为见证时,便怒气冲天地回山追查,对宋江、鲁智深进行了辛辣的嘲弄。但当真相大白后,又马上负荆请罪。作者对这一英雄人物的刻画又极为细致、生动,如第二折李逵与宋江、鲁智深下山质对时的一段曲白:

> (正末唱)非铁牛,敢无礼,既赌赛,怎翻悔?莫说这三十六英雄一个个都是弟兄辈……(云)众兄弟每(们)都来听着!(宋江云)你着他听什么?(正末云)俺如今和宋江鲁智深同到那杏花庄上,只等那老王林道出个是字儿,你那做媒的花和尚休要怪,我一斧分开两个瓢,谁着你拐了一十八岁满堂娇?单把宋江一个留将下,待我亲手伏侍哥哥这一遭。(宋江云)你怎生伏侍我?(正末云)我伏侍你,我伏侍你:一只手揪住衣领,一只手揸住腰带,滴溜扑摔个一字,阔脚板踏住胸脯,举起我那板斧来,觑着脖子上,可叉!(唱)便跳出你那七代先灵,也将我来劝不得!

这段曲白既表现李逵火暴的性格,切合他和宋江、鲁智深及梁山泊众兄弟之间的人物关系,又声口逼真,情态如见,包含着许多戏剧动作,适合于舞台演出的要求。

作者写梁山环境与人物性格,既按照生活本身的逻辑,概括了现实的素材;同时赋予环境与人物以理想的色彩。作品又是一个有典型意义的幽默性的喜剧。作者通过喜剧冲突巧妙地突出了李逵性格的两个方面：他对梁山事业的爱护、对受迫害者的同情和他轻信人言、易于激动的缺点。他的轻信人言、易于激动，使我们感到好笑；而他的关爱受迫害者，忠于梁山事业，又使我们觉得可爱，这就使它可以和《看钱奴》、《风光好》等讽刺性喜剧明显地区别开来。此外，如第一折写王林边哭边为李逵打酒，第二折写李逵摹仿王林的样子在宋江面前哭诉满堂娇的被抢，第三折写王林打开门把李逵当做满堂娇抱着哭，也都表现了作者善于掌握喜剧的关目处理。

高文秀，东平（山东东平）人。东平，在元初为山东西路行省治所，是北方经济发展、社会安定的地区。东平也是元初杂剧荟萃之地。高文秀是东平地区有代表性的作家，有小汉卿之称。已知所作剧目三十二种。他编的水浒戏最多，其中有八种是"黑旋风"的戏，现仅存《双献功》一种。《双献功》中的权豪势要白衙内竟随意借个大衙门坐堂，等被他拐了妻子的孙孔目来告状，就轻易把他打下死囚牢里，突出反映了当时社会的黑暗。后来幸得李逵化妆成庄稼汉去探监，才瞒过了牢子，救出了孙孔目。这不只表现了李逵只身深入敌人营垒的勇敢和机智，同时通过粗人用细这一喜剧性的安排，取得了一定的艺术效果。

他的历史剧有七种，今存《谇范叔》、《渑池会》、《襄阳会》三种。《渑池会》通过蔺相如的公而忘私，廉颇的勇于改过，表现了团结御侮的主题思想。是同《李逵负荆》性质相似的喜剧。体现在蔺相如身上的关心人民疾苦的思想，赋予了这个历史题材以新的思想内容。

同上述作家作品风格相近的,有无名氏杂剧《陈州粜米》。《陈州粜米》写"陈州亢旱三年,六料不收,黎民苦楚,几至相食"。刘衙内保举自己的儿子小衙内和女婿杨金吾去陈州粜米,把五两银子一石的米改作十两银子,米里掺上些泥土糠秕。还要用八升小斗量米,加三大秤进银。刚直的张憋古同他们辩理,小衙内用皇帝赐予的紫金锤打死了他。后来小憋古到包公处告状,包公运用智谋先斩了杨金吾,再让小憋古用紫金锤打死了小衙内,又利用刘衙内请来的"只赦活的,不赦死的"的赦书,赦免了小憋古,收到了大快人心的喜剧效果。

《陈州粜米》的突出成就是塑造了一个敢于向黑暗政治作斗争的张憋古的形象。张憋古对"穷民百补破衣裳,污吏春衫拂地长"的现实深感不平,他知道"一合米关着八、九个人的命",因而在斗争中那么理直气壮。后来他发现了仓官的营私舞弊,就骂他们是"吃仓廒的鼠耗,咂脓血的苍蝇",是"饿狼口里夺脆骨,乞儿碗底觅残羹"。直到他被紫金锤打得快死了,仍不忘惩办这些害民贼。他说:"我便死在幽冥,决不忘情。"张憋古这个具有强烈反抗性的下层人物形象的塑造,是元人杂剧的新成就。

剧中的清官包公不像其他剧本那样把他神化,而写出了他在奸邪当道时的内心苦闷。他的"及早归山去"的思想是当时黑暗政治在作品中的投影。但作品所着力描写的仍是他铁面无私、为民除害的精神,在他所进行的一连串斗争里,表现了他的机智沉着,寄托了人民的理想。

第二节　纪君祥　尚仲贤

元人杂剧里有不少以历代军事、政治斗争为题材的剧目，在大都是在民间传说的基础上写成的，如《赵氏孤儿》、《昊天塔》、《单鞭夺槊》、《赚蒯通》等。这些剧目在舞台上有深远的影响，和历史演义小说有密切的关系。纪君祥和尚仲贤都在这方面留下了比较成功的作品。

纪君祥，大都人。他的《赵氏孤儿》演述春秋晋灵公时赵盾与屠岸贾两个家族的矛盾斗争。《左传》、《国语》都有关于这一史实的记载，《史记》中《赵世家》、《晋世家》、《韩世家》进一步突出了忠奸斗争，明确为正义与邪恶的较量。作品写权奸屠岸贾将忠良赵盾满门杀绝，并诈传灵公之命害死驸马赵朔，囚禁公主。公主在禁中生了赵氏孤儿，然后围绕孤儿命运展开一系列的斗争。通过屠岸贾的"搜孤"与程婴、韩厥、公孙杵臼等的"救孤"，既揭露了屠岸贾的凶残，又突出了程婴等的义烈，构成一部表现忠臣义士和权奸斗争的壮烈悲剧。

程婴面对屠岸贾"有盗出孤儿者，全家处斩，九族不留"的榜文，从严密监守的公主府里把赵氏孤儿偷带了出来；韩厥不愿意将孤儿"献出去图荣进"，"利自己损别人"，放走程婴与孤儿，并自刎而死以取信于程婴。在屠岸贾又要"把晋国内凡半岁之下一月之上新添的小厮"全部杀害以灭绝赵氏孤儿时，程婴为报赵朔平日优待之恩和救晋国小儿之命，又和公孙杵臼商量，一个牺牲了自己的孩子，一个献出了自己的生命，终于救出了赵氏孤儿。

剧本在表现屠岸贾的残暴与奸诈的同时,突出了程婴、公孙杵臼等自我牺牲的高贵品质,收到了很好的舞台效果,几百年来上演不息。但作品过多渲染程婴的报恩思想,以及他对韩厥、公孙杵臼的不信任,也有损于这个人物形象的光辉。

尚仲贤,真定(河北正定)人,曾任江浙行省务官。他的《单鞭夺槊》写尉迟恭榆科园单鞭跃马救秦王的故事,和《旧唐书》、《新唐书》等的记载相近。作品突出了尉迟恭的英武形象,有力地揭露了李元吉公报私仇、嫉贤害能的丑行,情节较紧凑,语言也朴素,在写唐代故事的杂剧中影响比较深远。

另外,他的《柳毅传书》是在唐代传奇小说《柳毅传》的基础上写成的。它在保持柳毅富有正义感、乐于助人等品质的同时,加强了柳毅与龙女三娘的爱情描绘,和李好古根据民间传说写成的《张生煮海》成为元杂剧中两个较好的人神结合的爱情戏。它们以浪漫主义手法批判了家长制的婚姻,同时表现了青年男女对爱情幸福的大胆追求。

《昊天塔》和《赚蒯通》都是无名氏的作品。《昊天塔》是描写民间传说的杨家将戏。作品谴责了奸臣的卖国罪行,歌颂了杨令公的壮烈殉国,并在杨六郎等盗取杨令公骨殖的过程中塑造了孟良、杨五郎等民族英雄的形象。孟良有着"喝一喝,骨碌碌的海沸山崩;瞅一瞅,赤力力的天摧地塌"的神勇,当他们潜入敌境盗取骨殖,敌人发兵追赶时,他自请一人截后。杨五郎出家多年,是一个"天不怕地不怕"的"佛门弟子",当杨六郎被敌将韩延寿追赶到五台山兴国寺时,兄弟各不相识,曾引起一场误会;后来弄清情况,弟兄协力,把韩延寿诱进兴国寺内处死,表现了团结御侮的精神。该剧由正末分别扮演杨令公、孟良、杨五郎三人,刻画了三位同中有异的英雄形象。

《赚蒯通》通过蒯通对萧何的辩论,塑造了蒯通的策士形象。根据《史记》、《汉书》的记载,蒯通在韩信被斩之后对汉高祖说的一番话,虽然也替韩信辩护,却更多地为自己开脱。而《赚蒯通》则把秦汉之际一些策士的辩才和功臣被陷害的事实融化在蒯通同萧何的辩论中,成功地表现了这场政治斗争,揭露了统治阶级内部的矛盾,是元杂剧中历史真实和艺术真实结合得较好的作品之一。

第三节　杨显之　石君宝

杨显之、石君宝是擅长描写受压迫妇女的反抗斗争的杂剧作家,作风同关汉卿相近。

杨显之,大都人。《录鬼簿》说他是关汉卿的"莫逆之交",并说关汉卿的创作是经常跟他商量的。贾仲名吊他的〔凌波仙〕词说:"么末中补缺加新令,皆号为杨补丁。"么末就是杂剧,可见他是当时修改杂剧的能手。今存杂剧《潇湘雨》、《酷寒亭》两种。《潇湘雨》的舞台生命更长久,影响也更大。

《潇湘雨》通过书生崔通的富贵弃妻,暴露了封建统治阶级的趋炎附势,负心忘本。崔通和张翠鸾结婚时,曾许下誓愿:"小生若负了你呵,天不盖,地不载,日月不照临。"但当他中了状元,试官愿意招他为婿时,他便"宁可瞒昧神祇,不可坐失良机",竟说"实未娶妻",和试官的女儿结婚了。当翠鸾孤苦伶仃地找上门来,他竟诬蔑她是偷了东西逃跑的奴婢,判罪解往沙门岛,并阴谋在路上害死她。这就把崔通阴险毒辣的嘴脸和卑污的灵魂充分地展现出来,有深刻的社会意义。作品对张翠鸾被遗弃、被迫害的冤苦也描写的极为动人,但是出于"女不二嫁"的封建观念,张翠鸾终于和崔通妥协。

作品的语言本色而流畅。第三折通过张翠鸾带枷走雨,写出她悲苦的心情,相当动人。

> 则见他努眼撑睛大叫呼,不邓邓气夯胸脯。我湿淋淋只待要巴前路。哎!行不动我这打损的身躯。我捱一步又一步何曾停住,这壁厢那壁厢有似江湖。则见那恶风波他将我紧当处,问行人踪迹消疏。似这等白茫茫野水连天暮,你着女孩儿怎过去?
> ——〔刮地风〕

> 他、他、他,忒狠毒;敢、敢、敢,昧己瞒心将我图。你、你、你,恶狠狠公隶监束;我、我、我,软揣揣罪人的苦楚。痛、痛、痛,嫩皮肤上棍棒数;冷、冷、冷,铁锁在项上拴住。可、可、可,干支剌送的人活地狱;屈、屈、屈,这烦恼待向谁行诉?……
> ——〔古水仙子〕

第四折临江驿父女相逢一场,将翠鸾父亲对女儿的思念,翠鸾的哭诉,驿丞和解子的吵闹,父女的会面等情节交织起来,组成了全剧的高潮,表现了作家在关目处理上的才能。

石君宝,平阳(山西临汾)人。金末元初,平阳地区承袭汴京地区流播而来的杂剧,成为北方杂剧活动中心之一。石君宝是平阳地区有代表性的作家,他著有杂剧十种,现传有杂剧《秋胡戏妻》、《曲江池》和《紫云亭》三种,都是描写下层妇女的痛苦遭遇和斗争精神的。

《秋胡戏妻》事见刘向《列女传》,后成为广泛流传的民间故事。剧中主角罗梅英刚结婚三天,丈夫秋胡就被勾去当兵。梅英在家坚贞自守,历尽了千辛万苦。十年后秋胡得官回家,在桑园偶然相会,夫妻已不相识,秋胡竟"倚强凌弱",把她当人家的妻子调戏。当梅英知道这就是自己盼望多年的丈夫时,她气愤极了,坚决要讨休书,最后婆婆以自杀胁迫,她才认了丈夫。

罗梅英作为封建社会的妇女,不可能摆脱"烈女不事二夫"的贞节观念;但作品主要反映了她忠于爱情、蔑视富贵、具有强烈反抗性的劳动人民品质。她为了夫妻和顺相处,宁可嫁穷苦艰难的秋家,却不愿"拣取一个财主"。秋胡被勾去当兵后,她替人"缝联补绽、洗衣刮裳、养蚕择茧"来养活婆婆。虽然连自己的父母、婆婆在李大户的威逼、利诱下也来劝她改嫁,但她毫不动摇。当秋胡在桑园里拿黄金引诱她时,她愤怒地揭露了他的卑污灵魂:"哎!你个富家郎惯使珍珠,倚仗着囊中有钞多声势,岂不闻财上分明大丈夫,不由喒生嗔怒,我骂你个沐猴冠冕,牛马襟裾。"最后秋胡以武力威胁她,她仍是神态凛然,坚贞不屈:

> 你瞅我一瞅,黥了你那额颅;扯我一扯,削了你那手足;你汤我一汤,拷了你那腰截骨;招我一招,我着你三千里外该流递;搂我一搂,我着你十字堵(街)头便上木驴。哎!吃万剐的遭刑律,我又不曾掀了你家坟墓,我又不曾杀了你家眷属。
>
> ——〔三煞〕

虽然作品不可能给罗梅英安排别的结局,仍是夫妇团圆,但罗梅英说自己一度要和秋胡离异,是为了"整顿我妻纲",多少含有提高妻子在家庭中的地位的内容,依然有它的积极意义。

作品的语言本色泼辣,接近关汉卿,很好地刻画了人物心理。在元人杂剧中是思想性艺术性都达到相当高度的作品。

《曲江池》根据《李娃传》写成。在主题思想的鲜明性和人物形象的生动性上都比原作有较大的提高。作品集中揭露了封建伦理的虚伪残酷,歌颂了妓女李亚仙和书生郑元和的爱情,风格同关汉卿的《金线池》相近。

第四节 郑廷玉、武汉臣及其他作家

元代前期除大都、真定、东平、平阳等地外,彰德、济南、亳州、太原,大同、京兆等地也是杂剧活跃的地区。

郑廷玉,彰德(河北彰德)人。今存杂剧《看钱奴》、《后庭花》、《疏者下船》、《忍字记》、《金凤钗》五种。《看钱奴》写财主周荣祖家"福力所积,阴功三辈",为"一念差池,合受折罚"。而平时不敬天地,"本当冻饿而死"的穷贾儿,因在佛像面前百般祈求福禄,神灵体念上帝"不生无禄之人",遂将周家的福力借与他二十年。结果周荣祖受了二十年贫穷的折罚,穷贾儿享了二十年他人的富贵。人物就在自己不可知的命运中完成了神灵的安排,周家的财富二十年后又丝毫不差地回到了自己的手中。作品宣扬了神佛的威力和因果报应、富贵在天的迷信思想。但其中刻画财主的悭吝与狠毒,揭示了阶级社会中人们的精神面貌,仍有它的现实意义。

"雪中卖子"一场和贾仁病死时的描写,突出地刻画了一个守财奴的形象。他买周荣祖的儿子又舍不得"恩养钱",咬几次牙才出了两贯钱。周荣祖不肯,他反赖人家反悔,要罚他一千贯钱。还把周荣祖硬推出门,嗾狗咬他。他自己说,一次走到街上,一个店里正烧鸭子,他便推买鸭子,着实地挃了一把,油了五个指头。回家吃饭,一碗饭咂一个指头,一会瞌睡上来,剩下的小指头被狗餂了,便一气得病。临死还嘱咐儿子把他剁成两截装在马槽里,免得买棺材。流落叫化的周荣祖对财主的痛骂,也道出了穷人对不平社会的愤怒与诅咒:

> ……似这等无仁义愚浊的却有财,偏着俺有德行聪明的嚼齑菜,这八个字穷通怎的排?则除非天打算日头儿轮到来。发背疔疮是你富汉的灾,禁口伤寒着你这有钱的害,有一日贼打劫火烧了你院宅,有一日人连累抄没了旧钱债。恁时节合着锅无钱买米柴,忍饥饿街头做乞丐,这才是你家破人亡见天败。……
>
> ——〔随煞〕

武汉臣,山东济南人。今存杂剧《生金阁》、《老生儿》二种。《生金阁》描写一个"打死一个人如捏死一个苍蝇"的庞衙内,强占了穷秀才郭成的宝物生金阁,还要霸占郭成的妻子李幼奴。郭成不从,便被铡死,而且因为嬷嬷同情幼奴,又害死了嬷嬷。这就比较尖锐地反映了权豪势要的横行霸道,无法无天。但作者写郭成的死是逃避不了的"血光灾",又在舞台上出现了提头鬼和娄青勾鬼的场景,这就使作品笼罩了一种浓厚的宿命论思想和恐怖气氛。《老生儿》围绕子嗣与财产继承权引起的矛盾,反映了封建的伦理关系、道德观念,以及社会风尚、人情世态。

李行道的《灰阑记》、孟汉卿的《魔合罗》都是元人公案戏里比较成功的作品,对倚强凌弱、虚伪欺诈的社会风气和吏治的黑暗揭露比较深刻。《灰阑记》中包公用"灰阑拉子"断案的事迹,突出地体现了人民传说中包公明断是非的智慧。"魔合罗"是梵语的音译,指宋元时用土、木、蜡、玉等制成人形的七夕乞巧的神物。民间多用泥塑。《魔合罗》以魔合罗为贯穿全剧的关键,把人物纠葛、戏剧情节的发展,纠结在一起,使结构紧凑,戏剧效果强烈。

此外,戴善夫的《风光好》是一部独具特色的讽刺喜剧。作品成功地刻画了陶学士伪善的精神面貌。女真族作家李直夫的《虎头牌》颂扬了山寿马法不徇私的精神,记录了女真族的风俗习惯。代表了元杂剧不同方面的成就。

第六章 元后期杂剧

第一节 杂剧的南移和创作的衰微

在宋金对峙时期,南宋经济远比金国统治下的北方繁荣。在元朝攻宋的过程中,南方经济上所遭受的破坏也比北方为轻。随着南方城市经济和文化的迅速恢复和发展,杂剧创作活动中心逐渐由大都移向杭州。从大德末年直到元末是元杂剧发展的后期阶段。

后期杂剧作家有姓名可考的有二十多人,有作品流传下来的有十多人。他们绝大多数是南方人,如金仁杰、杨梓、范康、萧德祥、王晔、沈和甫等;也有流寓在南方的北籍作家,如郑光祖、宫天挺、乔吉、曾瑞卿和秦简夫等。

杂剧创作中心南移后,仍保持繁盛局面,但作品所反映的社会内容和艺术风格却发生了变化。爱情剧、文人事迹剧增多,文采派占据了主导地位。郑光祖、乔吉、宫天挺是这一趋向的代表。元后期明初期是戏曲表演形式的嬗变时期。

元后期杂剧创作衰微的原因是多方面的。首先是由于南曲戏文的日渐盛行,北曲杂剧与南戏并行的局面改变为南戏逐步取代北杂剧的局面。其次是随着元朝统治秩序的稳定,科举制度的恢复,理学取得官学位置,使文人对元朝统治的认同感增强。第三是受到南方社会风气和文风的影响,较多地反映家庭内部的矛盾,艺术上也偏向曲词的工丽华美和追求情节的曲折离奇。最后是杂剧每本四折由一主角独唱到底,在形式上较南戏有更大的限制,不容易反映丰富复杂的生活内容和发挥角色多方面的才能。随着南戏势力的扩展,观众选择取向的变化,也对杂剧创作产生影响。

第二节 郑 光 祖

郑光祖,字德辉,平阳襄陵(山西临汾附近)人。是元杂剧后期的重要作家。《录鬼簿》说他曾"以儒补杭州路吏,为人方直,不妄与人交。名闻天下,声彻闺阁,伶伦辈称郑老先生者,皆知为德辉也"。他写过杂剧十八种:《紫云娘》、《齐景公哭晏婴》、《周亚夫细柳营》、《李太白醉写秦楼月》、《丑齐后无盐破连环》、《陈后主玉树后庭花》、《三落水鬼泛采莲船》、《王太后摔印哭孺子》、《耕莘野伊尹扶汤》、《秦赵高指鹿为马》、《㑇梅香翰林风月》、《醉思乡王粲登楼》、《辅成王周公摄政》、《迷青琐倩女离魂》、《虎牢关三战吕布》、《谢阿蛮梨园乐府》、《崔怀宝月夜闻筝》、《程咬金斧劈老君堂》。今存《迷青琐倩女离魂》、《㑇梅香翰林风月》、《醉思乡王粲登楼》、《耕莘野伊尹扶汤》、《辅成王周公摄政》、《丑齐后无盐破连环》、《虎牢关三战吕布》、《程咬金斧劈老君堂》等八种。

《倩女离魂》是他的代表作,也是元后期杂剧中最优秀的作品。本事出于唐人传奇《离魂记》。从董解元《西厢记诸宫调》开篇看,在金代,这故事已编为说唱诸宫调。郑光祖的《倩女离魂》杂剧当是继承同题材的说唱文学作品并在借鉴《西厢记》、《墙头马上》等优秀爱情剧的基础上写成的。剧情大略是这样:王文举和张倩女原是"指腹为亲"的未婚夫妻。倩女的母亲嫌文举功名未就,不许他与倩女成婚。文举上京应试后,倩女相思成疾,致灵魂离开躯体,追赶文举赴京。文举得官后和倩女回到家中,她的灵魂和那卧病在床的躯体又合而为一,一家遂欢宴成亲。作者以浪漫的手法,成功地塑造了一个热烈追求自由幸福生活的女性形象。倩女对文举能否考取功名,并不介意,使她担心的倒是怕他得了功名后会变心。

>你若是赴御宴琼林罢,媒人每拦住马,高挑起渲染佳人丹青画,卖弄他生长在王侯宰相家,你恋着那奢华,你敢新婚燕尔在他门下。

>——第二折〔东原乐〕

正是对文举的一片痴情,更禁不住离愁的痛苦,因而不顾封建礼教的责难,灵魂离体,化作另一个张倩女追随文举而去。剧本一方面写离体后的灵魂追赶文举,即使在文举"奔则为妾,有玷风化"的责难下,仍坚持初衷,始终不变。另一方面倩女身在家中卧病呻吟,"一会家缥缈呵忘了魂灵,一会家精细呵使着躯壳,一会家混沌呵不知天地"。一个身,一个魂,一个在家卧病,一个在外飘扬,彼此映衬,正好表现出封建社会中闺女性格的两个方面:在封建礼教禁锢下精神负担的沉重和对自由美好生活的强烈追求。全剧抒情气息浓厚。第一折的送别场面,第二折倩女灵魂月夜追赶文举的描写和第三折倩女怀想文举的一些曲辞,尤其显得柔情婉转、美丽动人。

  日长也愁更长,红稀也信尤稀。(带云)王生,你好下的也。(唱)春归也奄然人未归。(梅香云)姐姐,俺姐夫去了未及一年,你如何这等想他。(正旦唱)我则道相别也数十年,我则道相隔着几万里,为数归期,则那竹院里刻偏琅玕翠。
          ——第三折〔迎仙客〕
  想鬼病最关心,似宿酒迷春睡。绕晴雪杨花陌上,趁春风燕子楼西。抛闪杀我年少人,辜负了这韶华日。早是离愁添萦系,更那堪景物狼藉。愁心惊一声鸟啼,薄命趁一春事已,香魂逐一片花飞。
          ——第三折〔普天乐〕

这些曲辞接受婉约派词家的影响较多,它写出封建社会青年女子内心的幽怨,使《倩女离魂》成为具有独特成就的爱情剧,对后来汤显祖的《牡丹亭》有相当影响。

  和《倩女离魂》同一类型的《㑳梅香》,写诗人白乐天的弟弟白敏中和晋国公裴度的女儿裴小蛮的恋爱故事,情节全属虚构。作者是模拟《西厢记》写成的。但一些重要关目的处理和《西厢记》迥异,如莺莺与张生相爱是为情所使,而小蛮钟情白敏中,"此非有甚狂意,乃前程所关,况兼先人之语,铭注肺腑"。又如莺莺酬简成为事实,小蛮与白敏中刚刚会面,便被夫人撞见。由此,可以看出作者思想倾向的不同。在主角婢女樊素的唱词和说白中之乎者也,引经据典,带有更多封建文人的气味。剧中某些曲词虽然比较优美,但缺点是过于典雅、工整,缺少生活气息。

郑光祖的《王粲登楼》是根据王粲《登楼赋》虚构而成的。在王粲落魄荆州,登楼作赋的场面中,抒发了游子飘零,怀才不遇的感情。

> 雕檐外红日低,画栋畔彩云飞。十二栏干、栏干在天外倚。(许达云)这里望中原,可也远。(正末唱)我这里望中原,思故里,不由我感叹酸嘶。(带云)看了这秋江呵,(唱)越搅的我这一片乡心碎。
>
> ——第三折〔迎仙客〕
>
> 泪眼盼秋水长天远际,归心似落霞孤鹜齐飞。则我这襄阳倦客苦思归。我这里凭栏望,母亲那里倚门悲。(许达云)仲宣,既然如此感怀,何不早归故里。(正末云)吾兄,怕不说的是哩。(唱)争奈我身贫归未得。
>
> ——第三折〔红绣鞋〕

这些曲文中所流露的流落他乡的感慨,特别容易引起封建时代失意的文士的共鸣。明清以来,许多写文人轶事的杂剧,有不少是受到它的影响的。

此外,他还有五个取材历史故事的杂剧,以《智勇定齐》为较有特色。它写无盐的采桑女锺离春,貌奇丑,但有超人的智慧和胆识。齐公子以其贤,纳为后。在她的辅助下,齐国大治,战胜了秦燕,被尊为上国。作品歌颂了封建社会中一个抵御外敌侵略的巾帼英雄,这在当时是难能可贵的。

从上述作品中,可以看出郑光祖杂剧的主要特征是情致凄婉,词曲清丽,而思想倾向则不很鲜明,生活气息也不够浓烈。王国维把他比作词中的秦观,是有一定道理的。

第三节 乔吉、宫天挺及其他作家

和郑光祖同时的作家乔吉,字梦符,号笙鹤翁,又号惺惺道人,太原人。曾居杭州,飘泊江南四十年。曾到过今湖北、安徽、江苏、浙江、福建等地。他与十多名歌妓有过交往,与维扬名妓李楚仪有过恋情。所著杂剧十一种,今存杂剧《金钱记》、《扬州梦》、《两世姻缘》三种。《两世姻缘》写书生韦皋在游学途中和洛阳名妓韩玉箫相爱。玉箫母嫌韦皋功名未就,生生把他们拆散。韦去后,玉箫相思成疾,郁闷而死。玉箫死后转世为荆襄节度使张延赏的义女。韦皋得第后,因出征吐蕃立了大功,他在班师途中拜访了张延赏,在酒席间重与玉箫见面,经历了一番波折,最后奉旨成婚。就剧情的曲折变化和曲词的清丽说,它与《倩女离魂》有近似之处。剧本在反映妓女的"从良"愿望,歌颂玉箫、韦皋间的真挚爱情方面都是可取的。《扬州梦》演唐杜牧事。杜牧有《遣怀》诗:"落拓江湖载酒行,楚腰纤细掌中轻。十年一觉扬州梦,赢得青楼薄倖名。"剧本命名本此。杜牧写有《张好好》诗,是旧识重逢,寄怀的作品。杂剧由此敷衍成杜牧与张好好恋情故事。几折戏都写宴筵场面,曲词以艳丽取胜。《金钱记》故事缘唐许尧佐的传奇小说《章台柳传》,写大历十才子之一的韩翃与柳眉儿的爱情故事。剧本渲染文人的风流放荡,也反映了乔吉对"情"的态度。乔吉喜用华美、工丽的语言描写情,代表了这时期杂剧创作的新趋向。他的杂剧在元后期和明代得到很高的评价。

宫天挺,字大用,大名人。《录鬼簿》说他"历学官,除钓台书院山长,为权豪所中,事获辨明,亦不见用,卒于常州"。他写了六种杂剧,今存有《死生交范张鸡黍》、《严子陵垂钓七里滩》二种,风格和马致远的杂剧相近,可以看出马致远对他的影响。

《范张鸡黍》写后汉范式和张劭的故事,他们愤恨奸臣当道,不苟仕进。张劭死,范式千里送葬。太守第五伦慕其德,推荐为官。作品在歌颂朋友间真挚感情的同时,还通过范式和王韬的辩难,抨击了仕途的黑暗:

> 你道是文章好立身,我道今人都为名利引。怪不着赤紧的翰林院那伙老子每钱上紧。(王仲略云)怎见得他钱上紧。(正末云)有钱的无才学,有才学的却无钱。有钱的将着金帛干谒,那官人每暗暗的衙门中分付了,到举场中各自去省试殿试,岂论那文才高低。(唱)他歪吟的几句诗,胡诌下一道文,都是些要人钱谄佞臣。
>
> ——第一折〔天下乐〕

这种对现实的不平,正是他个人遭遇的反映。它和马致远的《荐福碑》中所表现的"如今这越聪明越受聪明苦,越痴呆越享了痴呆福,越糊突越有了糊突富"的愤懑情绪是一致的。

他的《七里滩》杂剧通过严子陵轻视功名富贵的隐士生活,表现对现实政治的消极态度。当剧中汉光武向严子陵夸耀帝王家的富贵时,严子陵奚落他说:"只是矜夸些金殿宇,显耀些玉楼台,遮末(尽管意)是玉殿金阶,我住的草舍茅斋,比您不曾差夫役着万民盖。"把自己盖的草舍茅斋看得比帝王强迫人民修建的玉殿金阶还可贵,表现了作者突出的民主思想。

宫天挺的杂剧在表现对现实不满的同时,流露了逃避现实的思想。后者在前期马致远的《任风子》、《岳阳楼》等神仙道化剧中已有明显的反映,到了后期,它已成为杂剧作家创作中的一个比较普遍的倾向。

此外,杨梓(？—1327),嘉兴人,官至杭州路总管,致仕后居杭州。他与贯云石交谊很深,与张可久也有来往。所著杂剧《豫让吞炭》、《霍光鬼谏》、《敬德不伏老》三种,均为历史剧。《敬德不伏老》第三折,现尚有演出,昆剧称《诈疯》,因用北曲,又称《北诈》。作品表现了尉迟恭老而益坚,忠心为国的精神和憨直豪迈的性格。

第四节 秦简夫及其他作家

秦简夫,大都人,曾到过扬州、杭州,现存杂剧有《东堂老劝破家子弟》、《宜秋山赵礼让肥》、《晋陶母剪发待宾》三种。《东堂老》是他的代表作。剧本写扬州富商赵国器,因儿子扬州奴不务正业,日与无赖为友,沉迷酒色,屡戒不改,因而忧虑成疾。临终,将儿子托付那号称东堂老的东邻密友李实。赵死后,扬州奴在无赖子的诱惑下,把家财挥霍一空,沦为乞丐,由于现实的教育和东堂老的规劝,终于败子回头,重振家业。东堂老是一个弃儒经商的有"古君子之风"的商人。作品正面肯定商人,是一个值得重视的趋向。作品通过"败子回头"的描写,向人们揭示了"执迷人难劝,临危可自省"这一带有一定普遍意义的经验教训,因此历来影响很大。剧本结构谨严,关目紧凑,冲突鲜明,曲辞本色自然,其中写东堂老对扬州奴的谆谆劝告、扬州奴的狂荡和悔悟以及无赖子的帮闲等无不跃然纸上。《赵礼让肥》取材于《后汉书》赵孝本传。作品赞美儒者的理想人格,企图以此感悟世人。作品中儒者的穷困处境,正反映了作者的现实生活。《赵礼让肥》第一折所写实际上是一幅元代的饥民图。如:

〔那吒令〕想他们富家,杀羊也那宰马,每日里笑恰,飞觞也那走斝。俺百姓每痛杀,无根椽片瓦,那里有调和的五味全,但得个充饥罢。母子每苦痛,哎,天哪!

〔鹊踏枝〕他可也忒矜夸,忒豪华。争知俺少米无柴,怎地存扎?子母看看的饿杀!天那!则亏着俺这百姓人家。

〔寄生草〕饿的这民饥色,看看的如蜡渣。他每都家家上树把这槐芽掐。他每都村村沿道将榆皮刷,他每都人人绕户将粮食化。现如今弟兄衣袂不遮身,可着俺贫寒子母无安下。

《剪发待宾》取材于《晋书·列女传》及陶侃本传。作品所塑造的陶母形象,同样表现了作者宣扬儒家思想的倾向。陶侃母子谈论"钱"和"信"的问题,反映了元代重商和儒家观念的冲突。

元后期其他作家还有萧德祥、朱凯、王晔等人。萧德祥名天瑞,号复斋,杭州人。所著《杨氏女杀狗劝夫》从封建伦理出发,肯定了弟弟对一个无道兄长的逆来顺受的感情。朱凯,字士凯。曾为江浙省掾,居杭州。著有《放火孟良盗骨殖》、《刘玄德醉走黄鹤楼》二种。王晔,字日华,号南斋,杭州人。今存《破阴阳八卦桃花女》一种。剧中所写结婚仪式中的许多解禳神煞的方法,是研究民俗的重要资料。元后期杂剧较前期更多有意宣扬封建伦理和宿命思想,更多追求情节的变化。

第七章 元末南戏

第一节 南戏的兴起

南戏是南曲戏文的简称,它最初流行于浙东沿海一带,称温州杂剧或永嘉杂剧。明祝允明《猥谈》说:"南戏出于宣和之后,南渡之际,谓之温州杂剧。予见旧牒,其时有赵闳夫榜禁,颇述名目,如《赵贞女蔡二郎》等,亦不甚多。"徐渭《南词叙录》说:"南戏始于宋光宗朝,永嘉人所作《赵贞女》、《王魁》二种实首之。……或云宣和间已滥觞,其盛行则自南渡,号曰永嘉杂剧。"祝允明就南戏的来源温州杂剧说,在"宣和之后,南渡之际"(1119—1127)就已经存在。但由温州杂剧发展成为南戏,需要具备一定的条件与过程;徐渭说"南戏始于宋光宗朝"(1190—1194),是比较接近实际的。温州从隋唐以来就以"尚歌舞"而"敬鬼乐祠"著称(见《永嘉县志》卷六《风土志·民风》),唐顾况诗"何处乐神声,夷歌出烟岛",就是形容永嘉的风俗的。这种祀神的乐曲大约同楚词的《九歌》,南朝乐府的《神弦曲》类似。随着唐宋时期各种表演艺术的发展,它也逐渐吸收了各种民间词调演唱故事,这就是最初在浙东沿海流行的温州杂剧或永嘉杂剧。到南宋建都杭州以后,温州成为后方重要经济中心和对外贸易港口。由于交通的发达、都市经济的繁荣,使温州杂剧有可能吸收其他地方的歌曲,如〔福清歌〕、〔福州歌〕、〔台州歌〕等来丰富自己的歌腔,并有了像"九山书会"那样的专业组织,不断适应城市观众的需要,提高剧本的创作水平。到了《赵贞女》、《王魁》等戏文流传到杭州以后,就以其具有反封建思想倾向的新鲜内容受到群众的欢迎,奠定了南戏发展的基础。尤其是《赵贞女》戏文的出现,在我国戏曲史上具有划时代的意义。《隋书·地理志》记载当时豫章、永嘉、建安、遂安等包括现在江西、浙东、闽北等许多地方的风俗说:"衣冠之人多有数妇,暴面市廛,竞分铢以给其夫。及举孝廉,更娶富者。前妻虽有积年之勤,子女盈室,犹见放逐,以避后人。"这里所说的"衣冠之人",他们的妻子凭自己的劳动收入养活丈夫,一旦丈夫举孝廉,就不管她的积年勤劳,子女满前,一脚踢开。可是这种不合理的现象,从汉魏以来,一直被看作地方习俗,相沿不改。到了南宋时期,由于南方封建经济文化的发展,科举名额的扩大,这问题就更突出了。《赵贞女》戏文是我国文学史上首先把这个东南地区长期以来普遍存在的社会问题通过舞台艺术形象反映出来的,它的受到东南地区广大观众的欢迎,就毫不足怪了。

《南词叙录》说南曲的曲调是"宋人词而益以里巷歌谣,不协宫调",它是运用当时民间流行的词调以及一些新起的民间小曲如〔吴小四〕、〔赵皮鞋〕、〔麻婆子〕等来演唱的。由于它在南方流传,唱时也用南方方音。它分平上去入四声,不像北曲的以入声派入平上去三声。在用韵上也和北曲有所不同,如"居鱼"、"支时"有时合用,"车遮"、"家麻"不分。曲调比较轻柔婉转,不像北曲的高亢。伴奏以管乐为主,而北曲则以弦乐为主。剧中各个角色可以分唱或合唱,不像杂剧的一本戏只能由一个主角唱。题材偏于爱情故事及家庭纠纷,演唱历史英雄故事或农民起义战争的戏比较少。剧情一般较杂剧为曲折、丰富,一本戏往往要演几十出,因此情节就不如杂剧集中。

早期南戏除《赵贞女》、《王魁》外,还有《乐昌分镜》、《王焕》等戏文,这些戏文的舞台影响很深远,但剧本都没有流传。这主要由于南宋的封建文化比较发达,程朱理学思想逐渐取得统治地位。像朱熹、陈淳等理学家不但直接禁止地方戏曲的演出①;在他们的思想影响之下,使民间戏曲遭到鄙视。正是在这种社会风气之下,当关汉卿、白朴、王实甫等在北方写出大量优秀的杂剧剧本时,南方的学者文人在历史、哲学以及诗文方面虽也写出不少有价值的著作,却始终很少人注意到南曲戏文的加工与创作。《南词叙录》说南戏"语多尘下,不若北之有名人题咏",这是许多南曲戏文没有流传下来的重要原因之一。

现传宋元南戏据近人搜辑,有传本的十五本,有零星曲子流传的百十九本。其中出于《永乐大典戏文三种》的《张协状元》是比较可靠的早期南戏剧本。《张协状元》开场时念的〔满庭芳〕词:

> 暂息喧哗,略停笑语,试看别样门庭。教坊格范,绯绿可同声。酬酢词源浑砌,听谈论四座皆惊。浑不比乍生后学,漫自逞

---

① 《漳州府志》卷三十八记朱熹于绍熙元年(1190)知漳州州事,曾经禁止当地演戏。又明何乔远《闽书》卷一百五十三记陈淳(朱熹的学生)曾上书傅寺丞论禁演戏。

虚名。状元张协传,前回曾演,汝辈搬成。这番书会,要夺魁名。占断东瓯盛事,诸宫调唱出来因。厮罗响,贤们雅静,仔细说教听。

东瓯是温州的旧名,绯绿社是南宋时杭州杂剧演出的组织。作者以"占断东瓯盛事"、"教坊格范,绯绿可同声"自夸,在唱完这段诸宫调以后,又在〔烛影摇红〕词里说:"九山书会,近日翻腾,别是风味。"而九山又是永嘉西城的地名,是南宋以来热闹的市区。根据这些情况推断,可以认为它是南宋时期温州杂剧的底本。

《张协状元》写书生张协在五鸡山落难时与贫女结婚,富贵后忘恩负义,同《赵贞女》、《王魁》是同类的题材。但在贫女经宰相王德用收养为义女之后又同张协重圆,已表现了阶级调和的倾向。全本都用南方流行的词调和民间小曲演唱,开场时由说唱诸宫调引入,以后是主角到了哪里,戏也跟到哪里,而且有许多同剧情不大相干的插科打诨,这些都表现了初期南戏的特征。

《永乐大典戏文三种》里的《宦门子弟错立身》,写金国河南府同知的儿子完颜寿马和走江湖的戏班女艺人王金榜的爱情故事,题材和石君宝的《紫云亭》相似,从内容到形式都看得出杂剧的影响。另一种《小孙屠》里出现的南北合套曲,说明南戏已注意吸收杂剧的乐曲来丰富自己。

在元灭宋以后,杂剧在随着北方的政治、军事的势力传入南方时,以其新鲜的内容和精炼的形式盖过南戏,使南戏一度趋于衰落。虞集《中原音韵序》说:"自是北乐府出,一洗东南习俗之陋。"徐渭《南词叙录》说："元初,北方杂剧流入南徼,一时靡然向风,南词遂绝,而南戏亦衰。"都说明了这情况。到了元末,南戏既在同杂剧的接触过程中汲取它的部分成就,逐渐显出它的优越性,重新趋向兴盛,产生了高明、施惠等优秀作家,《琵琶记》、《拜月亭》等著名剧本,并为明清以来的传奇戏奠定了基础。

南戏的形式在元末明初逐步定型下来。一般先由副末开场,报告演唱宗旨和全剧大意。从第二出起,生旦等重要角色相继出场,逐步展开情节,并经过种种悲欢离合,以生旦团圆终场。南戏称一场为一出,每出例有下场诗,重要人物上场时先唱引子,继以一段自我介绍的长白,叫作定场白。曲词的组织,一般有引子、过曲和尾声。这是从元末明初到清中叶戏曲创作的主要形式,也就是后人用以区别于杂剧的传奇戏。

第二节　高明的琵琶记

高明的《琵琶记》是元末成就较高影响也较大的作品。高明(1305?—1359),字则诚[①],温州瑞安人,早年乡居读书,至正五年(1345)中进士后,在浙江处州、杭州等地做过几任小官。方国珍在浙东起义时他被任命为"平乱"统帅府都事,因与统帅意见不合,"避不治文书"。此后主要是过着隐居著书

[①] 清陆时化《吴越所见书画录》卷一收有高明的题陆游《晨起》诗卷,末署"至正十三年夏五月壬辰永嘉高明谨志于龙方"。同卷还收有永嘉余尧臣的题跋,说"越六年而高公亦以不屈权势病卒四明"。据此推算,高明应卒于至正十九年,即公元一三五九年。

的生活。他所作戏曲除《琵琶记》外，尚有《闵子骞单衣记》，已亡佚。诗文经近人收辑，尚存五十多篇。

《琵琶记》是高明在元末避乱隐居宁波城东栎社时根据长期在民间流传的南戏《赵贞女》改编的。《赵贞女》写蔡伯喈上京应举，贪恋富贵功名，长期不归，赵五娘独力支持门户，在蔡家父母死后到京师寻访伯喈，伯喈不认，最后以马踩赵五娘，雷轰蔡伯喈结束。陆游《小舟游近村，舍舟步归》诗："斜阳古柳赵家庄，负鼓盲翁正作场。身后是非谁管得？满村听说蔡中郎。"可能这故事在搬上舞台之前，已在民间流传。戏中情节并不符历史人物蔡伯喈的真实，然而戏剧的矛盾是尖锐的，倾向是鲜明的。高明把谴责蔡伯喈背亲弃妇的《赵贞女》改为歌颂蔡伯喈全忠全孝的《琵琶记》，他的主观意图是借此宣扬封建道德。他在全戏开场时说："少甚佳人才子，也有神仙幽怪，琐碎不堪观。正是不关风化体，纵好也徒然。"又说："休论插科打诨，也不寻宫数调，只看子孝共妻贤。"都表明了他的创作意图。在这种创作意图指导之下，故事内容改变很大。蔡伯喈原来是个孝子，同赵五娘结婚后夫妇感情也很好。他本来不想去应考，他父亲蔡公不从。他考中状元后，牛府招他入赘，他辞婚，牛丞相不从。他辞官，朝廷又不从。这"三不从"是高明把蔡伯喈写成全忠全孝的主要关目。蔡伯喈入京之后，他故乡陈留遇到严重的灾荒，赵五娘独力维持一家生活，蔡公、蔡婆先后在饥饿中死去。赵五娘一路弹唱琵琶词行乞，到京师寻觅蔡伯喈。由于牛氏的贤惠和牛丞相的回心转意，她终于和蔡伯喈团圆，并且得到了朝廷的旌表。由于作家主观上企图通过"有贞有烈赵贞女，全忠全孝蔡伯喈"来宣扬封建道德,作品中的人物都被涂上了封建说教的色彩,连赵五娘也不例外。甚至在她乞丐寻夫时,还声明自己"只怕公婆绝后",不是为"寻夫远游"。蔡伯喈口里几乎无时无刻不思念父母和赵五娘,给人一个孝子义夫的假象。牛氏除少数场合外,就成为作者主观安排的宣传封建教条的传声筒。

然而《琵琶记》的思想内容是比较复杂的,这是由于作者世界观的复杂性所决定的。首先,作者一面通过蔡公、张广才等劝蔡伯喈入京应举,认为这是"显亲扬名",是"大孝";一面又让蔡伯喈中举后,陷入了实际上背亲弃妇的境地:父母双双饿死,妻子历尽艰辛。以致蔡公临终时对他十分怨恨,张广才骂他"三不孝逆天罪大",这就在肯定蔡伯喈"全忠全孝"的同时,表现了一定程度的批判。其次,作者对当时的黑暗现实也有所不满,因此在宣扬封建道德的同时,还通过不少情节暴露了封建社会的黑暗。如蔡伯喈考取状元后由于牛丞相的专横,给蔡伯喈一家带来种种痛苦;陈留发生灾荒后,由于地方官吏的贪污,加深了人民的灾难等。第三,作者一方面要宣扬封建道德教条,一方面又想把戏写得"动人",这就必须把人物放在特定环境里通过种种生动的情节来打动读者和观众。作者生长农村,目击当时在暴政和灾荒之下挣扎的农村人民的痛苦,并对他们怀有一定的同情。因此在描写赵五娘和蔡公、蔡婆这一家的痛苦遭遇时,有可能在南戏《赵贞女》的原有基础上进行加工,写出一些真实动人的情节。如《糟糠自厌》、《代尝汤药》、《描容上路》等以赵五娘为中心的许多出戏确是写得动人的。然而作者把赵五娘这一家的遭遇写得这样悲惨,目的并不在揭露封建社会的罪恶,要人反对它;恰恰是为了说明蔡伯喈、赵五娘等在这人所难以忍受的逆境里也能"逆来顺受",屈从封建道德,因此他们虽然在长时间里经受种种苦难,最后却落得"一门旌表"的大团圆。正因为这样,作者不但把蔡伯喈写成"畏牛如虎"的软骨虫,就是赵五娘也缺乏一个受迫害妇女所应有的反抗性。她的痛苦遭遇虽然感动人,但她对待这种遭遇的态度却始终不能鼓舞人。这是《琵琶记》在人物塑造上一个致命的弱点。

高明生长在南戏的发源地温州,熟悉南戏的舞台艺术,对传统历史文化有深厚的修养,《琵琶记》又是他精心结撰的作品,因此艺术上的成就更为显著。高明在改编《赵贞女》的时候,不是简单地改变了原著的结局,而是从主题思想出发重新安排全部剧情和人物。因此剧本里虽遗留下一些无法弥补的漏洞,如蔡伯喈中了状元,他又是个孝子,却让父母双双饿死,就十分不合情理。然而从全部剧情看,它贯穿了作家的创作意图,也体现了作品的主题思想,基本上是完整的。从关目安排看,作者把赵五娘一家的凄苦场景和蔡伯喈在牛府的豪华生活交叉演出。一边是赵五娘临妆感叹,一边是蔡伯喈杏园春宴;一边是赵五娘背着公婆吃糟糠,一边是蔡伯喈和牛氏赏月饮酒。它突出了戏剧冲突,也加深了悲剧气氛。作品中以赵五娘为主的一线戏,曲词本色而凄怆动人,保留了较多的民间戏曲的优点,特别表现在《糟糠自厌》、《代尝汤药》、《乞丐寻夫》等出里。像下面这两支赵五娘吃糟糠时唱的曲子就是历来传诵的名作:

〔孝顺歌〕呕得我肝肠痛,珠泪垂,喉咙尚兀自牢嗄住。糠啊,你遭砻被舂杵,筛你簸扬你,吃尽控持,好似奴家身狼狈,千辛万苦皆经历。苦人吃着苦味,两苦相逢,可知道欲吞不去。

〔前腔〕糠和米本是相依倚,被簸扬作两处飞。一贱与一贵,好似奴家与夫婿,终无见期。丈夫,你便是米呵,米在他方没处寻;奴家恰便似糠呵,怎的把糠来救得人饥馁;好似儿夫出去,怎的教奴供膳得公婆甘旨。

至于描写蔡伯喈在牛府里的情景,曲辞就较为高华优雅,也和人物的性格环境相称。向来《琵琶记》被推为"南戏之祖",固然和统治阶级的推崇有关,但更大程度上决定于它在思想和艺术上取得的成就。然而必须指出,长期在民间流行的《赵贞女》曾以其揭露封建社会的深刻性遭到禁止。高明的《琵琶记》保存了南戏《赵贞女》的部分动人的情节,又改变了它的悲剧结局,这样,《琵琶记》就开始在民间流行,而原来的《赵贞女》却慢慢被淹没了。

《琵琶记》由于它强调戏曲的风化作用,相传在明初就得到明太祖的赏识,以之与《四书》、《五经》并提。后来《五伦全备记》、《易鞋记》等作者都在第一出开宗明义,有的说:"若于伦理无关系,纵是新奇不足传。"有的说:"事有关名教,风化不寻常。"表明他们是继承了高明的创作倾向的。与此相关联,《琵琶记》里部分关目,如以子女向父母祝寿开场,以一夫二妇和好团圆结局等,也为明初以来许多戏曲家所袭用。然而《琵琶记》中部分现实主义的描绘,以及排场、曲白等多方面的艺术成就,也为后来戏曲家所借鉴,起了有益的作用。自从《琵琶记》在民间流行之后,还先后出现题材类似而倾向不同的作品,如明代弋阳腔的《珍珠记》,清代花部的《赛琵琶》,有的惩办了窃威弄权的温太师,有的处斩了忘恩负义的陈驸马,一定程度上抵消了《琵琶记》的思想影响。明代中叶以来,《琵琶记》还一直成为剧坛上争论最多的作品之一,这也说明它内容的复杂和影响的深远。

第三节 拜月亭及其他

元末明初流行的《拜月亭》、《破窑记》等,继承南戏的传统,并吸收杂剧的成就,成为当时戏曲演出的主流。《拜月亭》的成就更高,影响也更大。

《拜月亭》相传为元人施惠作,它根据关汉卿的同名杂剧改编,在长期演出过程中又得到不断加工和提高,现传《幽闺记》是它的较好的写定本。

《拜月亭》写"番兵"侵入金国的中都(今北京)时,金主听信主和派大臣聂贾列的话,杀了主战派大臣陀满海牙。海牙子兴福在逃亡中和书生蒋世隆结为兄弟。"番兵"入侵后,金主迁都汴梁,世隆和妹瑞莲、尚书王镇的妻子和女儿瑞兰都在兵乱中失散。瑞兰遇见世隆,在患难中结为夫妇。瑞莲也为王夫人收养为义女。后王镇出使回来,在旅舍中遇见瑞兰,为了不肯把女儿嫁给穷秀才,硬把她逼走。在两国议和、"番兵"退去之后,王镇一家在汴京团聚,瑞兰在拜月亭前对月祷告,透露了她对蒋世隆的心事,为瑞莲所窃听,并得到她的同情和支持。后来朝廷开科取士,世隆、兴福分别考取文武状元,王镇奉旨为二女招亲,全剧便以夫妇兄妹的大团聚结束。

《拜月亭》的全部情节在一次重大的历史事变中展开。在这次事变中,上自朝廷大臣,下至招商店的店主人、店小二,作者都按照他们不同的社会地位和生活道路,描绘了他们的精神面貌。这一连串生动的场景既揭示了民族的压迫和统治阶级的昏庸给人民带来的灾难,同时也显示了人民在患难中的互相护助和关心。作品中在着力描写蒋世隆和王瑞兰对爱情的坚贞的同时,有力地鞭挞了王镇的挟权倚势、贪富欺贫。《拜月亭》里这些描写符合于封建社会的实际情况,并有它的典型意义。

《拜月亭》的重要情节几乎全是通过意外的遭遇展开的。由于这些情节是在一次社会大动乱中发生,没有引起读者对它的真实性的怀疑。至于许多细节描绘,特别在《旷野奇逢》、《招商谐偶》、《抱恙离鸾》、《皇华悲遇》、《幽闺拜月》等重要场子里,就有更多的现实主义描绘,而且关目生动,符合舞台演出的要求。试看下面一段曲白。

> 老旦(即王夫人):孩儿历尽了苦共辛,娘逢人见人寻问。只愁你举目无亲,子父每(们)何处厮认?
> 旦(即王瑞兰):我有一言说不尽……
> 老旦:有什么说话?
> 旦:向日招商店蓦忽地撞着家尊……(哭科)
> 老旦:孩儿有甚事说与我知道,不要啼哭。
> 旦:我寻思他眼盼盼人远天涯近。
> 老旦:为甚的来那壁千般恨?
> 外(即王镇):(怒科)夫人,你休只管叨叨问。
> 老旦:相公,有甚事争差,且息怒嗔,闲言语总休论。

小旦(即蒋瑞莲)：贱妾不惧责罚,将片言语陈,难得见今朝
分……

旦：甚时除得我心头闷！甚日除得我心头恨！

这段短短的曲白把剧中四个人物的内心活动：王瑞兰的满怀愁苦,想向母亲倾诉而又碍着父亲不敢诉；王夫人对瑞兰的关心与调停态度；王镇的蛮横压制；瑞莲的企图从旁排解；都揭示在我们的面前。由于曲词的本色,它和说白几乎很难分别。

在关汉卿原作中两对男女双线发展的复杂内容和一本四折的杂剧形式之间的矛盾到《拜月亭》里已不复存在,但又出现了一些不必要的过场戏和插科打诨。结局的大团圆不但过于巧合,同时表现了阶级调和的倾向。部分关目中还流露了封建迷信的思想,如《绿林寄迹》中的某些描绘。

《破窑记》在王实甫同名杂剧的基础上继续有所发展,作者已不可考。它写刘千金不顾相门的富贵和父母的反对,甘心跟吕蒙正过风雪破窑的生活,并通过吕蒙正的先穷后贵,表现世态的炎凉。《金印记》[①] 通过苏秦夫妇的遭遇暴露封建家庭的冷酷。《牧羊记》[②] 写苏武出使匈奴,被逼在北海边牧羊,餐毡啮雪,仍坚持民族气节。这些作品的部分情节如吕蒙

---

① 《曲海总目提要》："金印记,一名合纵记,又名黑貂裘,明苏复之撰。第一出词云：'可怪那趋炎恶冷,多少世情人。'"按《南词叙录》在"宋元旧篇"中录有《苏秦衣锦还乡》一种。现传明刊本《重校金印记》在第一出内仍称《洛阳苏秦衣锦还乡记》,并有"闲将六国传,书会好安排"的自白,而没有《曲海总目提要》所引的二句词,因此我们仍把它看作宋元书会才人的旧篇。当然,在流传过程中是可能经过明人改动的。

② 《牧羊记》在《南词叙录》里也属"宋元旧篇",不知作者姓名。

正到僧寺赶斋,忍饥回来,又因寒窑外有男女脚印,与妻子争论起来;苏秦妻受尽婆婆及伯姆的欺侮,投水自杀,遇救回到母家,仍被迫送回,等等,反映当时社会现实,真实动人;但同时表现了迷恋功名富贵,宣扬忠孝节义、因果报应的思想。剧中正面人物除苏武外一般缺乏理想的光辉,虽然他们在严重封建压迫下的悲惨命运还有值得同情之处。语言朴素而不够生动,有时更带三分腐气,艺术上的加工一般都显得不够。

和《拜月亭》同时流行的《白兔记》、《荆钗记》、《杀狗记》,被合称为"四大传奇",都是在民间长远流传的作品。《白兔记》里部分情节已在《刘知远诸宫调》里形成。它写刘知远被逼从军,入赘岳帅府,享受高官厚禄,其妻李三娘在家中受尽兄嫂折磨,在磨坊中生下一子,送至刘知远处乳养。十五年后因儿子猎兔见母,方得全家团圆。剧中有关李三娘一线的戏,凄苦动人。曲词本色朴素,表现民间戏曲的特色。《荆钗记》写书生王十朋以荆钗作聘,娶钱玉莲为妻。十朋中状元后拒绝万俟丞相的逼婚;玉莲因富豪孙汝权及继母的迫害,投江自杀遇救,经过种种波折,夫妇终于团圆。《杀狗记》的题材与元人同名杂剧相同,它写孙华、孙荣兄弟因柳龙卿、胡子传的挑拨失和。孙华妻杨月真设计杀狗,假作死尸,用以揭露柳、胡二人的欺骗,使兄弟重归和好。这些戏都有部分符合人民愿望、反映现实的描绘,同时有不少宣扬封建道德和迷信思想的地方。艺术表现上除少数经常上演的场子外,一般比较粗糙。但《白兔记》的成就要高一些。

在元人杂剧与宋元南戏的影响之下,元末明初还出现不少无名氏的作品,如《赵氏孤儿记》、《姜诗跃鲤记》等。它们的舞台影响都很深远,但思想倾向一般不够鲜明,艺术上也缺乏自己的特色。有些作品经过明代文人的改动,反增加了封建性的糟粕,如相传出于姚牧良之手的《岳飞破虏精忠记》就是如此。

第八章　元散曲和民间歌谣

第一节　散曲的兴起和体裁

自中唐以后,流行的曲子在文人手里逐渐成为"别是一家"的新诗体——长短句歌词,在两宋时期经过体式规范得到了高度的发展,产生了苏轼、李清照、辛弃疾等著名作家;但到了南宋后期,词家多追求文词的工丽和音律的妍美,另一方面俗词也有发展。而社会上演唱的曲子,从中晚唐以来,经过长期酝酿,到了宋金对立时期,又吸收了一些民间兴起的曲词和女真、蒙古等少数民族乐曲,经金末元初文人的介入,又逐渐形成了一种新的诗歌形式,这就是当时流传在北方的散曲,也称北曲。

散曲包括小令和套数两种主要形式。小令是独立的只曲,它原来是流行于民间的词调和小曲,句调长短不齐,而有一定的腔格。它和词不同的地方是用韵加密了,几乎每句都要押韵;而且平、上、去三声互叶,不像诗词一般平仄韵不能通押。其次是没有双调或三叠、四叠的调。最后也是最重要的一点,是可以在本调之外加衬字,像下面两支〔醉太平〕:

金华洞冷,铁笛风生。寻真何处寄闲情,小桃源暮景。数枝黄菊勾诗兴,一川红叶迷仙径,四山白月共秋声,诗翁醉醒。

——张可久《金华山中》

风流贫最好,村沙富难交,拾灰泥补砌了旧砖窑,开一个教乞儿市学,裹一顶半新不旧乌纱帽,穿一领半长不短黄麻罩,系一条半联不断皂环绦,做一个穷风月训导。

——锺嗣成《失题》

前一首是依照〔醉太平〕本调写的,只有八句四十五字。后一首本调还是八句,但每句都加了衬字(加重点的是衬字),就增至六十五字。衬字多数用在句首和句子的两个词组之间,用在句子中间的大都是虚字,用在句首的则十分多样。有了正字(即按照本调该用的字)和衬字的配合,既可以保持这些曲调的腔格,又可以增加语言的生动性,更自由灵活地表达作品的思想内容。衬字的现象在敦煌曲子词里本已出现,经过宋金时期民间艺人以及散曲、戏曲、说唱文学作家的长期探索,终于解决了词调、曲调有固定腔格,而语言的表达要活泼生动的矛盾,这对后来的诗歌创作,特别是民间歌曲以及戏曲、说唱文学的歌词部分,产生了深远的影响。

套数沿自诸宫调,它是由两首以上同一宫调的曲子相联而成的组曲,一般都有尾声,并且要一韵到底。套数中间的曲调可以根据内容的要求在同一宫调内选用,调数也可多可少,有些曲子还可以任意增加句数。它虽然有一定的格律,运用起来还是比较灵活的。

散曲里还有介乎小令和套数之间的"带过曲",它原来是同宫调里经常连唱的两支曲调,如〔中吕〕里的〔十二月〕带〔尧民歌〕,〔双调〕里的〔雁儿落〕带〔得胜令〕。带过曲也有三支相连的,如〔南吕〕里的〔骂玉郎〕带〔感皇恩〕、〔采茶歌〕,但比较少见。

散曲最初主要在市民中间流传,被称为"街市小令",也叫"叶儿"。有些曲调如〔山坡羊〕、〔豆叶黄〕、〔干荷叶〕等,可能是从乡村流传到都市里去的。有些曲调又特别在某些地区流行,如元代芝庵《唱论》所说,"凡唱曲有地所:东平唱〔木兰花慢〕;大名唱〔摸鱼子〕;南京唱〔生查子〕;彰德唱〔木斛沙〕;陕西唱〔阳关三叠〕、〔黑漆弩〕"。在元前期的作品中我们还可以看到散曲从民间流传到文人拟作的痕迹,如:

> 干荷叶,水上浮,渐渐浮将去。跟将你去,随将去。你问:"当家中有媳妇?"问着不言语。
>
> ——〔干荷叶〕

作品生动地写出了浮浪子弟追逐妇女被诘问得哑口无言的情况,显然是民间的作品①。至刘秉忠写的〔干荷叶〕:

> 干荷叶,色苍苍,老柄风摇荡,减了清香,越添黄。都因昨夜一场霜,寂寞在秋江上。

---

① 《散曲丛刊》本《阳春白雪》定为刘秉忠作,误。查元刊《阳春白雪》载八首《干荷叶》。前四首提行分列,题刘秉忠作。后四首连排,而于前后首间加圈,由此可知其非刘作。

虽然也沿袭了民间的调子与主题,以干荷叶起兴,却明显流露了文士悲秋的情绪。

现存散曲多是咏史、述怀、歌唱山林隐逸和描写男女风情的作品,也有少数作品接触到当时重大的社会问题。此外,也还有一些写景咏物的小令,清丽生动,有一定的艺术价值。

第二节 散曲的主要作家和作品

元代散曲作家可考者二百多人,另外还有不少佚名作者,他们的时代既互有先后,阶级成分也相当复杂,从而形成了作品的不同风格和流派。元代散曲的发展大致可分为前后两期,前期的著名作家有关汉卿、马致远等。他们的作品与民间歌曲比较接近,风格一般质朴自然,也有较多的社会内容。

关汉卿的散曲现存小令五十七首,套数十四套,成就虽不如杂剧,但也有独到之处。他的代表作〔南吕·一枝花〕《不伏老》套写道:

> 我却是个蒸不烂、煮不熟、捶不匾、炒不爆、响当当一粒铜豌豆。子弟每,谁教你钻入他锄不断、砍不下、解不开、顿不脱、慢腾腾千层锦套头。我玩的是梁园月,饮的是东京酒,赏的是洛阳花,攀的是章台柳。我也会吟诗,会篆籀,会弹丝,会品竹;我也会唱鹧鸪,舞垂手,会打围,会蹴踘,会围棋,会双陆。你便是落了我牙,歪了我口,瘸了我腿,折了我手,天与我这几般儿歹症候,尚兀自不肯休。只除是阎王亲令唤,神鬼自来勾,三魂归地府,七魄丧冥幽。那其间才不向烟花路儿上走。
>
> ——〔黄钟·尾〕

通过生动的比喻和泼辣的语言,描写一个书会才人的生活道路,同时流露了作者及时行乐的思想和滑稽、放诞的作风。

他的散曲里描写男女恋情的作品最多,其中〔双调·新水令〕《题情》、〔双调·沉醉东风〕《失题》等,对妇女心理的刻画颇为细腻。另外一些抒写离愁别恨的小令,也真切动人。例如:

> 自送别,心难舍,一点相思几时绝。凭阑袖拂杨花雪,溪又斜,山又遮,人去也。
> ——〔四块玉〕《别情》
> 咫尺的天南地北,霎时间月缺花飞。手执着饯行杯,眼阁着别离泪,刚道得声"保重将息",痛煞煞教人舍不得,好去者望前程万里。
> ——〔沉醉东风〕《别情》

与关汉卿同时的散曲作家王鼎,字和卿,大名人。作风滑稽佻达,有很多无聊之作。比较有意义的如下面二首小令:

> 胜神鳌,卷风涛,脊背上轻负着蓬莱岛。万里夕阳锦背高,翻身犹恨东洋小。太公怎钓?
> ——〔拨不断〕《大鱼》
> 挣破庄周梦,两翅驾东风。三百座名园一采一个空。难道风流种,唬杀寻芳蜜蜂。轻轻的飞动,把卖花人搧过桥东。
> ——〔醉中天〕《大蝴蝶》

在滑稽诙谐的笔调下,表现了作者放荡不羁的胸怀,和托名宋玉作的《大言赋》有点近似。

白朴幼年经过金亡的丧乱,深怀家国破灭之恨,他的散曲如"醅浮千古兴亡事,麯埋万丈虹霓志"(〔寄生草〕《劝饮》),"知荣知辱牢缄口,谁是谁非暗点头"(〔喜春来〕《知机》)等句都表现出他的抑郁和牢骚。他描写男女爱情的小令,也有一些较好的作品,例如:

> 从来好事天生险,自古瓜儿苦后甜。奶娘催逼紧拘钳,甚(疑当作"尽")是严,越间阻越情忺。
>
> ——〔喜春来〕《题情》

感情热烈,像一首泼辣的民歌。

马致远现存辑本《东篱乐府》一卷,计小令一百零四首,套数十七套,是遗留作品最多的前期散曲作家。他散曲的主要内容是怀才不遇的悲哀、隐逸生活的歌颂和自然景物的描写。他的愤世疾俗的感情发展成为不问是非,否定一切的虚无思想。这突出地表现在"咏史"和"恬退"的题材上。最能表现他的思想感情和生活面貌的是〔双调·夜行船〕《秋思》。如:

> 蛩吟罢一觉才宁贴,鸡鸣时万事无休歇。争名利何年是彻。看密匝匝蚁排兵,乱纷纷蜂酿蜜,闹穰穰蝇争血。裴公绿野堂,陶令白莲社。爱秋来时那些:和露摘黄花,带霜烹紫蟹,煮酒烧红

叶。想人生有限杯,浑几个重阳节。嘱付我顽童记者,便北海探吾来,道东篱醉了也。

——〔离亭宴煞〕

作品虽然对像苍蝇争血那样的现实表现了激愤,对封建社会的功名富贵表示了鄙视,但其主要内容是消极厌世的情绪和超然物外及时行乐的思想。这套散曲在艺术上是成功的,它不是抽象的论道;而是通过抒写主人公在特定情景里的爱恶来表现,具有鲜明的形象性;语言精炼而流畅,它表现民间歌曲向文人转化的过渡状态。如〔离亭宴煞〕中出现的两组鼎足对:"密匝匝蚁排兵,乱纷纷蜂酿蜜,闹穰穰蝇争血";"和露摘黄花,带霜烹紫蟹,煮酒烧红叶",便表现了这种特征。结语用辛弃疾〔一枝花〕"怕有人来,但只道今朝中酒"词意,但语气更坚决了。这里多少可以看出从陶渊明以来的田园诗人和苏辛等词家对散曲作家的影响。

马致远擅长于描写自然景物,这方面的作品也最能代表他的风格,如被前人称许为"秋思之祖"的〔天净沙〕:

> 枯藤、老树、昏鸦,小桥、流水、人家,古道、西风、瘦马。夕阳西下,断肠人在天涯。
>
> ——《秋思》

它描写旅途中秋天傍晚的景物,烘托出一个萧瑟苍凉的意境,并以小桥流水人家的幽静气氛,反衬出沦落天涯者的彷徨愁苦,确是"深得唐人绝句妙境"(王国维《人间词话》)之作。

他的〔般涉调·耍孩儿〕《借马》通过借马过程中人物心理活动的刻画和一系列动作情态的描述,塑造了一个爱马如命的吝啬者的形象,具有一定的讽刺意义。马致远是散曲中最有影响的一家,他在开拓散曲的题材内容上有一定贡献。他的散曲风格豪放洒脱,语言本色清俊,带有较多的封建文人的气息,是散曲从勾栏演唱逐渐向文人自我陶写之作转化的产物。

此外,杨果、卢挚、姚燧、冯子振等也是前期著名作家。他们都是官位显达的人,作风偏于典雅,代表了元散曲中的另一种倾向。

散曲发展到中后期,语言愈来愈典雅工丽,这方面的代表作家是张可久和乔吉。张可久,字小山,浙江庆元(浙江鄞县)人。曾以路吏转首领官,仕途上不很得志,晚年久居西湖,以山水自娱。他专力写散曲,著有《今乐府》、《苏堤渔唱》、《吴盐》、《新乐府》四种,近人辑为《小山乐府》六卷。乔吉除杂剧外还有《梦符散曲》。他自称"江湖醉仙"、"江湖状元",比之张可久,他带有更多的江湖游士习气。在他们的散曲里,偶然也有怀古伤今或托物寓意,流露对现实不满的作品。例如:

美人自刎乌江岸,战火曾烧赤壁山,将军空老玉门关。伤心秦汉,生民涂炭,读书人一声长叹。

——张可久〔卖花声〕《怀古》

问荆溪溪上人家,为甚人家,不种梅花。老树支门,荒蒲绕岸,苦竹圈笆。庙不灵狐狸弄瓦,官无事鸟鼠当衙。白水黄沙,倚遍阑干,数尽啼鸦。

——乔吉〔折桂令〕《荆溪即事》

但更多的是啸傲湖山和嘲弄风月之作。前者主要继承山水诗人以及朱敦儒一派词家的传统。像张可久的〔朝天子〕《湖上》是他们这方面思想最典型的表现:

> 瘿(疑当作"鹦")杯,玉醅,梦冷芦花被。风清月白总相宜,乐在其中矣。寿过颜回,饱似伯夷,闲如越范蠡。问谁、是非?且向西湖醉。

后者主要继承婉约派词家的传统。他们的散曲很少用衬字,而注意词藻的华丽,对仗的工整,与声律的谐协,这同样是继承了婉约派词家的传统的。所不同的是作品的意境比较显露,不像婉约派词家那么含蓄。他们的作品在明清时期深受封建文人的赏识,明李开先甚至比之为诗中的李杜。

中后期比较重要的作家还有睢景臣、张养浩和刘时中。睢景臣字景贤,扬州人,生卒不详。钟嗣成《录鬼簿》列入"方今才人相知者"一类,是和张可久、乔吉同时的作家。他的代表作是〔般涉调·哨遍〕《高祖还乡》套曲。钟嗣成说:"维扬诸公俱作《高祖还乡》套数,惟公〔哨遍〕制作新奇,诸公者皆出其下。"它的新奇处在于掀开了统治者尊严的外衣,显示他无赖的本质,从而加以无情的嘲讽和鞭挞:

社长排门告示:但有的差使无推故。这差使不寻俗,一壁厢纳草也根,一边又要差夫索应付。又言是车驾,故说是銮舆。今日还乡故。王乡老执定瓦台盘,赵忙郎抱着酒葫芦。新刷来的头巾,恰糨来的绸衫,畅好是妆么大户。

　　　　　　　　　　　　——〔哨遍〕

　　(中略)那大汉下的车,众人施礼数。那大汉觑得人如无物。众乡老展脚舒腰拜,那大汉挪身着手扶。猛可里抬头觑,觑多时认得,险气破我胸脯。

　　　　　　　　　　　　——〔三煞〕

　　你身须姓刘,你妻须姓吕,把你两家儿根脚从头数:你本身做亭长耽几盏酒;你丈人教村学读几卷书。曾在俺庄东住,也曾与我喂牛切草、拽坝扶锄。

　　　　　　　　　　　　——〔二煞〕

　　春采了俺桑,冬借了俺粟,零支了米麦无重数。换田契强秤了麻三秤,还酒债偷量了豆几斛。有甚胡涂处?明标着册历,见放着文书。

　　　　　　　　　　　　——〔一煞〕

　　少我的钱,差发内旋拨还;欠我的粟,税粮中私准除。只道刘三,谁肯把你揪捽住?白什么改了姓、更了名、唤作汉高祖?

　　　　　　　　　　　　——〔尾〕

高祖还乡事,见于《汉书·高祖纪》及《礼乐志》,明记他的"威加海内归故乡"。作者却偏偏从他的贵为天子的得意处来泼冷水,通过他的一个乡邻的观察与回忆,揭了他的底。在这里,不但封建帝王的尊严不复存在,就是他统治机构的下层基础,像王乡老、赵忙郎之流,也一齐原形毕露,显得那么卑鄙无耻。体现在作品中的小市民意识,构成它对封建秩序蔑视的基调,但同时也流露它对"喂牛切草,拽坝扶锄"等农业劳动的轻视。部分出自书会才人的散曲往往不同程度地包含有这两方面的思想内容。

张养浩(1270—1329),字希孟,号云庄,山东历城人。曾任礼部尚书、监察御史等职。至治元年(1321),因上疏谏元夕放灯得罪辞官,隐居故乡。他的《云庄休居自适小乐府》主要是这时期写的,作品充满了"隐居乐道"的消极思想。不过,由于三十年宦海沉浮,他洞悉了仕途的险恶,部分作品抒发了一个封建文人欲有所作为而又怕遭受迫害的矛盾心情:

> 正胶漆当思勇退,到参商才说归期,只恐范蠡张良笑人痴。腆着胸登要路,睁着眼履危机,直到那其间谁救你?
> ——〔红绣鞋〕《失题》

天历二年(1329),陕西大旱,他被召为陕西行台中丞,去赈济灾民,同年死于任所。这时期由于他目击人民的苦难,写出了一些有进步思想的诗歌和散曲,《潼关怀古》便是一首名作:

> 峰峦如聚,波涛如怒,山河表里潼关路。望西都,意踟蹰,伤心秦汉经行处,宫阙万间都做了土。兴,百姓苦!亡,百姓苦!
> ——〔山坡羊〕

作品指出人民在封建社会不论怎样改朝换代总不能摆脱痛苦的境地。全诗感情沉郁,气势雄浑,结语尤为警拔。

同年,江西也遭受旱灾。南昌的刘时中① 写了二套散曲呈给江西道廉访使高纳麟。这便是有名的〔正宫·端正好〕《上高监司》。陈述饥荒的一套不但描写了灾民的悲惨遭遇,而且愤怒地斥责了富豪大商趁火打劫的罪行,展现了元代社会严重的阶级压榨:

> 偷宰了些阔角牛,盗砍了些大叶桑,遭时疫无棺活葬,贱卖了些家业田庄。嫡亲儿共女,等闲参与商。痛分离是何情况,乳哺儿没人要撇入长江。那里取厨中剩饭杯中酒,看了些河里孩儿岸上娘,不由我不哽咽悲伤。
> ——〔滚绣球〕
> 有钱的贩米谷置田庄添生放,无钱的少过活分骨肉无承望。有钱的纳宠妾买人口偏兴旺,无钱的受饥馁填沟壑遭灾障。小民好苦也么哥,小民好苦也么哥!便秋收鬻妻卖子家私丧。
> ——〔叨叨令〕

陈述钞法的一套,详细地叙述了库藏的积弊和吏役狼狈为奸的情形。它们不仅是元散曲中最富有现实内容的作品,后一套联曲达三十四调,也是元散曲中罕见的。

贯云石(1286—1324),号酸斋;徐再思,号甜斋,也都是后

---

① 元曲家有两个刘时中。现存小令作者为石州宁乡(山西平阳县)人,因父任广州怀集令,流寓长沙。大德二年为翰林学士姚燧所知赏,被荐为湖南宪府吏,后任永新州判、翰林待制、浙江行省都事等职。现存套数作者为南昌人,从其《代马诉冤》套曲看,可推知为落魄文人。

期散曲名家。贯曲豪放飘洒,徐曲清丽秀雅,风格各异。他们的作品现有辑本《酸甜乐府》。此外,锺嗣成的〔醉太平〕(失题)、张鸣善的〔水仙子〕《讥时》等,也是中后期散曲中较有现实内容和独特风格的作品。

第三节 元代民间歌谣

元代民间歌谣流传下来的很少,目前能收集到的约有二十多首。它们是在元代尖锐复杂的阶级斗争和民族斗争中产生的,有很强的政治性和战斗性。

元代民间歌谣,有一部分是揭露黑暗政治和鞭挞贪官污吏的。由于元朝政治的黑暗,官吏的贪赃枉法,引起人民强烈的反感。统治者为缓和人民的反抗,常派"宣抚使"、"肃政廉访使"去纠察贪暴,问民疾苦,实际上他们和地方官吏狼狈为奸,反而加添了对人民的剥削。陶宗仪《南村辍耕录》卷十九"拦驾上书"条中收有三首民谣,对此作了深刻的揭露:

> 九重丹诏颁恩至,万两黄金奉使回。
>
> 奉使来时惊天动地,奉使去时乌天黑地。官吏都欢天喜地,百姓却啼天哭地。
>
> 官吏黑漆皮灯笼,奉使来时添一重。

这些描写是生动逼真的,那些所谓"宣抚使"、"廉访使"与地方官吏"上下交征,公私朘剥,赃吏贪婪而不问,良民涂炭而罔知"的罪行以及"闾闫失望,田里寒心"(引文均见《辍耕录》同条)的激愤情绪可以想见。叶子奇《草木子》卷四还有这样两首民歌：

> 解贼一金并一鼓,迎官两鼓一声锣。金鼓看来都一样,官人与贼不争多。
>
> 丞相造假钞,舍人做强盗,贾鲁要开河,搅得天下闹。

前一首叶子奇点明也是嘲讽"廉访司官"的。它通过解贼与迎官仪式的对比,揭露了官吏们的"赃污狼藉",表现了人民对他们的无比的憎恨和蔑视。后一首更进一步指出官吏们作弊徇私无法无天的情况,不仅直呼他们为"强盗",而且把他们看成祸国殃民扰乱天下的罪魁。在这些民谣中人民戳穿了统治阶级对人民的欺诳和剥削的实质,是人民教育自己的生动教科书。

元代民间歌谣,还有一部分反映了元末顺帝(1333—1368)时,在天灾人祸威胁下人民反抗一触即发的形势。《元史·五行志》中有一些附会自然灾异的歌谣：

> 苇生成旗,民皆流离;苇生成枪,杀伐遭殃;李生黄瓜,民皆无家。

作品反映了人民流离失所和苇丛里出现旗枪等现象,正是他们走向反抗的前奏。另一些民谣则反映了汉族人民的民族反抗意识：

> 天雨线,民起怨,中原地,事必变。

> 塔儿黑,北人作主南人客;塔儿红,朱衣人作主人公。

后者杨慎《古今风谣》作:"塔儿白,北人是主南人客;塔儿红,南人来作主人公。"不知是否别有所本,但似更能表达人民要求摆脱民族压迫的强烈愿望。《元史·五行志》所载末句,想是史官修史时为附会朱氏当兴,以迎合明朝统治者的心理而修改的。正是在这样民心思变的形势下,"石人一只眼,挑动黄河天下反"的《石人谣》出现了(见权衡《庚申外史》及《元史·五行志》)。还有一首《树旗谣》:

> 山高皇帝远,民少相公多。一日三遍打,不反待如何?
> ——黄溥《闲中今古录》

它是写在浙东一带人民起来反抗时所树的大旗上的。短短的四句却说尽了老百姓的心曲,调子是激昂的。"由是谋叛者各起,黄宕方国珍因而肇乱江淮,红巾遍四方矣"。从这里我们可以看出它所起的作用。红巾军的浩大声势,严重地打击了统治阶级的气焰,伸张了人民的正义,因而获得了人民的拥护,《松江民谣》就是一首对起义军热情的颂歌:

> 满城都是火,府官四散躲。城里无一人,红军府上坐。
> ——《辍耕录》卷九"松江官号"条

这里洋溢着人民胜利的欢笑,也嘲笑了统治阶级的无能。人民是无敌的,元朝的统治就在这人民强大的进军声中灭亡了。

第九章 元代诗文

元代是戏曲、小说、诗歌、散文都得到发展的时期。戏曲、小说成为文坛新盟主，诗歌、散文仍有不少重要的作家和文学作品产生。依据清顾嗣立编《元诗选》及席世臣、顾果庭续编的《元诗选·癸集》统计，共收作家二千六百馀人。这大体反映了元代诗词文作者的数量。

元初诗文作家大都是宋金遗老，受元好问及江湖诗人影响较深。中期以后，风气渐变，一以唐人为宗，但大都是追求词采雅丽，对仗工整，很少创造变化。后期诗风，大半学晚唐秾纤缛丽之体。宋荦《元诗选序》说："宋诗多沉僿，近少陵；元诗多轻扬，近太白。""宋人学韩白为多，元人学温李为多。"有一定道理。但元诗人在学识的广博、艺术修养的精深上，实远不及宋代诗人。元词与清初词是宋以后成绩最显著的。元好问推崇苏、辛词，张炎继姜夔倡言格律，追蹑清空骚雅。二者推动了元词的创作。元代散文是唐宋古文运动的继续，元好问是元初文坛盟主，此后姚燧、吴澄、虞集等大家继出，道统与文统并重，形成"道从伊洛"、"文擅韩欧"的特点，对明代前后七子、唐宋派，清代桐城派等有明显影响。

第一节 刘因和前期诗文作家

元初诗文作家都经历过社会动乱生活,作品的思想内容比较充实。在前期作家中,郝经、姚燧、刘因、戴表元、赵孟頫、吴澄等的成就是比较高的。

刘因(1249—1293),字梦吉,号静修,保定容城人。家世好儒学,后得程朱之书,遂专精理学,在家教授生徒。至元十九年诏征为赞善大夫,不久即辞归。二十八年再征为集贤学士,不就。元世祖称为"不召之臣"。卒于家。

他虽然不是南宋人,而且一度出仕元朝,但他一生对宋朝系念不忘,这主要出于维护民族传统文化的思想感情。至元五年元师伐宋,他曾作《渡江赋》,力陈宋不可伐。宋亡以后,他写了不少的诗,曲折地表示悼念。在《书事》五首中,他写了"白首归来会同馆,儒冠争看宋师臣"。对被俘不屈的宋臣表示敬意。对于宋朝的奸臣、降臣他很痛恨。《白马篇》中借博浪椎的史事称赞刺杀秦桧的施全。在《冯瀛王吟诗台》中借冯道揭露了那些卖身投靠的宋臣的无耻心理:"飘飘扶摇子,脱屣云台游。每闻一朝革,尚作数日愁。朝廷乃自乐,山林为谁忧?"在《白沟》诗中,他更揭示了宋代亡国的教训:

> 宝符藏山自可攻,儿孙谁是出群雄。幽燕不照中天月,丰沛空歌海内风。赵普元无四方志,澶渊堪笑百年功。白沟移向江淮去,止罪宣和恐未公。

诗中指出宋太祖曾积藏金帛谋取幽燕,可惜儿孙不能继承遗志。赵普谏阻太祖取燕,真宗澶渊亲征得胜反而增岁币求和,正是软弱无能的表现。结尾指出正是北宋一贯对外妥协种下了靖康南渡的祸根。这一番议论,是宋朝文人所没有说过的。这表现了他对历史的批判精神。

他写过不少题画诗和山水诗。《宋理宗书宫扇》里,他抒发了深沉的怀恋南宋的心情。《金太子允恭唐人马》里,也对金源盛世有所怀念。山水之作如《饮山亭雨后》一首:

> 山如翠浪经雨涨,开轩似坐扁舟上。西风为我吹拍天,要驾云帆恣吾往。太行一千年一青,才遇先生醉眼醒。却笑刘伶糟曲底,岂知身亦属螟蛉?

以比较新鲜的想象,写出自己开阔豪放的胸怀,批判了刘伶的沉醉糟曲,也和那些沉醉在山光水色之中的作品不同。

他是理学家,不少诗中可以看出理学的影响。但他并不完全受理学的拘束。他的《读史》说:"纪录纷纷已失真,语言轻重在词臣。若将字字论心术,恐有无边受屈人。"《咏曾点》说:"归时过著颜家巷,说与城南花正开。"观点或风趣都和某些理学家有所不同。

他的诗在艺术上受元好问影响较多。七古歌行豪健中时有排奡之气。七律如"霜与秋容增古淡,树因烟景恣微茫"(《过镇州》),"屈盘未转坡陀尽,苍翠忽从怀抱生"(《入山》),风格都极似元好问。他的五古多学陶渊明。他的《学陶诗》一卷实际是咏怀之作,从《和饮酒》、《和咏贫士》等篇中可以窥见他的生活和性格。五言小诗如《村居杂诗》：

> 邻翁走相报,隔窗呼我起:数日不见山,今朝翠如洗。

清新活泼,颇有陶诗自然的真趣。

他的散文也有一定成就。在《孝子田君墓表》里,他揭露了蒙古兵南侵金朝时残酷洗杀保州和平居民的罪行。《辋川图记》中指责王维失节而自鸣清高,议论虽过于偏激,但却是有为而发,并非故作翻案。

戴表元(1244—1311),字帅初,奉化人。宋临安教授,元大德末一度出任信州教授,不久辞归。他的散文作品较多。从记叙文中多少可以看到元初隐逸风气的社会真相,例如《敷山记》就记载有富人愿意出钱买山让给有名文人作隐居之所,可见隐逸并不是穷读书人能办到的。他的《二歌者传》写两个"从良"歌妓的友谊,也颇娓娓动人。他的散文虽然遣词安雅,但多数作品内容比较单薄,艺术上也缺少变化和新创。他的诗如《剡民饥》、《采藤行》接触到一些民生疾苦,《感旧歌者》则流露了故国之思:

> 牡丹红豆艳春天,檀板朱丝锦色笺。头白江南一尊酒,无人知是李龟年。

其他诗如"穷未卖书留子读,饥宁食粥省求人"(《己卯岁初茸剡居》),"骨警如医知冷热,诗多当历记晴阴"(《秋尽》),也写得比较新鲜有味,但还残留江湖诗风的影响。

邓牧(1247—1306),字牧心,钱塘人。一生不仕,漫游吴越间,晚年隐居余杭大涤山,和宋遗民谢翱、周密有往还。他自称"三教外人",自编诗文集名《伯牙琴》,寓慨叹世无知音之意。他在政论文里发挥了乌托邦的思想,他说:"欲为尧舜,莫若使天下无乐乎为君;欲为秦,莫若勿怪盗贼之争天下。"(《君道》)他攻击暴君酷吏,言辞极为锋利。他还写了一些寓言和游记,在《二戒(学柳河东)》的"越人遇狗"一节中,借越人纵容猎犬招致杀身的故事,隐寓宋朝和金、元妥协自取灭亡的惨痛教训。他的山水记如《雪窦游志》等篇,颇有简洁生动的片段,风格亦近柳文。在宋元理学盛行时代,他是一个思想比较卓越的人物,可惜作品不多,影响也不广。

第二节　虞集和中期诗文作家

虞集(1272—1348),字伯生,蜀郡人,侨居江西临川。大德初荐授大都路儒学教授,官至翰林直学士兼国子祭酒,奎章阁侍书学士。元统初谢病归临川,卒于家。在延祐、至顺年间,他是大都最负盛名的文人,"一时宗庙朝廷之典册、公卿大夫之碑版咸出其手"。诗歌亦以典雅精切著称,但应酬、题画之作占去大半数篇幅,成就并不高。只有少数作品值得注意。如《挽文山丞相》:

徒把金戈挽落晖,南冠无奈北风吹。子房本为韩仇出,诸葛宁知汉祚移。云暗鼎湖龙去远,月明华表鹤归迟。不须更上新亭望:大不如前洒泪时!

诗中虽然有时势无可奈何的消极感叹,但仍表现了他对民族英雄的敬意和对故国的怀念,结语尤极沉痛。他在官三十多年,诗中不时流露受压迫拘束、希望归老田园的心情。如"苟遂牛马性,归放春草丰"(《后续咏贫士》),"京国多年情尽改,忽听春雨忆江南"(《听雨》),其中都颇有隐衷。他的〔风入松〕词名句"杏花春雨江南",正是从《听雨》诗化出的。

和虞集齐名的杨载(1271—1323)、范梈(1272—1330)、揭傒斯(1274—1344)也同样是以歌咏承平著名而实际成就不高的诗人。他们诗的内容彼此区别不大,但风格各有不同。例如:

老君堂上凉如水,坐看冰轮转二更。大地山河微有影,九天风露寂无声。蛟龙并起承金榜,鸾凤双飞载玉笙。不信弱流三万里,此身今夕到蓬瀛。

——杨载《宗阳宫望月》

黄落蓟门秋,飘飘在远游。不眠闻戍鼓,多病忆归舟。甘雨从昏过,繁星达曙流。乡逢徐孺子,万口薄南州。

——范梈《京下思归》

两髯背立鸣双橹,短蓑开合沧江雨。青山如龙入云去,白发何人并沙语。船头放歌船尾和,篷上雨鸣篷下坐。推篷不省是何乡,但见双双白鸥过。

——揭傒斯《夏五月武昌舟中触目》

他们的诗都宗法唐诗,但所取规范略有不同。虞集说自己的诗如"汉廷老吏",杨诗如"百战健儿",范诗如"唐临晋帖",揭诗如"三日新妇"。《诗薮》说:"百战健儿,悍而苍也;三日新妇,鲜而丽也;唐临晋帖,近而肖也;汉法令师,刻而深也。"虞集这些比喻虽未必尽当,却多少表现了他们不同的风格。

第三节　王冕、杨维桢及后期诗文作家

元后期作家,王冕诗歌的思想内容较为丰富,萨都刺、黄镇成、杨维桢等在艺术上也各有不同的成就。

王冕(1300？—1359),字元章,号煮石山农,诸暨人。幼为农家子,自力苦学,后从学者韩性受教。应进士举不中,遂下东吴,入淮楚。至正七年左右,北游大都,见天下将乱,遂归。晚年,南方起义兵兴,移家浙东九里山避难。据说他死前不久曾作朱元璋谘议参军。他的画和篆刻在当时很负盛名。

在元末阶级矛盾日益尖锐的情况下,王冕写了不少反映社会现实的诗。其中有江南旱灾和水灾的图景,有蚕姑、村妇的眼泪,也有大官富商的骄奢淫逸。"人民正饥渴,官府急诛求"(《遣兴》),"京都大官饫酒肉,村落饥民无粒粟"(《痛苦行》)之类的诗句,在他集中屡有所见。《江南民》中,写人民在差役、兵灾之下辗转呻吟的情景:"军旅屯驻数百万,米粟斗值三十千。去年奔走不种田,今年选丁差戍边","东海风起浪拍

天,海中十载无渔船","淮南格斗血满川,淮北千里无人烟"。其景象之凄惨,是令人触目惊心的。在《伤亭户》中,写出了一个盐亭工人家庭在课税催逼下全家丧亡的悲剧。在北上时写的《冀州道中》诗里,不仅刻画出北方农村的贫困萧条,而且揭露了元统治者摧残文化的后果:"自从大朝来,所习亮非初。民人籍征戍,悉为弓矢徒。纵有好儿孙,无异犬与猪。至今成老翁,不识一字书。"在《虾蟆山》里,他更借民间关于虾蟆石的传说,对剥削压迫人民的元代官僚表示了无比的憎恨:

……野人指点为我说,此物乃是虾蟆精。古昔曾偷太仓粟,三百馀年耗中国。天官烛其阴有毒,敕丁破口劚其足。至今突兀留山丘,雨淋日炙无人收。树根穿尻蛇入肚,老鸦啄背狐粪头。牧童时时放野火,耕夫怒击樵夫刜。自从残堕不能行,见者唾之闻者骂。虾蟆虾蟆非令仆(指中书令、仆射),无功那窃天之禄?如今虾蟆处处有,天官何不夷其族?……

诗的结尾,他还意味深长地说:"黄童白叟相引悲,田中更有蝌蚪儿!"

作为一个封建文人,他对农民起义虽怀有偏见,如诗中往往称起义军为"盗贼"、"妖氛",但是元末农民起义后江南农村的动态,在他诗中也有一些曲折的反映。如《漫兴》两首:

一说妖氛起,生民欲断魂。村墟空壁落,市井变营屯。尽道无生计,谁为奉至尊?吾居更萧索,事业不须论。
处处言离乱,纷纷觅隐居。山林增气象,城郭转空虚。侠客思骑虎,溪翁只钓鱼。诸生已星散,那得论诗书!

他善画没骨梅花,他题画的梅花诗一卷很著名,像"疏花个个团冰雪,羌笛吹他不下来"等句,当时就有故事流传。他的《梅花》七古五首,颇能表现他豪迈孤傲的性格,诗风较近李白,和那些较多仿效杜甫的反映现实的诗多少有所不同。

总的说来,他的诗风比较朴直豪放,和元后期纤细柔弱的一般诗风很不相同。但是,他模仿李、杜,有时过于着痕迹,往往搬用李杜现成诗句,显得有些生硬粗糙。

萨都剌(1300?—1355?)①,字天锡,号直斋,本回族人,祖父以功留镇代郡,遂为雁门人。泰定四年进士,官至河北廉访经历。据说晚年曾投方国珍幕下。他在当时以宫词、艳情乐府一类的诗著名。乐府名作如《芙蓉曲》、《燕姬曲》,学晚唐温、李乐府,秾艳细腻之中,时得自然生动之趣。又如《上京即事》中的两首:

祭天马酒洒平野,沙际风来草亦香。白马如云向西北,紫驼银瓮赐诸王。

牛羊散漫落日下,野草生香乳酪甜。卷地朔风沙似雪,家家行帐下毡帘。

---

① 清萨龙光的《雁门集编注》根据《北人冢上》、《李清庵见过》两诗确定萨都剌生于公元一二七二年,可供参考。但这个生年与萨都剌和同时诗人赠答往来的作品还有一些不合之处。这里仍从干文传《雁门集序》"逾弱冠登丁卯进士第"的说法,酌定其生于一三〇〇年左右。

以婉丽之笔,写蒙古祭天礼俗和塞外风光,确有不同于唐代边塞诗的新鲜面目。他也有一些较好的山水诗,如《过嘉兴》:

> 三山云海几千里,十幅蒲帆挂烟水。吴中过客莫思家,江南画船如屋里。芦芽短短穿碧沙,船头鲤鱼吹浪花。吴姬荡桨入城去,细雨小寒生绿纱。我歌水调无人续,江上月凉吹紫竹。春风一曲鹧鸪吟,花落莺啼满城绿。

虽然也是学晚唐体,但是他并不是简单地铺陈声色,而善于摄取新鲜的风土色调。诗中"芦芽短短"四句,尤得歌谣风味。他的词也颇有成就。〔满江红〕《金陵怀古》既熔铸刘禹锡诗的意境,又能点染新辞,颇为读者传诵:

> 六代豪华,春去也、更无消息。空怅望,山川形胜,已非畴昔。王谢堂前双燕子,乌衣巷口曾相识。听夜深寂寞打孤城,春潮急。 思往事,愁如织。怀故国,空陈迹。但荒烟衰草,乱鸦斜日。玉树歌残秋露冷,胭脂井坏寒螀泣。到如今只有蒋山青,秦淮碧。

黄镇成(1287—1362),字元镇,邵武人。屡试不第,历游南北,后归隐故乡著书。他的《城西纪事》、《五月调兵赴绥阳》等诗,也接触到一些人民疾苦,但不够充实。他艺术成就较高的作品是山水诗,如《东阳道中》:

> 出谷苍烟薄,穿林白日斜。崖崩迂客路,木落见人家。野碓喧春水,山桥枕浅沙。前村乌桕熟,疑是早梅花。

写江南山村景色,疏疏落落的几笔,却能引人入胜。其他诗如"白露下山城,秋风一夕生"(《八月》),"红树夕阳蝉噪急,白蘋秋水雁来多"(《秋风》),"一江风起晚潮上,半夜舟行山月高"(《明州西渡》),风情声韵,逼近唐代刘长卿。但是,由于他生活在偏僻小县,交游不多,当时知道他的人很少。

杨维桢(1296—1370),字廉夫,号铁崖,别号铁笛道人,会稽人。泰定四年进士,官至江西等处儒学提举。他在元末据有诗坛领袖的地位,他的诗号为"铁崖体"。他的《铁崖古乐府》中,七古歌行多半是咏史、拟古之作,好驰骋异想,运用奇辞,眩人耳目,受李贺影响很深。如《鸿门会》,就是模仿李贺《公莫舞歌》而变化辞句之作,他自己很引为得意,今天看来价值实在不高。他的五、七言绝句则多仿南朝乐府民歌和刘禹锡竹枝词。自宋金末年至元末,仿效李贺诗的风气从未绝迹,杨维桢因为在这方面表现得更突出,所以声名也特别显著。

但他的诗里也有少数具有现实意义的作品。例如《盐商行》写出了盐商飞扬跋扈的气焰;《海乡竹枝词》反映了在官府、盐商双重剥削压迫下的盐亭工人的生活,例如:

潮来潮退白洋沙,白洋女儿把锄耙。苦海熬干是何日?免得侬来爬雪沙。

颜面似墨双脚颓,当官脱裤受黄荆。生女宁当嫁盘瓠,誓莫近嫁东家亭。

把他这组诗和王冕《伤亭户》诗联系起来,我们可以更清楚地看到元代盐亭男女工人牛马不如的生活境遇。其他诗如《南妇还》等也有一定现实意义。

元诗成就虽然不高,但对明清诗人有一定的影响。明代诗歌弃宋诗而专拟唐人的倾向实以元诗为开端。明代许多文人学习唐诗的模范选本高棅的《唐诗品汇》,也是根据元人杨士弘的《唐音》加以扩充发展的。元代散文的成就和影响又远不如诗歌。

小　结

　　元代是中国文学发展的一个重要转折时期。这个时期民族融合和少数民族地区封建化的扩大；俗文化的发展；后期城市商品经济的发展，特别是东南沿海城市成为文化发展中心，都给文学发展带来新的变化。元朝先统一北方，1215年占有黄河以北地域，1234年占有淮河以北地域。所以元前期文学应包括这一时期的文学。

　　元杂剧是在我国深厚的民族艺术基础上，直接受院本和诸宫调的影响而产生的，有着独特的艺术风格。同时，它又是时代的产物，广泛而深刻地反映了元代的社会生活。它和话本小说共同开展了文学的新领域，对明清及近代的文学有重要的影响，元杂剧的题材同现实有密切的联系，不但关汉卿、杨显之等直接取材于现实的作品如此，就是那些取材于历史故事和民间传说的，也都曲折地反映了元代的社会生活，表现出强烈的时代精神。元杂剧同群众的联系也十分密切，艺人经常在城市和村镇作场，通过演出和群众联结起来。更可贵的是，元杂剧作家由于地位的低微，和被压迫的下层人民比较接近，一定程度上表达了广大被压迫者的意愿。这样，元杂剧的创作就有着比较丰富的源泉，取得了光辉的成就。

　　元杂剧内容丰富，风格多样，不同流派的作家共同形成元杂剧创作的繁盛局面。主要可分为以关汉卿为主的本色派，以白仁甫、马致远、王实甫、郑光祖为代表的文采派。

南戏在元代后期有着重大的发展，艺术形式已渐趋成熟，特别是作家在民间长期传唱的南戏和杂剧的基础上改编出《琵琶记》、《拜月亭》等著名戏剧，对明清传奇的发展有直接的影响。

元代散文受唐宋影响，道统与文统并重；元诗则以宗唐为主，艺术上追摹前人，成就不大，但对明代诗文有直接影响。

这时还出现了新的诗歌形式——散曲。散曲作品反映现实广泛，且形成新的艺术风格。从现存世作品看，前期以豪放本色为主，后期以雅正清丽为主。

在文学语言上，这时期许多戏曲、小说作家以北方流行的口语为基础，同时吸收古典文学里还有生命的语言，加以组织提炼，为明清以来戏曲、小说的大量运用白话奠定了基础。

阅 读 书 目

《小畜集》三十卷
　　〔宋〕王禹偁撰　《四部丛刊》本

《西昆酬唱集注》二卷
　　〔宋〕杨亿编　王仲荦注　中华书局1980年排印本

《欧阳修全集》
　　〔宋〕欧阳修撰　北京中国书店1986年影印本

《六一词》
　　〔宋〕欧阳修撰　李伟国点校　上海古籍出版社1988年排印本

《曾巩集》五十二卷
　　〔宋〕曾巩撰　陈杏珍　晁继周点校　中华书局1984年排印本

《梅尧臣集编年校注》三十卷
　　〔宋〕梅尧臣撰　朱东润编年校注　上海古籍出版社1980年排印本

《苏舜钦集编年校注》九卷
　　〔宋〕苏舜钦撰　傅平骧　胡问涛校注　巴蜀书社1991年排印本

《王荆文公诗笺注》五十卷

〔宋〕王安石撰　〔宋〕李壁笺注　中华书局上海编辑所1958年排印本

《张子野词》二卷

〔宋〕张先撰　吴熊和点校　上海古籍出版社1988年排印本

《珠玉词》

〔宋〕晏殊撰　胡思明点校　上海古籍出版社1988年排印本

《小山词》

〔宋〕晏几道撰　王根林点校　上海古籍出版社1988年排印本

《乐章集校注》三卷

〔宋〕柳永撰　薛瑞生校注　中华书局1994年排印本

《经进东坡文集事略》六十卷

〔宋〕苏轼撰　〔宋〕郎晔选注　文学古籍刊行社1957年排印本

《苏文忠公诗编注集成总案》

〔清〕王文诰撰　巴蜀书社1985年影印本

《苏轼文集》八十卷

〔宋〕苏轼撰　孔凡礼点校　中华书局1986年排印本

《苏轼诗集》五十卷

〔宋〕苏轼撰　孔凡礼点校　中华书局1982年排印本

《东坡乐府编年笺注》三卷

〔宋〕苏轼撰　石声淮　唐玲玲笺注　华中师范大学出版社1990年排印本

《山谷内集诗注》二十卷《外集诗注》十七卷《别集诗注》二卷
《外集补》四卷《别集补》一卷

  〔宋〕黄庭坚撰　〔宋〕任渊　史容　史季温注　〔清〕谢启昆辑
  《丛书集成初编》本

《豫章黄先生词》

  〔宋〕黄庭坚撰　龙榆生校点　中华书局1957年排印本

《晁氏琴趣外篇》六卷

  〔宋〕晁补之撰　刘乃昌　杨庆存校注　上海古籍出版社
  1991年排印本

《秦观集编年校注》

  〔宋〕秦观撰　周义敢　程自信　周雷编注　人民文学出版社
  2001年排印本

《后山诗注》十二卷

  〔宋〕陈师道撰　〔宋〕任渊注　《四部丛刊》本

《东山词》四卷

  〔宋〕贺铸撰　锺振振校注　上海古籍出版社1989年排印
  本

《清真集》二卷

  〔宋〕周邦彦撰　吴则虞点校　中华书局1981年排印本

《李清照集校注》三卷

  〔宋〕李清照撰　王仲闻校注　人民文学出版社1979年排
  印本

《芦川词》二卷

  〔宋〕张元干撰　曹济平校注　上海古籍出版社1991年排
  印本

《张孝祥词笺校》七卷

〔宋〕张孝祥撰　宛敏灏校笺　黄山书社1993年排印本

《樵歌》三卷

〔宋〕朱敦儒撰　邓子勉校注　上海古籍出版社1998年排印本

《陈与义集校笺》三十卷

〔宋〕陈与义撰　白敦仁校笺　上海古籍出版社1990年排印本

《茶山集》八卷

〔宋〕曾几撰　《四库全书》本

《浮溪集》三十二卷

〔宋〕汪藻撰　《四部丛刊》本

《东莱诗词集》二十三卷

〔宋〕吕本中撰　沈晖点校　黄山书社1991年排印本

《诚斋集》一百三十二卷

〔宋〕杨万里撰　《四部丛刊》本

《范石湖集》三十四卷

〔宋〕范成大撰　上海古籍出版社1981年排印本

《陈亮集》三十卷

〔宋〕陈亮撰　邓广铭点校　中华书局1987年排印本

《陈亮龙川词笺注》二卷

〔宋〕陈亮撰　姜书阁笺注　人民文学出版社1980年排印本

《容斋随笔》七十四卷

〔宋〕洪迈撰　上海师范大学古籍整理编辑组点校　上海古

籍出版社1978年排印本

《鹤林玉露》二十四卷

〔宋〕罗大经撰　王瑞来点校　中华书局1983年排印本

《陆游集》

〔宋〕陆游撰　中华书局1976年排印本

《剑南诗稿校注》八十五卷

〔宋〕陆游撰　钱仲联校注　上海古籍出版社1985年排印本

《放翁词编年笺注》二卷

〔宋〕陆游撰　夏承焘 吴熊和笺注　上海古籍出版社1981年排印本

《辛稼轩诗文笺注》二卷

〔宋〕辛弃疾撰　邓广铭辑校审订　辛更儒笺注　上海古籍出版社1995年排印本

《稼轩词编年笺注》六卷

〔宋〕辛弃疾撰　邓广铭笺注　上海古籍出版社1993年排印本(修订版)

《龙洲词》

〔宋〕刘过撰　王从仁点校　上海古籍出版社1988年排印本

《后村先生大全集》一百九十六卷

〔宋〕刘克庄撰　《四部丛刊》本

《后村词笺注》四卷

〔宋〕刘克庄撰　钱仲联笺注　上海古籍出版社1980年排印本

《须溪词》三卷

　　〔宋〕刘辰翁撰　萧逸校点　上海古籍出版社1988年排印本

《姜白石词编年笺校》六卷

　　〔宋〕姜夔撰　夏承焘笺校　上海古籍出版社1981年排印本

《吴梦窗词笺释》

　　〔宋〕吴文英撰　杨铁夫笺释　陈邦炎　张奇慧点校　广东人民出版社1992年排印本

《花外集》

　　〔宋〕王沂孙撰　吴则虞笺注　上海古籍出版社1988年排印本

《竹山词》

　　〔宋〕蒋捷撰　黄明校点　上海古籍出版社1988年排印本

《山中白云词》八卷

　　〔宋〕张炎撰　吴则虞校辑　中华书局1983年排印本

《永嘉四灵诗集》七卷

　　〔宋〕徐照　徐玑　翁卷　赵师秀撰　陈增杰点校　浙江古籍出版社1985年排印本

《戴复古诗集》八卷

　　〔宋〕戴复古撰　金芝山点校　浙江古籍出版社1992年排印本

《谢叠山全集校注》十六卷

　　〔宋〕谢枋得撰　熊飞　漆身起　黄顺强校注　华东师范大学出版社1994年排印本

《文天祥全集》二十卷

  〔宋〕文天祥撰　熊飞　漆身起点校　江西人民出版社1987年排印本

《增订湖山类稿》五卷

  〔宋〕汪元量撰　孔凡礼辑校　中华书局1984年排印本

《霁山集》五卷

  〔宋〕林景熙撰　中华书局上海编辑所1960年排印本

《郑思肖集》

  〔宋〕郑思肖撰　陈福康点校　上海古籍出版社1991年排印本

《全宋诗》

  北京大学古文献研究所编　北京大学出版社1991—1998年排印本

《宋诗钞》

  〔清〕吴之振　吕留良　吴自牧选　管庭芬　蒋光煦补　中华书局1986年排印本

《宋诗选注》

  钱锺书选注　人民文学出版社1958年排印本

《全宋词》

  唐圭璋编　中华书局1979年排印本

《东京梦华录》

  〔宋〕孟元老撰　邓之诚注　中华书局1982年排印本

《武林旧事》

  〔宋〕四水潜夫辑　西湖书社1981年排印本

《话本选》

吴晓玲　范宁　周妙中选注　人民文学出版社1959年排印本

《全金诗》

薛瑞兆　郭明志编　南开大学出版社1995年排印本

《中州集》十卷　附《中州乐府》一卷

〔金〕元好问编　中华书局上海编辑所1959年排印本

《元遗山诗集笺注》十四卷

〔金〕元好问撰　〔清〕施国祁注　麦朝枢校　人民文学出版社1959年排印本

《元好问论诗绝句三十首小笺》

〔金〕元好问撰　郭绍虞笺　人民文学出版社1978年排印本

《新校元刊杂剧》三十种

徐沁君校点　中华书局1980年排印本

《元曲选》

〔明〕臧晋叔编　文学古籍刊行社据世界书局纸版1955年重印　中华书局1958年排印本

《元曲选外编》

隋树森编　中华书局1959年排印本

《关汉卿戏曲集》

〔元〕关汉卿撰　吴晓铃等校　中国戏剧出版社1958年排印本

《白朴戏曲集校注》

〔元〕白朴撰　王文才校注　人民文学出版社1984年排印本

《西厢记》

〔元〕王实甫撰　王季思校注　中华书局1958年排印本

《元曲四大家名剧选》

徐沁君等校注　齐鲁书社1987年排印本

《永乐大典戏文三种校注》

钱南扬校注　中华书局1979年排印本

《琵琶记》

〔元〕高明撰　钱南扬校注　中华书局1962年排印本

《宋元四大戏文》

俞为民校注　江苏古籍出版社1988年排印本

《全元戏曲》

王季思主编　人民文学出版社1990—1999年排印本

《全元散曲》

隋树森编　中华书局1964年排印本

《东篱乐府》

〔元〕马致远撰　邓长风点校　上海古籍出版社1989年排印本

《元文类》

〔元〕苏天爵编　上海古籍出版社1993年影印《四库全书》本

《元诗选》

〔清〕顾嗣立编　中华书局1987年排印本

《全金元词》

唐圭璋编　中华书局1979年排印本

《湛然居士文集》

〔元〕耶律楚材撰　谢方点校　中华书局1986年排印本

《静修先生文集》二十二卷
　　〔元〕刘因撰　《四部丛刊》本　商务印书馆 1919—1936 年影印
《剡源戴先生文集》三十卷
　　〔元〕戴表元撰　《四部丛刊》本　商务印书馆 1919—1936 年影印
《山中白云词》
　　〔元〕张炎撰　吴则虞校辑　中华书局 1983 年排印本
《赵孟頫集》
　　〔元〕赵孟頫撰　任道斌校点　浙江古籍出版社 1996 年排印本
《道园学古录》五十卷
　　〔元〕虞集撰　《四部丛刊》本　商务印书馆 1919—1936 年影印
《范德机诗集》七卷
　　〔元〕范梈撰　《四部丛刊》本
《揭傒斯全集》
　　〔元〕揭傒斯撰　李梦生标校　上海古籍出版社 1985 年排印本
《雁门集》
　　〔元〕萨都剌撰　殷孟伦　朱广祁点校　上海古籍出版社 1982 年排印本
《铁崖先生古乐府》十卷《铁崖先生复古诗集》六卷
　　〔元〕杨维桢撰　《四部丛刊》本　商务印书馆 1919—1936 年影印

《杨维桢诗集》

〔元〕杨维桢撰　邹志方点校　浙江古籍出版社1994年排印本

《录鬼簿》

〔元〕锺嗣成撰　中国古典戏曲理论集成本　中国戏剧出版社1959年排印本

《录鬼簿续编》

〔明〕无名氏编　中国古典戏曲理论集成本　中国戏剧出版社1959年排印本

《中原音韵》

〔元〕周德清撰　中国古典戏曲理论集成本　中国戏剧出版社1959年排印本

《青楼集》

〔元〕夏庭芝撰　中国古典戏曲理论集成本　中国戏剧出版社1959年排印本